Le Livre de Poche Jeunesse

À LA POURSUITE D'OLYMPE

ANNIE JAY

À LA POURSUITE D'OLYMPE

À Danièle et à Claire

1

Paris, fin septembre 1682

Augustin de Clos-Renault laissa aller sa tête contre le haut dossier de son fauteuil. Il passa avec lassitude sa main sur son front, comme pour en effacer les rides qui le marquaient depuis peu.

Sa jeune femme, Émilie, venait de laisser au jeu la somme de cinq mille livres. La semaine passée c'était trois mille, plus quinze mille de bijoutier et mille cinq cents de couturière.

Comme il s'en plaignait, elle avait haussé les épaules avec grâce et lui avait déclaré :

— Ne soyez pas pingre, mon ami, payez ! Si j'avais su que vous étiez si embarrassé financièrement, je ne vous aurais pas épousé. Déjà qu'il me faut supporter votre peste de fille !

— Mais, ma chère, mes revenus d'une année y sont passés en à peine deux mois…

Elle avait poussé un soupir à fendre l'âme, puis elle avait continué, sans pitié :

— Je m'ennuie à mourir dans cette maison. Une maison ? Que dis-je, un tombeau ! Avec, en prime, le fantôme de votre première femme pour toute compagnie, est-ce gai ! Ce décor est sinistre ! Votre fille me déteste ! Je gâche ma jeunesse auprès d'un vieux mari, et vous, vous me reprochez des peccadilles !

Elle était sortie sur ces mots avec l'air chagrin, mais sans l'ombre d'un remords.

— Après tout, dit-il tout bas, je suis seul coupable. Émilie jette l'argent par les fenêtres, mais je ne sais rien lui refuser.

Et ses collègues du Parlement de Paris de rire sur son passage : le vieux conseiller de Clos-Renault, ce modèle de vertu, remarié à une jeune veuve qui le mène par le bout du nez !

Quant à sa fille… Au dire de sa femme, Olympe était si odieuse avec elle qu'Émilie refusait de la revoir. Olympe avait donc repris le chemin du couvent où elle était élevée depuis la mort de sa mère.

Sa nouvelle femme avait commencé ses « peccadilles » peu après : d'abord l'achat d'un carrosse neuf et de quatre chevaux gris, puis des meubles de bois précieux pour sa chambre, les vieux étant trop bourgeois à son goût. Ensuite une chaise à porteurs, des livrées de velours pour l'armée de domestiques qu'elle avait recrutée, et encore de la vaisselle d'argent pour recevoir ses amis…

Depuis peu, Émilie jouait. Peut-être par goût, mais plus sûrement pour faire comme les courtisans qu'elle singeait en tout, faute de pouvoir les fréquenter. Car, au grand dépit d'Émilie, son vieux mari aimait vivre modestement et refusait d'aller à Versailles faire sa cour au roi.

Augustin avait vite épuisé ses revenus pour payer les dettes de son épouse. En un an, il avait vendu sa réserve d'or et hypothéqué son hôtel de l'île Notre-Dame[1]. Cela n'avait pas suffi. Alors, au comble de la honte, il avait détourné les biens que sa première épouse avait laissés à Olympe. Et voilà qu'il s'apprêtait maintenant à dilapider sa dot : cent cinquante mille livres qui lui auraient permis de trouver un mari de bonne noblesse.

D'ailleurs les prétendants ne manquaient pas, car sa fille, dès ses douze ans, avait fait grosse impression dans les salons.

À défaut de mariage, Olympe resterait au couvent. La dot d'une religieuse n'étant que de huit à dix mille livres, sa fille serait donc religieuse.

---

1. Les îles de la Cité et Saint-Louis s'appelaient alors respectivement île du Palais et île Notre-Dame.

— Il n'y a pas de quoi en faire un drame, dit tout haut Augustin de Clos-Renault comme pour faire taire sa mauvaise conscience. Après tout, trois de mes quatre sœurs sont devenues religieuses par force, car nos parents ne pouvaient doter dignement que l'aînée. Elles ne s'en portent pas plus mal !

Pourtant il vit en un éclair sa fille de seize ans au port de reine, et ses beaux cheveux blond vénitien. Dans quelque temps, les religieuses, en l'accueillant parmi elles, les lui couperaient à ras… Il rentra brusquement la tête dans les épaules, comme s'il ressentait le froid des ciseaux sur sa nuque.

— Le lui apprendre de vive voix serait trop dur, dit-il lâchement. Je vais lui écrire que le plus tôt sera le mieux.

2

— Ma mère, je ne veux pas devenir religieuse ! s'écria Olympe, des sanglots dans la voix.

— Il faut vous y résigner, puisque votre famille l'exige, répondit doucement la mère supérieure. D'abord on pleure beaucoup, et puis on s'y fait.

— Pas moi !

La réplique avait claqué comme un coup de fouet. Mais qu'attendre d'autre de la part d'une fille que l'on veut enfermer contre son gré ?

— Vous n'avez pas le choix, ma petite, insista mère Marie-Adèle, compatissante. Vous êtes ma meilleure élève, vous pourriez consacrer votre vie à l'étude, comme sœur Marguerite, ou à l'éducation de nos petites filles avec sœur Marie-Victoire…

— Moi, ma mère, je veux être libre ! J'ai tant de choses à voir et à apprendre.

— Vous vous trompez. Le monde extérieur est bien laid. Partout règnent le vice et le mensonge. Ici, nous prions pour le salut de tous les mécréants. Notre vie n'est pas inutile.

— Vous, ma mère, vous l'avez choisie. Moi, je vous jure que je ferai tout pour m'y soustraire !

La vieille sœur Philomène, qui frottait le sol au fond de la pièce, en laissa tomber sa serpillière d'émotion. Seigneur ! Renoncer à assurer son salut éternel pour courir les rues ? Cette jeunette ne respectait donc rien ?

— Bénissez Dieu d'être ici, ma petite, s'écria la vieille religieuse. Vous préféreriez donc subir la brutalité d'un mari, ou mourir en couches comme tant de femmes ? Sotte que vous êtes ! Il n'y a pas de sort plus enviable que d'être la servante du Seigneur…

Mais Olympe ne l'écouta pas. Elle sortit au bord des larmes. La porte claqua si fort que les gonds en tremblèrent.

— Pauvre enfant, souffla mère Marie-Adèle. Elle ne fera pas une bonne religieuse.

Au loin, une autre porte claqua dans le silence du couvent.

— Il faudra sans doute la mater…

Sœur Philomène soupira, puis elle se signa d'un air navré avant de reprendre sa serpillière.

Olympe entra en trombe dans sa cellule pour se jeter sur son lit. Elle avait écrit à son père, elle avait supplié, tempêté, sans résultat. Il n'en démordait pas : en devenant religieuse, elle serait à jamais à l'abri, disait-il, elle sauverait son âme… Autant d'explications vaseuses !

Depuis son remariage, son père avait tellement changé qu'elle ne le reconnaissait plus. Il lui avait présenté presque avec gêne sa seconde femme, trois mois après la cérémonie. Émilie avait été charmante, ne sachant que faire pour lui plaire. Pourtant, dès que son père avait eu le dos tourné, Émilie lui avait proclamé sans ménagement qu'il n'y avait de place que pour une maîtresse dans cette maison. Elle, bien sûr. Ensuite elle lui avait conseillé de retourner au couvent des Visitandines, et de s'y faire oublier.

Le pire fut quand la jeune fille osa demander où étaient les portraits de sa mère et les objets qu'elle aimait tant, ses collections de monnaies anciennes, ses livres, ses miniatures… Au grenier les portraits, vendues les collections. Émilie avait acheté à la place des pierres semi-précieuses rangées dans un meuble en marqueterie. « La dernière mode à la Cour, affirmait-elle en minaudant, le Dauphin en a de toutes pareilles. »

Olympe essuya une larme. Combien de fois avaient-elles couru tout Paris, sa mère et elle, pour découvrir une pièce rare, la caresser entre leurs mains, et entendre son histoire de la bouche de quelque vieil érudit de la Sorbonne !

Il lui semblait que sa mère venait de mourir une seconde fois. Et son père, le regard fuyant, avait dit que ce n'étaient là que vieilleries dont il était content d'être enfin débarrassé…

La porte s'ouvrit sur sœur Marie-Victoire, qui entra dans la cellule avec l'air d'un gosse qui a chipé un caramel.

La jeune et jolie Marie-Victoire avait pris le voile sans vocation mais sans contrainte, heureuse de finir ses jours dans ce couvent où elle était entrée dès l'âge de trois ans. Victoire n'avait jamais connu d'autre foyer, et elle s'y trouvait bien. À seize ans, elle savait déjà qu'elle prendrait un jour la succession de sa tante, mère Marie-Adèle, dont la famille administrait le couvent depuis trois générations de tante en nièce, à défaut de pouvoir le faire de mère en fille.

— Je t'ai trouvé *La République* de Platon, fit la jeune religieuse en lui glissant un petit livre. N'en parle à personne, c'est un ouvrage païen.

— Victoire, tu vas encore avoir des ennuis !

La nonne se mit à rire derrière sa main :

— Je passe à confesse demain, il faudra bien que j'avoue te l'avoir donné. On te le reprendra aussitôt. Tiens, j'ai emprunté des chandelles aux sœurs cuisinières pour le lire la nuit passée. Dépêche-toi d'en faire autant !

« Consacrez votre vie à l'étude... » avait proposé la supérieure. Mais comment ? Mère Marie-Adèle était la plus brave des femmes, cependant elle entendait faire respecter le règlement : seuls les ouvrages pieux étaient autorisés au couvent.

Les parents des pensionnaires étaient du même avis. Une jeune fille devait connaître les Saintes Écritures, la broderie et les bonnes manières. Cela suffisait pour devenir une bonne épouse et une bonne mère. Car une femme qui lit et qui réfléchit, c'est bien connu, c'est la porte ouverte à tous les ennuis... Les religieuses avaient même expliqué à Olympe, qu'en société, elle devrait écrire en faisant des fautes afin de ne pas paraître pédante, et rire d'un air niais si on parlait philosophie, ou rougir pudiquement dès qu'un homme lui adresserait la parole. Belle éducation, en vérité !

À son arrivée, la jeune fille s'était liée avec d'autres adolescentes, avides comme elle de savoir. Entre les prières et les promenades, elles se transmettaient l'une l'autre leurs maigres connaissances.

Les « Muses », ainsi s'étaient-elles baptisées par dérision, portaient toutes le nom d'une des neuf illustres déesses. Olympe était Thalie, Élisabeth Clio, Anne Euterpe, Béatrice avait choisi Calliope, Victoire s'appelait alors Uranie.

« Thalie » était de loin la plus instruite. À six ans, sa mère l'avait confiée à un précepteur. Comme beaucoup de professeurs, il n'était pas pour l'instruction des filles. Invariablement, il rappelait aux Clos-Renault que les filles, de par leur faible constitution, avaient une cervelle trop molle pour apprendre, comme les garçons, l'algèbre et la géométrie, ou le latin et le grec. Il fallait s'en tenir à la lecture et à l'écriture, car on avait déjà vu des filles trop instruites qui s'étaient retrouvées avec une tête difforme…

Mais Mme de Clos-Renault était de ces femmes audacieuses, toute pétrie de belles-lettres. Elle fréquentait des « précieuses[1] » dont la tête, bien remplie, n'avait rien de difforme. Elle-même pouvait se vanter de savoir plus de latin que bien des hommes : elle avait donc fait apprendre à sa fille le latin et le grec.

C'est ainsi qu'Olympe avait partagé une enfance heureuse et libre entre les enfants des domestiques et un vieux précepteur ronchon qui, à l'usage, s'était rendu compte que la tête de son élève n'enflait pas. À treize ans, lorsque sa mère était morte, Olympe lisait couramment Virgile, Cicéron et Homère.

La jeune fille soupira. Dire qu'elle aurait tant aimé apprendre la chimie et l'algèbre ! Elle rêvait aussi de théâtre et d'opéra, ces « lieux impies, pleins de filles perdues », comme disait sœur Philomène, pour qui ces mots évoquaient invariablement le diable.

---

1. Nom donné aux femmes cultivées du XVIIe siècle qui se distinguaient par le raffinement de leurs manières et de leur langage.

« D'ailleurs, pensa Olympe, si elle ne trouvait pas rapidement une solution pour échapper au couvent, elle ne connaîtrait jamais le théâtre, ni l'algèbre... Elle ne verrait jamais ni la mer, ni la montagne. Et adieu les flâneries dans Paris. Adieu les... »

La cloche sonna, appelant la communauté au réfectoire. Aujourd'hui, vendredi, on mangeait maigre. Ce serait la traditionnelle soupe de fèves accompagnée d'un fruit.

Sœur Marie-Victoire arrangea le bandeau qui retenait son voile sur ses courts cheveux bruns. Elle lissa son austère tunique noire du plat de la main et s'apprêta à sortir :

— Une dame qui nous loue une cellule doit me prêter des poèmes de Ronsard.

— Un jour, tu vas finir au cachot, Victoire, lui souffla Olympe en la rejoignant dans le couloir.

— Tu sais, ce qui m'ennuie au couvent, c'est qu'on n'y parle que de religion. Quand je serai mère supérieure, tu verras, ça va changer...

— J'espère bien ne plus être là pour le voir, fit tout bas Olympe.

*

* *

Finalement, cela avait été facile. Son amie Béatrice « Calliope » d'Oseraie, en grand deuil depuis le décès de son grand-père, lui avait prêté ses vêtements et son laissez-passer.

Calliope avait obtenu le droit de rendre visite à sa grand-mère ce dimanche. C'était un fait rarissime, puisque les couventines ne rencontraient leur famille qu'une fois par mois au parloir. La brave Calliope s'était donc dévouée.

Tromper la sœur tourière avait été un jeu d'enfant. À neuf heures tapantes, recouverte d'un voile noir, Olympe avait tendu le laissez-passer signé par la mère supérieure à sœur Angèle qui avait ouvert l'énorme porte sans sourciller.

Olympe n'était pas sortie depuis huit longs mois. Dehors, la cohue du faubourg Saint-Jacques lui donna le tournis. Un magnifique soleil avait poussé les Parisiens à aller hors-barrières[1] se détendre à la campagne, à Auteuil ou à Saint-Cloud.

C'était si bon de voir au-delà des murs du couvent ! Si bon d'entendre du bruit, de voir des couleurs ! Olympe avait envie de sauter et de crier ! Vivre ! Enfin vivre !

Elle souleva le voile noir sous lequel elle étouffait pour reprendre sa respiration, et chercha sa voiture, le cœur battant. Lorsqu'elle reconnut enfin le blason des Oseraie, de l'autre côté de la rue, elle se mit à courir.

---

1. Les « barrières » étaient les portes des villes. À Paris, passé les barrières, on entrait dans les faubourgs, puis dans les villages.

— En route pour la liberté ! chantonnait-elle lorsqu'elle percuta violemment un jeune homme dont le chapeau tomba. En ramassant son couvre-chef, il se tourna vers elle. Hélas ! il l'aperçut le temps d'une seconde, avant qu'elle ne rabaisse sa mantille.

— Mille pardons, fit-il galamment.

Puis, avisant sa tenue de grand deuil, il poursuivit :

— Puis-je vous aider à traverser la rue ?

— Merci, monsieur, mais ce n'est point utile, fit-elle d'une voix sourde sous le voile, avant de filer comme si elle avait le diable à ses trousses.

Béatrice « Calliope » lui avait affirmé que le cocher la conduirait chez son père moyennant un bon pourboire. À cet effet, les Muses avaient offert à la jeune fille toutes leurs économies, soit quatre livres en petite monnaie.

Et effectivement, lorsque l'homme apprit que Calliope ne viendrait pas, il se gratta la tête d'un air ennuyé, mais il empocha l'argent et aida Olympe à monter dans la voiture sans plus poser de question.

Sacridi ! le jeune homme, de l'autre côté de la rue, observait son carrosse !

— Seigneur, pria-t-elle en retirant son voile. Faites qu'il ne m'ait pas remarquée ! Il se rend sûrement au couvent pour voir une parente. Qu'il dise avoir vu la blonde Mlle d'Oseraie discuter avec son cocher et je suis perdue…

Le blason des Oseraie était connu, et il n'y avait pas plus brune que Calliope. La sœur chargée de surveiller les conversations au parloir irait aussitôt prévenir mère Marie-Adèle ! Elle ferma les yeux pour revivre la scène : un choc, le chapeau vola. Le jeune homme vêtu d'un riche justaucorps[1] mordoré et coiffé d'une perruque châtain se pencha, puis se retourna. Elle croisa son regard clair, vert pour être exact, juste avant que le voile ne retombe. Si elle se souvenait de tant de détails, lui pouvait bien en faire autant…

Olympe prit une profonde respiration pour retrouver son calme. Elle jouait sa dernière carte. Elle espérait faire fléchir son père. Elle irait jusqu'à le supplier à genoux afin qu'il renonce à sa décision. Son père était homme de bon sens, il comprendrait vite qu'elle n'avait aucune vocation religieuse. Et, enfin réconciliés, il la ferait raccompagner au couvent où, ni vu ni connu, elle reprendrait dès ce soir sa place au réfectoire.

Mais, lorsqu'elle sauta de la voiture, le porche de l'hôtel des Clos-Renault était fermé. Le portier, qu'elle sonna, lui était inconnu. Inconnus aussi les laquais qui discutaient assis sur les marches du per-

1. Longue veste cintrée à larges revers que portaient les hommes sur une chemise ou un gilet.

ron. À croire que les vieux serviteurs avaient disparu…

— Le maître est absent, lui dit-on. Attendez-le dans l'entrée.

Elle patientait depuis une heure au pied du grand escalier, comme une visiteuse ordinaire, lorsque le carrosse de son père arriva. Le conseiller de Clos-Renault en descendit lentement. Un conseiller de satin bleu, couvert de dentelles et de rubans, avec une longue perruque poudrée et des mouches plein le visage…

— Père ? fit Olympe avec incrédulité.

Comment pouvait-il se déguiser ainsi ? Lui qui, d'ordinaire, se moquait des courtisans en fanfreluches ! Émilie le suivait dans une robe à couper le souffle avec… autour du cou, les bijoux de… sa mère !

— Que diable faites-vous là, Olympe ? tonna Augustin de Clos-Renault. Pourquoi vous a-t-on laissée sortir ? Cela ne se passera pas comme ça ! Tudieu, la mère supérieure va m'entendre !

« Qui était le plus gêné, se demanda confusément Olympe, l'homme pomponné comme une vieille coquette ou la jeune fille en fuite ? » Elle le regarda passer une main sur son visage, comme pris en faute, pour en ôter les mouches.

— Père, je vous en prie, supplia Olympe en se jetant à genoux. Je ne veux pas être religieuse, je n'en ai pas la vocation !

— Vous ferez ce que l'on vous ordonne, s'écria Émilie à son tour. A-t-on jamais vu une fille répondre ainsi à son père ?

L'air offusqué, elle joua de son éventail, comme au bord de la pâmoison :

— Augustin, cette petite nous fera mourir avec ses insolences !

— Émilie a raison, Olympe. Allez dans votre chambre. Dès demain, vous serez enfermée au couvent des Madelonnettes, chez les « Filles Repenties ». On vous y apprendra l'humilité.

La jeune fille se releva, son voile à la main :

— Vous me parlez d'humilité, père ? s'emporta-t-elle. Alors que cette femme vous transforme en singe savant ! Mère doit s'en retourner dans sa tombe ! À ce propos, pourquoi Émilie porte-t-elle les bijoux de maman ?

— Parce que votre père me les a offerts, répliqua hautainement sa belle-mère.

— Cela ne se peut. Ma mère me les a légués !

— Taisez-vous, Olympe, vous ne savez plus ce que vous dites ! s'écria le conseiller.

Il était rouge de colère, avec l'air… coupable. Mais coupable de quoi ?

— Mère me les a légués devant vous sur son lit de mort, vous devriez vous en souvenir. Mais… peut-être est-ce aussi avec l'argent de ma dot qu'Émilie s'habille si luxueusement ? demanda Olympe, en touchant enfin au cœur du problème.

Hélas ! son père ne nia pas.

— Vous me sacrifiez donc, père ? Pour lui passer ses caprices ? fit-elle amèrement avant de se retourner vers sa belle-mère. Rendez-moi ces bijoux, madame. Vous ne disposerez de mon héritage que si j'entre en religion !

Émilie, d'un geste rageur, arracha le collier de perles de son cou, puis ses pendants d'oreilles, et les jeta aux pieds d'Olympe.

— Vous n'êtes qu'une effrontée, s'écria le conseiller. Hors de ma vue, tout de suite !

*

* *

La moitié des meubles de sa chambre avait disparu, de même que les tableaux, les tapisseries et son miroir de Venise... À croire que l'on considérait déjà qu'elle ne faisait plus partie de la maison !

Olympe soupira. Plus question de retourner au couvent des Visitandines, mère Marie-Adèle la ferait sans doute jeter dehors après un tel scandale. Quant aux Madelonnettes, c'était plus une prison qu'un couvent. C'était là que les familles aisées faisaient enfermer les épouses infidèles et autres filles de mauvaise vie. Les religieuses, des Ursulines qui servaient de gardiennes, avaient la réputation d'être si dures que les prisonnières y entraient « révoltées » pour en ressortir « repenties », de gré ou de force.

Plutôt la mort que les Madelonnettes !

Sans même réfléchir, elle se dirigea vers sa garde-robe[1], et sortit un vieux sac de voyage en tapisserie. Elle y fourra quelques vêtements et enfin les bijoux.

Il lui fallait partir au plus vite. Si, comme elle le supposait, sa dot payait les robes d'Émilie, son père n'hésiterait pas à la faire enfermer : une fille qui entre en religion abandonne tous ses biens à sa famille. Voilà un moyen bien pratique et légal de détourner les héritages !

Mais avant toute chose, elle devait récupérer les autres bijoux de sa mère. La seule idée qu'Émilie puisse les porter lui donnait la nausée.

Comment diable un homme aussi intelligent que son père pouvait-il perdre ainsi tout sens commun ? se demanda-t-elle la rage au cœur. À croire que cette femme l'avait ensorcelé !

— Pas de temps à perdre.

Elle fila jusqu'au linteau de la cheminée et passa ses doigts sur le blason des Clos-Renault qui l'ornait : deux lions face à face surmontés d'un croissant de lune. Elle tourna le croissant vers la droite, puis appuya sur le lion de gauche. Un bruit de machinerie rouillée se fit entendre. Olympe se

1. Réduit ou « cabinet d'aisances » attenant à la chambre, où l'on rangeait les vêtements, le linge, la chaise percée ou la baignoire.

pencha pour voir la plaque de la cheminée glisser sur elle-même.

Elle avait découvert ce passage en jouant, voilà bien longtemps, avec le fils de sa nourrice. Bien sûr, ils n'en avaient soufflé mot à quiconque, jurant, comme des conspirateurs, d'en taire l'existence jusqu'à la mort.

Son grand-père paternel, Charles, avait fait construire cet hôtel à l'époque troublée de la Fronde. Il avait dû juger utile de se ménager une sortie discrète en cas d'arrestation, car il avait choisi le camp des Frondeurs. Augustin, son fils, alors jeune homme, avait fort heureusement pris parti pour l'enfant-roi Louis XIV, qui sut s'en souvenir. À la fin de la Fronde, Charles était exilé en province, tandis qu'Augustin héritait de la fortune et du poste de son père au Parlement. Le secret du passage était alors tombé dans l'oubli. Mais pas pour tout le monde.

Olympe s'engouffra dans la cheminée, son sac à la main, puis elle referma soigneusement la plaque derrière elle. Elle se releva dans un étroit couloir, un instant désorientée par l'obscurité. Elle se mit en marche, tâtonnant le long du mur, à la recherche du passage suivant, la chambre de sa belle-mère.

L'architecte avait bien fait les choses. Le couloir secret desservait les trois principales chambres du premier étage avant de se terminer par un étroit escalier à vis qui communiquait au rez-de-chaussée avec la bibliothèque et le cellier. Il suffisait ensuite, à celui qui voulait fuir, de gagner la Seine au bout du jardin, et, ni vu ni connu, de quitter l'île Notre-Dame en prenant la barque familiale.

Olympe colla l'oreille contre la plaque de cheminée pour tenter de discerner un bruit. Rassurée, elle actionna le levier. Elle se glissa par l'ouverture et s'arrêta brusquement. Un monumental lit à baldaquin remplaçait le vieux lit de sa mère. Une balustrade de bois doré, comme pour les princesses, divisait la pièce en deux, afin de recevoir les visiteurs à une distance respectable. Deux girandoles[1] de vingt bougies devaient éclairer la nuit comme en plein jour. Émilie avait la folie des grandeurs !

Olympe fila jusqu'à la table de toilette et se mit à fouiller le coffret à bijoux de sa belle-mère. Il y avait là des parures dignes d'une reine. Colliers, bracelets et bagues s'entassaient, rubis, perles et émeraudes mêlés.

Mais Olympe ne voulait que son dû. Elle vida le coffret pour en trier le contenu, et commença à mettre à part les bijoux de sa mère. Voilà, se dit-elle avec satisfaction, le compte y était. Elle les rangea dans son sac et entreprit de remettre à leur place ceux d'Émilie. Dans sa hâte, le fermoir d'un collier accrocha la doublure en satin du coffret. Olympe,

1. Grand chandelier que l'on posait sur une haute colonne de bois sculpté.

en pestant, tirait dessus lorsqu'elle aperçut, sous le tissu, un petit papier plié en quatre.

Elle glissa avec précaution le bout de ses doigts dans la doublure et en sortit deux feuillets. Sur le premier, une fine écriture courait sur trois lignes :

« *Bonnes nouvelles, nos affaires avancent. M. marchera avec nous. Arrangez-vous au plus vite pour que nous ayons prise sur votre mari.* »

Olympe ferma les yeux puis les rouvrit avec effroi. « La curiosité est un vilain défaut », aurait dit sœur Philomène. Il n'y avait pas de signature, tout cela était bien étrange. Si elle apportait ce billet à son père, Émilie aurait tôt fait de dire que sa belle-fille l'avait fabriqué pour mettre la zizanie dans leur ménage !

Le second feuillet était écrit de la même main : « M. *vient à Paris. Allez chez Meunier le 12 octobre, je vous y retrouverai à deux heures.* »

« Que voulaient dire tous ces mystères ? » se demanda Olympe en remettant les papiers à leur place. Avec un peu de chance, sa belle-mère serait tellement enragée de la perte de son trésor qu'elle ne se rendrait compte de rien.

Puis, prenant son sac à bras-le-corps, elle s'enfourna dans la cheminée et referma la plaque. Maintenant, il lui fallait quitter la maison au plus vite.

Pour se cacher où ? Il n'y aurait guère que sa grand-mère maternelle pour l'aider, mais elle n'était pas à Paris en ce moment. Quant au reste de sa famille, il refuserait de donner asile à une fugitive.

« Zélie ! » pensa-t-elle en un éclair. Zélie, la lingère, l'aiderait. Zélie l'avait vue naître, avait été la confidente de son enfance.

Olympe descendit au cellier par l'étroit escalier. Elle sortit du passage secret, et referma derrière elle le casier à bouteilles qui en bouchait l'accès. Puis elle fila en rasant les murs jusqu'aux quartiers des domestiques. Comme elle l'espérait, Zélie était dans la lingerie. Olympe alla se jeter dans ses bras en pleurant de soulagement.

— Que fais-tu là, mon bébé ? demanda familièrement la servante en se mettant sur la pointe des pieds pour l'embrasser sur la joue.

— Aide-moi, Zélie, par pitié !

*

* *

La domestique l'avait faite sortir par les jardins. Ensuite elle l'avait conduite chez son cousin, Jacques Popin, un maître chapelier qui tenait boutique rue Mouffetard, près de l'église Saint-Médard.

La lingère, outrée par les façons de sa nouvelle maîtresse, avait aussitôt pris fait et cause pour sa protégée. Zélie leva les yeux vers son « bébé ». Était-ce elle qui rapetissait, ou Olympe qui avait encore grandi ? À seize ans, elle ressemblait de plus en plus à sa mère. Grande, mince et bien faite, avec une épaisse tignasse qui allait du doré au roux. Et ses yeux, Seigneur ! d'un brun si foncé que l'on ne voyait que cela dans son visage au teint laiteux.

Comment pouvait-on enfermer un si joli brin de fille dans un couvent, comme un oiseau en cage ?

À présent, Olympe faisait les cent pas devant le grand comptoir de la boutique, les poings serrés. Les choses allaient de mal en pis, songea-t-elle avec angoisse.

— N'avez-vous pas de famille pour faire pression sur votre père ? demanda le chapelier, un petit homme replet à l'air sympathique.

La jeune fille secoua la tête, les sourcils froncés.

— Personne ne me soutiendra... à part ma grand-mère maternelle, mais en ce moment elle prend les eaux je ne sais où. Il y a bien mon amie Clio, qui a une charge chez la reine... Mais la Cour vient de partir à Chambord pour la saison de chasse et ne rentrera qu'en novembre.

La jeune fille poussa un soupir à fendre l'âme.

— Le vrai problème, poursuivit-elle, c'est ma belle-mère. Les deux mots que j'ai trouvés prouvent qu'elle veut entraîner mon père dans une affaire louche. Malgré ce qu'il m'a fait, je ne peux pas le laisser entre les mains de cette intrigante.

— Dès le départ, renchérit Zélie, elle m'a semblé malhonnête. Elle n'était pas arrivée depuis huit jours qu'elle renvoyait les domestiques les plus fidèles à ton père pour les remplacer par des gens à elle. Moi, bien sûr, je ne la gêne pas, puisque je ne sors pas de ma lingerie. Mais je me rends bien compte de ce qui se passe. Les meubles disparaissent, et les créanciers se présentent toujours plus nombreux pour que ton père paye ses dettes…

— Elle cherche peut-être à le ruiner, pour qu'il accepte de vendre des dossiers secrets du Parlement…, réfléchit tout haut Olympe. Meunier, est-ce un fournisseur de Père ?

— Jamais entendu parler, répondit la lingère en haussant les épaules. Et toi, Jacques ?

— Moi, j'en connais trois, fit maître Popin. Un mercier, rue Saint-Denis, un négociant en vins de Montmartre et surtout le prêteur sur gages de la rue des Carmes, une fameuse crapule celui-là !

Olympe n'était pas plus avancée, quoique le prêteur sur gages lui semblât une piste intéressante.

— As-tu bien réfléchi ? la tança Zélie. Ce que tu as fait est grave. Il est encore temps de rentrer et de demander pardon.

— Jamais je ne deviendrai religieuse ! s'emporta Olympe. Grand-Mère finira bien par revenir…

Elle se tourna vers le chapelier. L'homme, petit et rond comme sa cousine, se balançait d'un pied sur l'autre, semblant deviner la suite avec fatalisme. D'un regard suppliant, Olympe demanda :

— En attendant, pouvez-vous me garder quelques jours, maître Popin ?

Le chapelier fronça les sourcils. Cette jeunette allait l'embarquer dans des problèmes sans nom, il le pressentait. Il chercha le courage de refuser, puis il se tourna vers Zélie, qui, les yeux baissés, croisait et décroisait nerveusement les mains. Zélie, sa seule parente. Quand donc lui avait-il dit non pour la dernière fois ?

*
* *

Les Popin l'installèrent dans la chambre de leur fils, Nicolas, qui accepta de bon cœur de coucher sous les combles avec les apprentis. Ce n'était pas tous les jours que l'on aidait une noble demoiselle en détresse ! Ils la présentèrent ensuite aux voisins comme leur cousine Louise, dont les parents venaient de mourir à Lyon.

Après ces trois années de couvent, Olympe se sentait toute désorientée. Mme Popin, une grande femme maigre à la santé fragile, l'accueillit avec timidité mais beaucoup de gentillesse. Il lui fallut une bonne semaine pour passer du rigide « mademoiselle » à un affectueux « Louison », comme l'appelait son époux pour ne pas éveiller l'attention de ses apprentis.

Nicolas, lui, n'eut pas cette réticence car, dès le lendemain, ils se tutoyaient comme les cousins qu'ils étaient censés être. Une autre qu'Olympe se serait certainement offusquée d'une telle familiarité, si contraire aux convenances et à son rang, mais, à vrai dire, cela lui rappelait le temps heureux de son enfance où elle baguenaudait avec le fils de sa nourrice.

Nicolas avait lui aussi seize ans. Grand et maigre comme sa mère, avec des yeux bleus pétillants d'intelligence, il rêvait d'aventures et de lointains voyages. Au grand désespoir de son père qui voulait en faire un chapelier, Nicolas passait tout son temps libre au bord de la Seine à regarder les bateaux et à écouter les marins.

— Chez les Popin, on est chapelier de père en fils depuis cinq générations, clamait maître Jacques à son fils unique, qui invariablement levait les yeux au ciel en soupirant.

Pour Olympe, le dépaysement était plus complet que si elle était partie aux Amériques. Car, ouvrir chaque matin ses volets sur cette rue Mouffetard était déjà une aventure pour qui ne connaissait que les beaux hôtels de l'île Notre-Dame et la vie privilégiée de la noblesse.

Dès l'aube, fleurissait sur le pavé une multitude de petits métiers dans cette rue populaire entre toutes. Les maraîchers du village Saint-Marcel disputaient le moindre pouce de terrain aux pêcheurs d'écrevisses de la Bièvre, aux ravaudeuses, marchands de haillons, maîtres-fifi ou gagne-petit[1] avec cette gouaille parisienne qui faisait l'étonnement des provinciaux.

Ensuite passaient les porteurs d'eau ou de bois, les laitiers ambulants, les marchands d'oublies[2], de soupe ou d'eau-de-vie, qui attendaient les ouvriers partant au travail.

Certaines ménagères balayaient devant leur porte et jetaient leurs ordures au milieu de la rue, dans le ruisseau, pour que les « boueurs » puissent les ramasser commodément. Mais la plupart des gens continuaient à lancer le contenu des pots de chambre par les fenêtres et tant pis pour ceux qui passaient dessous !

Dès l'aube, la rue s'emplissait de bruits : « Pain blanc de Gonesse ! Chauds, les pâtés ! À l'eau ! Beurre de Vanves ! » Chacun vantait sa marchandise en criant plus fort que son voisin. À cela s'ajoutaient les hurlements des cochers qui se frayaient un chemin au milieu des étalages. Sans parler des plaintes des mendiants, ou des cris des décrotteurs[3] se battant pour un client…

---

1. Les ravaudeuses raccommodaient le linge, assises dans un baquet qui leur servait de boutique. Les maîtres-fifi curaient les puits et les gagne-petit aiguisaient les couteaux.

2. Gaufres très minces roulées en cylindres.

3. Les décrotteurs nettoyaient la boue des vêtements et des chaussures pour quelques deniers. Certains faisaient traverser les rues embourbées aux passants en les portant sur leur dos. La police les assimilait souvent à des mendiants.

Claudine, la servante, ses seaux à bout de bras, s'en allait en bâillant faire la queue à la fontaine. Mme Popin mettait la soupe du matin à chauffer, pendant que les apprentis balayaient la boutique en chahutant, et que Nicolas et son père rangeaient les étagères. Autant de gestes anodins qu'Olympe observait chaque jour avec l'œil étonné d'un savant étudiant les mœurs d'une fourmilière.

Pourtant à une demi-lieue à peine, sur l'île Notre-Dame, M. de Clos-Renault ne décolérait pas. Les quinze serviteurs de l'hôtel subirent un interrogatoire serré. Sans résultat, puisque personne n'avait vu partir la jeune fille.

Son père rencontra alors en grand secret son ami M. de La Reynie. Le lieutenant général de police le rassura aussitôt : il aurait tôt fait de retrouver sa trace dès qu'elle chercherait à vendre les bijoux volés. À moins qu'elle ne se soit enfuie avec un galant… Le conseiller manqua s'étouffer de honte et Zélie, qui écoutait derrière la porte, s'étouffa aussi, mais de rire.

Dès le mardi, Olympe, le cœur serré, écrivit à Béatrice d'Oseraie. « Calliope » devait à présent croupir au cachot par sa faute. Elle s'excusa des tracas qu'elle causait aux Muses et lui dit, mais sans donner d'explications, que tout allait bien.

Ensuite elle fit avec difficulté un petit mot à son père. En quelques lignes, elle tenta de le mettre en garde contre sa femme, puis elle lui dit son désespoir de le voir si changé, et surtout son refus définitif de devenir religieuse.

Olympe reposa sa plume. Elle cacheta ses lettres en tremblant un peu : une page de sa vie venait d'être tournée.

3

12 octobre 1682

— Pousse-toi de là, bon sang, pesta Nicolas en tirant Olympe vers une porte cochère. On te voit depuis l'autre bout de la rue des Carmes !

Guidés par la curiosité, ils étaient venus à tout hasard ce 12 octobre, chez le prêteur sur gages. Encore quelques minutes et ils seraient fixés.

— Il est deux heures… La voilà, c'est elle !

À vingt pas, une jeune femme descendait d'une chaise à porteurs, le visage couvert d'un loup de dentelle. Elle s'engouffrait déjà dans la maison du sieur Meunier, tandis que les valets rangeaient sa chaise sur le haut du pavé et s'adossaient au mur, les bras croisés.

— Attends-moi, je la suis, fit Nicolas.

— Tu es fou ! Reviens !

Mais Nicolas, en sifflotant, les mains dans les poches, pénétrait à son tour chez le prêteur sur gages. Dans l'entrée se trouvait assis un employé derrière une table. Nicolas entendit Émilie demander d'une voix étouffée par le masque :

— Faites prévenir M. Meunier, je vous prie.

— Il vous attend avec M. de Goussey et M. Martin, répondit obséquieusement l'homme en se levant.

Il précéda Émilie jusqu'à une petite porte qu'il ouvrit, puis il s'effaça pour la laisser passer. Lorsqu'il revint à sa place, Nicolas attaqua :

— Dites-moi, fit-il admirativement, vous qui semblez la connaître, son visage est-il aussi avenant que la finesse de sa taille ?

— Nos clients n'ont ni visage ni nom, jeune homme, répliqua sèchement l'employé. Tâchez de vous en souvenir, si vous voulez faire affaire avec nous.

— Oh, bien sûr ! s'empressa de dire Nicolas d'un air entendu. Je vous assure que je n'ai pas vu cette dame... D'ailleurs, je ne suis jamais venu ici. Et puis, qu'irais-je faire chez un prêteur sur gages ?

— Voilà qui est mieux. Que puis-je pour vous ?

— C'est un peu compliqué..., commença Nicolas en se grattant la tête. Voyez-vous, je suis apprenti orfèvre et mon maître me traite fort mal. Mon père n'est guère riche, il est malade et… Mais le pire, c'est ma sœur. Elle veut épouser un bon à rien. Alors mon père lui a dit : « Marie-Joseph… »

— Au fait, monsieur ! s'impatienta l'employé.

— Combien pour une belle tabatière en argent incrustée de corail ? demanda alors Nicolas.

— Montrez-la, et nous en discuterons.

— C'est que je ne l'ai pas ici, fit Nicolas en baissant le ton. Je dois en hériter de mon oncle Jules, qui est à l'agonie… Dieu ait son âme !

— Revenez avec quand votre oncle sera mort.

— Mais cela ferait dans les combien, une tabatière ? insista tout de même le jeune homme pour gagner du temps.

— Entre cinq et dix livres.

— Hé ! C'est du vol, elle en vaut au moins quarante ! s'indigna Nicolas en se prenant au jeu.

— Sans doute, mais ici on ne vous demandera pas l'adresse de votre oncle… pour vérifier son testament. Suis-je clair ?

Nicolas n'eut pas à répondre, car la porte se rouvrait sur Émilie. Elle était suivie d'un homme dans la trentaine, grand, fort, et richement vêtu.

Le jeune homme déclara alors d'un air chagrin :

— Vous avez raison, on en discutera quand l'oncle Jules aura passé.

Il sortit à temps pour entendre l'homme glisser

à Mme de Clos-Renault, à la fenêtre de sa chaise à porteurs :

— Marion vous transmettra les ordres à l'église Saint-Séverin. Soyez-y le 25, pour la première messe.

Puis Émilie cogna du poing sur le plafond de la chaise pour signifier aux porteurs de partir. L'homme regarda sa complice disparaître dans la foule avant de rentrer prestement dans la boutique.

*
* *

La messe se terminait dans des vapeurs d'encens. Nicolas, posté près du bénitier, regarda les fidèles faire le signe de croix et se lever sur le traditionnel « *ite missa est* ». Dans la pénombre, il aperçut Olympe vêtue de ses vêtements de deuil. Trois rangs devant elle se tenait Émilie.

Une fois encore Nicolas observa les femmes de l'assistance, cherchant à mettre un visage sur le nom de Marion. Jusqu'à présent personne ne s'était approché d'Émilie, à part le bedeau au moment de la quête.

L'église se vida peu à peu de ses paroissiens. Bientôt Émilie sortit à son tour, suivie d'une servante qui portait son carreau[1], car, comme beau-

1. Coussin carré.

coup de dames de qualité, Mme de Clos-Renault avait le postérieur et les genoux fragiles.

Elle s'arrêta un instant sur le parvis, comme étourdie par la grande clarté de l'extérieur, et repoussa avec dégoût un mendiant qui lui demandait l'aumône. Puis, se rappelant sans doute à ses devoirs de chrétienne, elle sortit quelques pièces de sa bourse pour les donner à une petite vieille en guenilles.

Tout alla ensuite très vite. Nicolas vit la mendiante recevoir les pièces entre ses mains crasseuses. Elle s'accrocha à sa bienfaitrice comme pour la remercier de ses bontés. Le missel d'Émilie tomba fort à propos, la vieille le ramassa et y glissa un papier avant de le rendre à sa propriétaire. Après une dernière courbette, la mendiante déguerpit, tandis qu'Émilie se dirigeait d'un pas nonchalant vers sa chaise à porteurs en serrant son livre de prières contre elle.

— Suis ta belle-mère, souffla Nicolas à Olympe, je m'occupe de la vieille.

« Elle est rapide pour son âge », pensa Nicolas en pressant le pas. La mendiante avançait presque en courant dans les ruelles du quartier qu'elle semblait connaître comme sa poche.

Arrivée rue de l'Éperon, elle ralentit. Elle se courba, le dos rond, puis, s'appuyant sur son bâton, elle retrouva en une seconde son attitude de personne âgée. Traînant la jambe en marmonnant, elle entra dans une grosse maison bourgeoise à colombages.

Nicolas poursuivit son chemin, mine de rien, avant de revenir lentement sur ses pas. Il s'arrêta enfin face à la maison, près d'un marchand de soupe.

— Une mesure, je vous prie, demanda-t-il en cherchant de la monnaie.

L'homme plongea sa louche dans la grande marmite de sa voiture à bras, puis il remplit de bouillon chaud un des gobelets en fer-blanc qu'il portait en collier autour de son cou.

— Belle maison ! fit Nicolas en sirotant le bouillon. Je dois la visiter avec mes parents cet après-midi. Paraît qu'elle est à louer.

— Vous vous trompez sûrement, répliqua l'homme en remettant le couvercle sur la marmite. J'ai pas entendu dire que maître Dubuisson voulait la quitter. Et j'vends de la soupe tous les matins dans ce quartier depuis vingt ans, c'est dire que je connais mon monde.

— Maître Dubuisson ? Le notaire nous a pourtant parlé de deux associés, Martin et de Goussey, fit Nicolas avec assurance.

— Vous faites erreur, l'ami, déclara l'homme, ravi d'étaler son savoir. La maison est à Dubuisson, un échevin nommé de cette année. Martin, c'est son gendre. Et M. de Goussey, vous dites ? Connais pas. Mais maître Dubuisson reçoit beaucoup de gens de qualité.

— Tiens, j'aurais cru qu'il n'était guère riche. Je viens de voir sa femme entrer à l'instant…

— Ah, vous parlez de la vieille ! On la voit de temps en temps, elle va sans doute quémander l'aumône aux cuisines. Mais tenez, voilà justement la fille de Dubuisson, Marion Martin. Demandez-lui donc si la maison est à louer.

Une jeune femme brune à l'allure distinguée sortait en enfilant ses gants, une servante sur ses talons. Se pouvait-il que ce soit la mendiante de tout à l'heure ? songea Nicolas, éberlué, en cherchant une ressemblance entre les deux femmes. À moins qu'il n'y ait deux Marion ?

— Non, je ne vais pas ennuyer cette dame, fit-il en rendant son gobelet vide au marchand. Je retourne de ce pas chez le notaire qui se sera sans doute trompé de rue.

— Vous avez raison, l'ami, répondit l'homme en essuyant la timbale avec un coin de sa blouse avant de la rependre à son cou.

Nicolas esquissa un salut de son chapeau et il emboîta le pas aux deux femmes en sifflotant.

*

* *

Le soir tombait sur le port au foin. Les rares arbres plantés le long des berges encombrées d'embarcations avaient pris des teintes automnales qui rappelaient les blés mûrs et le pain bien cuit.

Malgré l'heure tardive, les passeurs, dans leurs bacs, passaient et repassaient d'une rive à l'autre de la Seine avec leur lot de passagers pressés. Les ponts étaient si encombrés que bien des Parisiens préféraient prendre le bac, même si de temps en temps les barques surchargées se retournaient au beau milieu du fleuve.

Au loin, les pêcheurs ramenaient lentement leurs filets. Les porteurs d'eau allaient et venaient sur les longs appontements qui leur permettaient de plonger leurs seaux loin des berges où l'eau était trop polluée.

Quelques crocheteurs, comme des fourmis disciplinées, transportaient encore dans leur hotte les ballots déchargés des bateaux. D'autres, à la queue leu leu, se faisaient payer leur journée et demandaient du travail pour le lendemain.

Car c'était ici, dans les ports parisiens, que se réunissaient les gagne-deniers et autres ouvriers sans qualification. Foule de miséreux dont les muscles étaient les seuls outils de travail, et qui vivaient au jour le jour, avec pour seul espoir de pouvoir manger à leur faim.

Aujourd'hui étaient arrivés des navires de foin et des barges de blé. On attendait pour demain un train de bois flotté[1]. L'ouvrage ne manquerait donc pas, car il fallait rentrer ces denrées à l'abri des entrepôts en prévision de l'hiver. Dans quelques semaines l'eau serait trop haute, et le courant trop rapide : les bateaux ne passeraient plus les arches des ponts et l'emploi se ferait rare.

Nicolas se cala du mieux qu'il put sur une balle de foin qui séchait au soleil. À son côté, Marianne, sa petite amie, mâchouillait un brin d'herbe avec un soupir de béatitude.

Petite, blonde et potelée, la jeune fille offrait un contraste saisissant avec le fils Popin, si grand et si mince. Aujourd'hui elle n'avait pas chômé sur le bateau-lavoir où elle travaillait depuis l'aube. Elle ne sentait plus son dos à force d'avoir frotté, courbée à genoux, le linge de ses clients. « C'est le métier qui rentre », affirmait sa mère, Rosalie Archer, la lavandière la plus réputée de toute la rive droite.

— C'est à n'y rien comprendre, lança Nicolas à Olympe, assise non loin d'eux. Qui sont ces gens pour agir comme des conspirateurs ? Qu'ont donc en commun un prêteur sur gages, un échevin et la femme d'un conseiller ?

— Ajoute une bourgeoise qui se déguise en mendiante…, commença Olympe.

---

1. Les trains de bois flotté mesuraient environ 5 m de large sur 70 m de long. Les billes de bois étaient liées entre elles sur cinq à sept épaisseurs. C'est ainsi que l'on approvisionna Paris en bois de chauffage de 1550 jusqu'à 1900. Le bois ne fut détrôné par le charbon que vers 1840.

— Et une demoiselle qui joue à la cousine pauvre chez un chapelier ! poursuivit en riant Marianne.

Nicolas étira sa grande carcasse, puis il entreprit d'enlever un à un les brins de foin qui s'étaient glissés dans ses vêtements.

— Tu as raison, « Louison » est une drôle de cousine, plaisanta-t-il. Les apprentis se mettent à bégayer dès qu'elle apparaît, et les célibataires du quartier viennent hurler des sérénades sous nos fenêtres dès la nuit tombée…

— Menteur ! s'écria Olympe.

Nicolas, hilare, continua :

— Mon père repousse ses galants à coups de bâton ! « Ma pauvre cousine est en deuil, je vous prie de cesser de l'importuner ! » On croirait un vieux barbon dans une pièce de théâtre !

Tout à coup son sourire s'effaça. Il se leva d'un bond.

— Attention, voilà le garde !

Avançant à grands pas, un homme bedonnant et mal rasé, vêtu d'un semblant d'uniforme bleu crasseux, se précipitait vers eux.

Basile Revel, surnommé « Gras-double », prenait son rôle très au sérieux. L'œil acéré, il surveillait les gagne-deniers, repérant à cent pas ceux qui profitaient de leur dur labeur pour mettre dans leur poche un morceau de charbon ou un bout de bois. Son autre passe-temps était la chasse aux promeneurs qui gênaient, selon lui, le déchargement des bateaux.

— Je vous ai déjà dit de ne pas traîner ici, brailla Gras-double.

— On ne fait pas de mal…, se justifia Marianne.

— Toi, je vais finir par en parler à ta mère ! On commence par traîner sur le port avec des bons à rien, et on finit par faire la catin ! Les lavandières, moi je les connais, elles ont autant de moralité que des chattes de gouttière ! Allez, ouste, décampez ! Vous abîmez les meules de foin.

— Vous devriez courir après les truands qui dévalisent les entrepôts, riposta Nicolas, plutôt que d'ennuyer les promeneurs !

— Les promeneurs ? Mon œil, graine de voleur ! Vide tes poches ! Si j'y trouve le moindre bout de charbon, j'appelle le guet !

Nicolas, rouge de colère, allait répliquer, lorsque Olympe s'interposa :

— Vide tes poches, Nicolas, puisque monsieur te le demande. Tu ne voudrais pas qu'il dérange les soldats du guet ?

La colère du jeune homme retomba aussitôt. Le guet avait sûrement le signalement d'Olympe. Qu'elle se fasse prendre, et les Popin iraient croupir en prison pour lui avoir donné asile. Après un soupir d'exaspération guère discret, il commença à vider ses poches, sortant avec lenteur quelques pièces de monnaie, un canif, puis un ruban de chapeau abîmé.

— Allez, filez ! enragea Revel. Bons à rien, fainéants ! Que je ne vous y reprenne plus !

Les deux filles agrippèrent chacune par un bras un Nicolas prêt à exploser et l'entraînèrent avant qu'il ne réplique.

— Seigneur ! souffla Olympe. Je n'avais pas réalisé à quel point ma fuite pouvait être dangereuse pour ta famille.

— Ne t'inquiète pas, mentit Nicolas, nous ne risquons rien. On ne te trouvera pas chez nous…

— Et puis, lança Marianne, s'il y a un problème, je vous cacherai au port.

Curieusement, les deux jeunes filles venues d'univers si différents s'étaient entendues dès le premier regard. Nicolas les avait présentées l'une à l'autre peu de temps après l'arrivée d'Olympe.

— Tu as un secret ? lui avait-il dit. Moi aussi…

Il l'avait entraînée au port un dimanche après la messe. Olympe bouillait d'impatience. Que lui cachait donc le jeune chapelier ?

Son secret, c'était une petite blonde aux yeux noisette, le nez couvert de taches de rousseur. Il l'avait rencontrée voilà six mois, alors qu'elle rentrait de son travail. Nicolas qui, jusque-là, ne se passionnait que pour les bateaux, en était resté comme foudroyé.

— Pourquoi cacher Marianne à tes parents ? avait demandé Olympe de retour à la boutique.

— Ma pauvre amie, mes parents ne l'accepteront jamais. Tu connais la réputation des lavandières ? On les dit voleuses et insolentes... Depuis mes douze ans, mon père parle de me marier à Bertille Cordoue, la fille unique du chapelier de la rue Saint-Jacques. Comme cela j'hériterai des deux boutiques. Si tu savais comme je m'en moque, moi, des chapeaux ! Un de ces jours, je m'enfuirai avec Marianne.

Nicolas avait fixé le bout de ses chaussures, puis il avait poursuivi, morose :

— Mais la corporation mettrait mon père à l'index... Il y perdrait son commerce.

— Tu exagères.

Nicolas avait haussé les épaules. Olympe ignorait que les corporations contrôlaient tout : boutiques, formation des apprentis, qualité des produits, jusqu'aux mariages entre familles. Marianne, elle, en était consciente. Aussi se contentaient-ils de se voir à la sauvette.

Ils arrivaient déjà aux abords du pont Marie où leurs chemins se séparaient. Olympe s'écarta avec un peu de gêne pour laisser ses deux amis se dire tendrement au revoir.

Elle n'avait encore jamais rencontré d'amoureux. Tout ce qu'elle connaissait en matière de sentiments se résumait à ce qu'elle avait lu dans les livres, ou aux confidences de ses amies, les Muses. Autant dire pas grand-chose. Pourtant elle ne pouvait s'empêcher d'être émue de les voir main dans la main, les yeux dans les yeux. Ces deux-là faisaient à la fois peine et plaisir à voir.

— Que j'en ai donc, des choses à apprendre ! soupira la jeune fille.

4

Décembre 1682

— Et celui-ci, mademoiselle ? demanda le vieux client à Louison en lissant sa moustache.

— Celui-ci ? fit-elle en attrapant un grand feutre à plume jaune. Monsieur a bon goût. Voulez-vous l'essayer ?

L'homme se mit devant la glace, posa le chapeau sur sa tête, se mit de face, de profil, prit l'air avantageux, puis souleva le couvre-chef, comme pour esquisser un salut à un ami imaginaire.

— Ne fait-il pas trop jeune pour moi ? demanda-t-il en dévorant la vendeuse des yeux.

Avec un beau brin de fille comme cette Louison

Popin, cela devenait un plaisir que de faire des emplettes ! D'ailleurs, il avait acheté ici deux chapeaux en un mois, dont on ne lui faisait que des compliments.

« Tudieu, les jeunes et jolies boutiquières devraient être obligatoires dans les échoppes », pensa-t-il avec entrain.

— Faire trop jeune ? répliqua Louison en souriant. Non, monsieur, je puis vous l'assurer. La forme est classique, et la plume donne une note de gaieté qui n'est pas déplacée. Nous pouvons vous certifier qu'il n'écrasera pas votre perruque. Avez-vous vu sa légèreté ?

— Je ne vois que cela, fit l'homme qui fixait en fait la jeune fille, le regard pétillant de malice. Je le prends, faites-le-moi livrer, je vous prie.

Le client n'était pas sorti que Nicolas, disparaissant sous une pile de chapeaux, venait se placer à côté d'Olympe.

— Arrête de faire les yeux doux aux clients, plaisanta-t-il, l'atelier n'arrive pas à couvrir la demande !

— Ne l'écoutez pas, Louison, fit son père dans son dos. Nos ventes ont doublé depuis que vous servez en boutique ! On dirait que vous avez fait cela toute votre vie.

— Sais-tu comment t'appellent ces messieurs entre eux ? railla Nicolas. « La belle Louison » ! Il y en a même un qui a demandé hier à l'apothicaire où était la chapellerie de « la belle Popinière » !

— C'est ridicule ! fit Olympe en riant.

— Mais efficace, répondit Jacques Popin. Ah, si ma pauvre femme n'était pas si malade...

Son sourire s'effaça aussitôt. La première vague de froid n'avait pas épargné la chapelière à la santé si fragile. La mauvaise toux qui ne la quittait plus, été comme hiver, avait empiré. Et voilà qu'il y a un mois Mme Popin s'était mise à cracher du sang. Le vieux rebouteux que l'on appela ne mâcha pas ses mots :

— Pas joli-joli, souffla l'homme en caressant sa grande barbe. Le sang, c'est le début de la fin.

M. Popin, blême, s'affala sur une chaise. Sa femme étouffa un sanglot, puis elle se signa, comme pour se protéger du sort.

— Si vous n'y prenez garde, dame Popin, poursuivit le guérisseur, vous ne passerez pas l'hiver. Il vous faut de la chaleur, du repos, et point de soucis. Et peut-être alors tiendrez-vous quatre, voire cinq ans, mais guère plus... Ce flux de poitrine ne se guérit pas. Celui qui vous dirait le contraire serait un charlatan.

— Elle restera au chaud, j'y veillerai, assura maître Popin d'une voix blanche.

Mais il avait aussitôt mandé un vrai médecin, l'illustre Hannibal Rabilus de la faculté de Paris. Contre dix livres, l'homme de l'art, après avoir longuement reniflé ses urines, prescrivit à la chapelière une saignée, un cataplasme et une potion, qui ne donnèrent guère de résultat.

Pourtant le choc de cette nouvelle passé, la chapelière, en bonne chrétienne, s'était soumise à son destin. « Après tout, répétait-elle entre deux quintes de toux, quatre ans c'était plus qu'il n'en fallait à une honnête chrétienne pour se préparer à rendre son âme à Dieu. Mais… qui servirait à la boutique et qui ferait les comptes ? »

Maître Popin baissa le nez, Nicolas haussa les épaules, Hippolyte et François, les deux apprentis, contemplèrent le plafond. Claudine, la servante, se mit à rire bêtement, comme à son ordinaire.

— Moi, j'sais point lire et écrire, déclara la brave fille en regardant les apprentis.

— Tenir la boutique est l'affaire de la maîtresse, rétorqua François, quant aux comptes…

— Et moi ? hasarda Olympe. Je ne fais rien de la journée, je vous aiderai de grand cœur.

— Vous n'y pensez pas ! s'indigna aussitôt le chapelier, comme au comble de l'horreur. Une demoiselle de qualité boutiquière ! Vous oubliez votre rang !

— Voyons, qui le saura ? Ne suis-je pas votre cousine Louise ? Et puis, les gens du quartier commencent à jaser. Voir une fille de mon âge oisive alors que dame Popin est si malade !

« Louison », avec application, apprit donc le langage des chapeaux : les feutres, petits-gris, cornards, castors et autres couvre-chefs à la mode devinrent ses familiers.

La clientèle, de vieux barbons pour la plupart, accueillit la jeune boutiquière comme une brise de printemps après l'hiver. En quelques mots, elle savait mettre à l'aise les plus grincheux, et guidait le choix des plus indécis, ce que la timide Mme Popin n'avait jamais su faire en vingt ans. Le bouche à oreille fit rapidement le reste.

Certes, on rentrait chez Popin pour voir la « belle Louison », dont on vantait la beauté dans le quartier, mais l'on en ressortait toujours avec un superbe chapeau.

— Le plumassier nous a encore livré des plumes de mauvaise qualité, fit Nicolas en observant le visage soucieux de son père. Ne t'inquiète pas pour Maman, ajouta-t-il. Elle va déjà mieux depuis qu'elle reste au chaud. Peut-être qu'avec le temps…

Il vit son père hocher la tête, avant de repartir les épaules basses à l'atelier. Nicolas posait sa pile de chapeaux sur le comptoir lorsque la porte de la boutique s'ouvrit sur une Zélie emmitouflée jusqu'au nez.

— Que se passe-t-il donc, que tu viennes en pleine semaine ? demanda anxieusement Olympe.

— Dame, je fais comme tout le monde, je viens voir « la belle Popinière » ! fit la lingère en riant.

— Zélie…

— Est-ce que tu donnerais du vin chaud à une

pauvre lingère transie de froid, contre un petit papier plié en quatre ? fit-elle en sortant de son gant de laine le dernier billet d'Émilie.

Les deux jeunes gens poussèrent un même cri de victoire. Ils se bousculèrent aussitôt pour contourner le comptoir.

— Que dit-il ?

— Ben dame, j'en sais rien, je sais pas lire !

Olympe s'en empara et le déplia fébrilement :

— *Amenez votre mari chez Dubuisson le 18 vers 7 heures du soir, nos amis tâcheront de le convaincre. M. y sera, nous vous le présenterons.*

— Le 18, c'est aujourd'hui, réfléchit tout haut Nicolas. À sept heures, il fait nuit, je passerai facilement inaperçu. Ainsi je pourrai voir qui entre et qui sort de chez Dubuisson.

— « Je » ? Tu voulais plutôt dire « nous » ?

— Non, j'y vais seul, trancha Nicolas. Les rues sont dangereuses, le soir. Et une personne se remarquera moins que deux. Et puis, quelle excuse donneras-tu à mes parents pour sortir à une heure pareille ? Moi, j'ai toujours la ressource d'aller chez le plumassier ou le mercier, pour quelques fournitures qui nous manquent…

— Tu as raison, soupira Olympe en rendant le billet à la lingère. Avec un peu de chance, nous saurons qui est « M. » et ce qu'ils mijotent…

5

— Où as-tu déniché une pareille horreur ? fit avec une grimace de dégoût le jeune Jason de Valvert à son ami.

— Comment cela une horreur ? Un chapeau de cinquante livres ! rétorqua Lambert Frémont de Croisselle.

Il alla s'asseoir sur une des chaises du petit salon. « Jason et son élégance ! » pensa-t-il en riant. À dix-huit ans, son ami de collège avait une garde-robe à faire pâlir d'envie le courtisan le plus coquet, et des idées bien arrêtées sur ce qu'il convenait de porter pour être à la mode.

— Une horreur, te dis-je ! insista Jason. Avoir

un si bel habit et en gâter l'harmonie par cette chose sans forme ni couleur…

Lambert, pour toute réponse, secoua son couvre-chef, qu'il posa négligemment sur son genou. Il regarda enfin son compagnon pour demander :

— Ton parrain en a-t-il pour longtemps ? Voilà un bon quart d'heure que nous patientons dans ce salon glacial. Il est déjà cinq heures, nous allons rater le début du spectacle. Les comédiens n'attendront pas le grand La Reynie, tout chef de police qu'il est !

— Son ami le conseiller de Clos-Renault a de graves problèmes de famille.

— J'aurais plutôt cru à des problèmes d'argent, ricana Lambert.

Il promena son regard vert sur le salon éclairé par une maigre bougie : pas de feu, pas de tentures, pas de tapis… à peine trois sièges dans une pièce nue.

— Non, tu fais erreur, reprit Jason en riant. Figure-toi que sa fille est partie en emportant les bijoux de famille !

— Tudieu, quelle éducation !

— Justement. Le plus drôle, c'est qu'elle était aux Visitandines d'où elle s'est enfuie, voilà trois mois. Elle est revenue ici, a dérobé les bijoux de sa belle-mère, et s'est envolée on ne sait comment. Mon parrain pense qu'il y a un galant là-dessous.

Enfin, Clos-Renault est fou de rage, et mon parrain ne sait plus que lui dire.

— Comment peut-on s'enfuir des Visitandines ? demanda Lambert en riant. Ma sœur y est depuis deux ans, je puis t'assurer qu'elle ne pourrait en sortir qu'en se glissant sous la porte !

— La rouée s'est mise en grand deuil et a filé un dimanche en empruntant l'identité d'une autre.

Dans la tête de Lambert passa l'image d'une jeune fille blonde en noir. Le regard de triomphe qui éclairait son visage ne lui avait pas échappé. Une vraie beauté, cette fille. Aujourd'hui encore, il aurait pu décrire chaque détail de son visage : deux yeux de velours noir, un teint de lait, grande, la taille fine encore amincie par la robe de deuil… Elle courait si vite qu'elle l'avait percuté.

Il regarda son chapeau avec un sourire de connivence. Devait-il dire à Jason qu'il avait croisé la fugitive sur le pas du couvent ? Cette demoiselle avait peut-être d'excellentes raisons pour…

La porte s'ouvrit, mettant un terme à ses réflexions. Nicolas de La Reynie sortait de la bibliothèque, M. de Clos-Renault sur les talons.

— Je fais ce que je peux, vous dis-je, affirmait avec une certaine gêne le policier. J'ai mis mes meilleurs hommes sur l'affaire. Elle n'a laissé aucune trace, les bijoux n'ont pas reparu.

— Comment diable une fille de seize ans peut-elle disparaître ? s'emporta le père. Vous m'aviez pourtant affirmé…

Le conseiller s'arrêta net à la vue des deux jeunes gens. Il toussota, puis il reprit jovialement :

— Mais je vous retiens, mon cher. Vous partiez au spectacle, je crois ? J'ai moi-même rendez-vous chez des amis de mon épouse.

Il reconduisit ses trois visiteurs jusqu'au perron en devisant de la façon la plus courtoise, puis il les regarda prendre place dans leur voiture.

— Horrible, ce chapeau, répéta Jason. Dès demain, je t'emmène chez « la belle Popinière », mon chapelier.

*
* *

La cloche de Saint-Séverin sonna sept heures. Tapi dans l'ombre d'une porte cochère, Nicolas, transi de froid, vit le carrosse des Clos-Renault s'arrêter devant la maison de Dubuisson. Le conseiller descendit en maugréant, suivi par sa femme.

— Nous ne resterons que peu de temps, je vous le promets, dit Émilie d'une voix câline.

— Vous n'aviez qu'à y aller seule, ronchonna son mari. Je ne connais pas ces gens.

— Ne faites pas votre sauvage, Augustin ! Ils se font une joie de vous rencontrer.

La porte de la maison s'entrouvrit. Puis un valet, bougeoir en main, les fit entrer sans un mot.

— Et de sept, souffla Nicolas en regardant le carrosse repartir à vide.

Depuis une demi-heure, cinq autres personnes étaient arrivées. Par chance, la façade de la maison était éclairée par une lanterne de verre. À six heures et demie, récapitula Nicolas, il y avait un gentilhomme et un abbé dans un carrosse. Puis un peu plus tard le grand homme de la rue des Carmes. Ensuite était arrivé un cavalier. Nicolas avait aussitôt reconnu un des clients de son père, le juge Galibert. Quelques minutes après, ce fut le tour d'un nouveau carrosse. Les portes étaient couvertes de boue, mais on y distinguait nettement le blason du comte de Mortaigne.

« Impossible », avait pensé Nicolas. La famille de Mortaigne avait été exilée à cinquante lieues de Paris voilà un an. L'affaire avait fait grand bruit. Louis XIV avait dépossédé le comte de sa charge de gouverneur pour la donner à un de ses favoris.

Pour se venger, Mortaigne poussa ses paysans à se rebeller contre l'État : il leur fit pendre des collecteurs d'impôts royaux. La riposte fut immédiate, le roi envoya aussitôt un régiment de dragons détruire quelques villages pour l'exemple. Puis la famille du révolté fut bannie dans un lugubre château, avec ordre de n'en plus sortir.

Visiblement, les Mortaigne ne s'avouaient pas

vaincus puisque, ce soir, l'un d'eux n'hésitait pas à se promener dans Paris malgré la sentence d'exil.

— Un disgracié, un juge, un échevin, un prêteur sur gages, compta Nicolas sur ses doigts, plus un gentilhomme et un ecclésiastique, une bourgeoise comédienne, un conseiller et sa femme... Cela sent le complot ou je ne m'y connais pas...

Au loin, il entendit le pas cadencé des soldats du guet faisant leur ronde. Il partit sans attendre, en rasant les murs, pour se fondre dans la nuit.

*
* *

— Monsieur désire un feutre noir ou gris ? demanda Olympe d'une voix blanche.

Dès qu'ils avaient franchi le seuil, elle l'avait reconnu. Pourquoi le sort s'acharnait-il sur elle ? Elle se croyait enfin en sécurité. Nicolas avait rapporté la veille des informations de première importance. Et voilà que le témoin de sa fuite resurgissait, comme un diable sorti de sa boîte.

— Les deux, mademoiselle Louise, répondit le jeune Valvert. Mon ami Frémont a besoin de vos conseils. Il a un goût déplorable en matière de chapeau.

— Choisissez pour moi, mademoiselle Louise, fit l'autre sans quitter la jeune fille des yeux.

Olympe rentra nerveusement la tête dans les

épaules. Elle se retourna vers les étagères et entreprit, avec un détachement feint, de chercher le couvre-chef idéal. « Mademoiselle Louise » ! Il l'avait prononcé avec ironie, elle en était sûre. Il savait. Il savait, bien sûr. Ne pas rougir, ne pas trembler. Elle était Louison Popin, honnête jeune fille à la conscience tranquille…

Elle attrapa un feutre noir garni d'un galon doré et d'une plume recourbée, puis elle se tourna vers son client, un sourire factice aux lèvres.

— Celui-ci est très bien pour la ville, récita-t-elle calmement. Il conviendra parfaitement pour visiter vos amis, ou pour sortir au théâtre.

Le dénommé Frémont le posa sur sa tête. Il jeta à peine un œil au miroir, puis il le lui rendit :

— Je le prends, mademoiselle Louise.

Sans attendre, Olympe sortit un grand carton pour emballer le chapeau. Plus vite ce serait fait, plus vite ils partiraient.

— Crois-tu que Sophie l'appréciera ? demanda Frémont à son ami. Je le mettrai dimanche pour la voir aux Visitandines.

La boîte à chapeau s'échappa brusquement des mains d'Olympe pour aller rouler sous le comptoir. « Il sait qui je suis, se répéta-t-elle en sentant son cœur s'emballer. Cet imbécile a fait exprès de parler des Visitandines pour voir ma réaction. Eh bien, il est servi, maintenant il sait que je sais qu'il sait… »

— Voyons aussi un gris, fit Valvert, tandis qu'elle récupérait la boîte.

Mais Frémont, sans la lâcher des yeux, répliqua aussitôt :

— Non, je n'en prends qu'un. Je reviendrai pour le gris un autre jour. Cela me donnera le plaisir de vous revoir… Mademoiselle Louise.

Puis, avec un sourire entendu, il paya son chapeau et sortit, son paquet sous le bras.

— Mademoiselle Louise, singea Olympe en grimaçant. Pauvre sot, triple buse ! Cela t'amuse de jouer au chat et à la souris avec moi ? Reviens quand tu veux, Frémont de malheur, je t'attends de pied ferme. Si tu crois que tu me fais peur, pesta-t-elle tout haut dans la boutique vide.

Pourtant, ses jambes tremblaient tellement qu'elle dut aller s'asseoir.

*

* *

Olympe vit arriver dimanche avec soulagement. Au moins échapperait-elle pour un jour à ses angoisses en allant se détendre avec ses amis.

Un feu d'enfer brûlait à la taverne du *Bon Pasteur*, quai des Ormes. Dans la pièce surchauffée, les marins et les gagne-deniers profitaient de leur jour de repos pour jouer aux dés leurs maigres salaires. Dans leur dos, les servantes aux visages rougis par la chaleur de l'âtre passaient et repassaient chargées de chopes de bière et de brocs de vin.

Assis aux grandes tables de bois, quelques habitants du quartier venaient au sortir de la grand-messe se réchauffer avant de regagner leurs foyers. L'ambiance ici était bon enfant. Il y avait toujours un habitué pour sortir une flûte ou un violon, et régaler l'assistance d'une ballade ou d'une chanson de marin.

Nicolas et Marianne avaient l'habitude d'y venir les jours de mauvais temps. Le patron, qui avait pris les deux amoureux en amitié, leur gardait toujours une table à l'écart afin qu'ils puissent se retrouver en tête à tête sans être importunés.

Olympe y était d'abord entrée avec réticence : il n'y avait, à sa connaissance, qu'une sorte de femme pour fréquenter ce genre d'endroit, les « filles perdues » de sœur Philomène. Pourtant, en peu de temps, elle avait compris que, sous leur aspect bourru et leur langage parfois vulgaire, ces gens ne ressemblaient en rien aux suppôts de Satan dont on lui rebattait les oreilles au couvent.

— Un complot ? fit Marianne en riant.

— Je n'ai pas rêvé le blason des Mortaigne, « M. » comme Mortaigne, répliqua Nicolas un peu vexé. Ni celui des deux tours sur fond rouge du gentilhomme et de l'abbé…

— Les armes des Bressy ? s'étonna Olympe.

Elle resta un instant bouche bée, comme étourdie

de sa découverte. Elle connaissait bien la marquise de Bressy, une amie de sa mère. Une femme charmante, bonne comme du bon pain, protégeant de nombreux poètes, aidant des orphelinats, et bien incapable de faire le moindre mal à quiconque ! Son époux, un homme d'une honnêteté scrupuleuse, avait une charge importante à la Cour.

Malheureusement, le reste de la famille avait bien moins de principes ! Olympe avait entrevu, voilà trois ans, l'abbé de Bressy, le plus jeune fils, un ambitieux qui intriguait pour se faire nommer évêque par le roi. Le cadet, lui, était officier. Mais la marquise plaisantait souvent que son beau-frère passait plus de temps à Versailles à mendier une pension qu'à diriger son régiment.

— Et alors, qui sont-ils, ces Bressy ? demanda Nicolas.

— Deux intrigants… Dans quel pétrin mon père s'est-il fourré ? Je commence à croire que tu as raison, cela sent le complot. Réfléchis un peu, tous ces gens sont à des postes clés de l'Administration, de l'Armée et de l'Église. Ajoute des nobles en révolte, et tu as là un mélange détonant, une vraie poudrière…

— Mais pourquoi vouloir entraîner votre père dans leur complot ? demanda Marianne.

— Mon père est très influent au Parlement…

Des cris les interrompirent brutalement. À la table voisine, deux marins commencèrent à se disputer, chacun accusant l'autre de tricher au jeu. Le patron dut intervenir pour rétablir le calme.

— Et pour votre Frémont, que comptez-vous faire ? poursuivit la jeune lavandière.

— Je ne sais qu'en penser, soupira Olympe en croisant nerveusement les mains. Il semblait se divertir de la situation. Mais pourtant, s'il m'avait voulu du mal, il lui aurait suffi de me dénoncer…

— Peut-être ne sait-il rien ? reprit Marianne avec optimisme.

— Et puis, par quel mystère serait-il au courant de ta fuite ? renchérit Nicolas.

— Vous avez raison, il ne sait sans doute rien.

*
* *

— Tu vas rire, fit Jason de Valvert en sortant de chez son gantier-parfumeur. Te souviens-tu de cette demoiselle de Clos-Renault ? Nous étions chez son père voilà huit jours.

Ils enfilèrent la rue Saint-Denis, en sautant de pavé en pavé sur la pointe des pieds pour éviter les tas d'immondices.

Depuis les premiers froids, les odeurs étaient moins fortes, mais la pluie des derniers jours avait recouvert les rues de cette boue si tenace, mélange de terre, d'excréments et d'ordures en décomposition, dont la moindre tache restait indélébile.

— Oh ! Regarde donc l'échoppe de ce tailleur. Ce justaucorps à parements d'argent est divin !

Lambert vit son ami loucher sur le mannequin d'osier placé dans la devanture, comme un gourmand saliverait devant un gâteau. Voilà qu'il en oubliait Olympe de Clos-Renault.

Lui, depuis huit jours, n'avait pensé qu'à elle. Il revoyait sans cesse ses cheveux blonds, ses yeux noirs, son teint de lait, et son air effrayé mais pourtant sûr d'elle, presque hautain. D'abord, il avait trouvé que « la belle Popinière » ressemblait à s'y méprendre à la jeune fille du couvent, puis, en voyant une étincelle de peur dans son regard, il avait compris que c'était elle.

Elle aussi l'avait reconnu, à n'en pas douter.

Enfin quelque chose d'inattendu dans une vie morne à périr d'ennui !

À sa sortie du collège, voilà deux ans, il avait décidé de voyager. C'est ainsi que, grâce aux relations de son père, il avait vu les splendeurs antiques de Rome, il avait visité Venise, Prague et Varsovie...

Mais, depuis son retour, les journées se succédaient, sans aucun intérêt. Jason faisait les boutiques ou passait voir son parrain, pendant que lui-même s'entraînait à la salle d'armes. Ensuite ils couraient ensemble les cercles de jeux et les salons, jusqu'au soir, où ils allaient au spectacle... Dure vie que d'être blasé de tout à dix-huit ans !

Lambert envisageait de repartir, aux Indes cette

fois-ci. *Le Fringant*, un des navires de commerce de son père, appareillait dans trois mois.

C'était l'occasion rêvée pour changer de vie... Mais voilà que la belle Popinière lui offrait une énigme que le lieutenant général de Police lui-même n'avait pas pu résoudre.

D'abord, Lambert s'était demandé ce qu'une fugitive, doublée d'une voleuse, faisait dans une modeste chapellerie. Pourquoi travailler quand on dispose d'une fortune en bijoux ? Sophie lui avait fourni un début de réponse lorsqu'il l'avait visitée au parloir ce dimanche. Il avait profité de l'inattention de la religieuse qui surveillait les conversations pour lui soutirer quelques renseignements.

— Olympe ? avait répondu sa jeune sœur avec de l'admiration dans la voix.

La suite ne l'avait pas déçu. Tout y passa, d'abord ce fut l'histoire d'une fille qu'on voulait faire entrer en religion contre son gré. Il ne fut plus question ensuite que de sa révolte et de sa fuite. Car, bien que mère Marie-Adèle ait tout fait pour étouffer l'affaire, le bruit s'en était répandu dans le couvent comme une traînée de poudre.

Mais quelles étaient ces histoires de galants et de bijoux que racontaient Jason et son parrain ? Sophie n'en savait rien.

Jason attrapa tout à coup Lambert par le bras pour le tirer dans la boutique du tailleur.

— Alors, cette demoiselle de Clos-Renault ?

demanda Lambert à son ami qui tournait déjà autour du mannequin.

— Quelle demois... ? Ah oui ! Figure-toi que mon parrain a reçu un message ce matin, alors que j'étais dans son bureau. On aurait vu une fille qui ressemble comme deux gouttes d'eau à la péronnelle.

— Où donc ?

— Dans une boutique tenue par le cousin de la lingère des Clos-Renault. C'est un des domestiques qui a vendu la mèche. Mlle de Clos-Renault, dans une boutique ! C'est d'un grotesque ! Mon parrain doit passer prendre le père. Ils vont l'arrêter, et l'expédier aux Madelonnettes pour lui apprendre à vivre.

— Aujourd'hui ?

— Oui, mais à mon avis, ils se trompent, ce n'est pas elle. Ces domestiques diraient n'importe quoi pour un bon pourboire. Et puis, qu'irait faire une demoiselle de qualité dans une boutique ?

— On se le demande, fit Lambert en souriant.

Jason avait toujours des idées toutes faites sur les gens. Ainsi, il ne lui serait pas venu à l'esprit de travailler. Le travail, c'était fatigant, salissant, et pour tout dire ennuyeux. Le travail, c'était l'affaire des pauvres, des bourgeois et des domestiques.

Chez les Frémont, il en allait tout autrement. Le grand-père de Lambert, un simple employé de chenils royaux, s'était attiré l'amitié de Louis XIII lors d'une chasse à courre. Il avait obtenu la terre de Croisselle, un modeste village normand, un jour qu'en menant la meute il avait permis à Louis XIII de tuer coup sur coup trois sangliers : son avenir était assuré.

Croyant s'attirer les bonnes grâces de la noblesse, son fils Armand, élevé dans les meilleures écoles, s'était donc affublé du nom de Frémont de Croisselle. Mais hélas ! un fils d'employé reste un fils d'employé, même avec une particule, et l'on avait boudé le parvenu.

En quelques années, Armand Frémont avait amassé une fortune considérable. D'abord, il avait affrété un bateau pour commercer avec les Indes, ensuite deux, trois, dix, car la mode était aux épices et aux produits exotiques. Puis, voyant que Louis XIV s'intéressait à Versailles, il avait acheté une bouchée de pain les terrains marécageux autour du petit château où son père menait autrefois les chiens pour Louis XIII.

Et, comme il l'avait espéré, petit château était devenu grand. Aujourd'hui Versailles était le siège du gouvernement ; Armand Frémont, seigneur de Croisselle, se retrouvait propriétaire des terrains les plus recherchés de France, qu'il revendait à prix d'or... Les ducs, en grimaçant, lui donnaient du « cher ami », et son fils Lambert était reçu dans les familles les plus influentes.

Pourtant Lambert n'oubliait pas pour autant ses

origines. Il regardait son père travailler de l'aube au coucher du soleil, et ne pouvait s'empêcher de penser, chaque fois qu'il dépensait son argent, qu'il avait été durement gagné.

— C'est tout ce qu'il me faut pour le bal de la Saint-Sylvestre, reprit Jason en admirant la finesse d'un col de dentelle. Amélie sera là, et avec ce justaucorps, elle ne verra que moi !

Lambert se détourna pour rire. Voilà trois ans que Jason courait après sa cousine. Trois années à lui offrir fleurs et bonbons, à lui réciter des poèmes, sans autre satisfaction qu'un sourire distrait de la belle Amélie. Mais Jason ne désespérait pas, Jason était la constance même.

Lambert ne lui avait pas encore parlé de sa découverte. Lui dire qu'Olympe de Clos-Renault et Louise Popin n'étaient qu'une seule et même personne l'aurait sans doute poussé à tout avouer à son parrain, avec qui il était très lié.

De plus, Jason ne savait pas mentir. Ou du moins le faisait-il si mal, qu'il ne fallait pas tenter le diable. Et cette affaire lui tenait diablement au cœur. « L'affaire ou la fille ? pensa Lambert en un éclair. L'affaire, bien sûr. »

Il regarda Jason se jeter sur les échantillons de tissu que le patron lui présentait.

— Je te laisse, dit-il négligemment. Je vais suivre tes conseils et retourner chez la belle Popinière prendre ce chapeau gris.

Mais Jason, les deux bras à l'horizontale, se laissait manipuler par le garçon, qui prenait déjà ses mesures. Il acquiesça distraitement, puis il glissa au tailleur :

— Tâchez de rembourrer les épaules et de serrer la taille, que je sois à mon avantage !

*
* *

— Monsieur, je peux sortir ? demanda Claudine en attrapant ses deux seaux. On n'a plus d'eau...

— Déjà ? s'étonna Olympe. N'êtes-vous pas allée à la fontaine ce matin ?

— Si fait, mademoiselle, mais les porteurs d'eau se sont flanqué une peignée avec les servantes de l'auberge de *La Cruche d'or*. Ça pissait le sang de partout ! Le guet a dû intervenir et j'ai perdu mon tour dans la queue !

— Je croyais que les porteurs d'eau ne devaient pas se servir aux fontaines publiques ?

— Oui-da, mais ils le font quand même plutôt que de retourner puiser leur eau dans la Seine. Alors, ils bousculent les gens qui font la queue, et passent devant tout le monde. Hier, on en a estourbi un à coups de baquet. Mais, aujourd'hui, ils sont revenus à cinq et ils ont laissé les trois filles de *La Cruche d'or* sur le pavé !

— Allez-y, Claudine, fit le chapelier que ces problèmes domestiques n'intéressaient guère. Tâchez de ne pas y passer la journée.

La servante sortit en traînant ses sabots. Elle râlait pour la forme, car elle n'aurait pas raté la corvée d'eau pour tout l'or du monde : la fontaine était le rendez-vous des commères du quartier.

— Nicolas, applique-toi donc, fit maître Popin. Ce feutre tient plus de la cloche que du chapeau !

Le jeune homme haussa les épaules, et son père poussa un soupir désabusé qui fit rire les apprentis dans le fond de l'atelier. « Éternelle querelle, pensa Olympe, que celle du père qui veut façonner son fils à son image. »

— Tu crois que c'est en travaillant comme ça que tu vas être reçu dans la corporation ? s'indigna Popin père.

— M'en fiche, j'épouserai une « cent filles »…

Maître Popin manqua s'étouffer d'indignation.

— Moi vivant, jamais tu ne feras une telle chose. Tu épouseras Bertille Cordoue !

— Elle a un œil qui dit merde à l'autre, et en plus elle est plate comme une planche à pain !

— Non, s'emporta son père, elle a une coquetterie dans l'œil et elle est très… mince. D'ailleurs, quand on doit hériter d'une chapellerie de huit mille livres, on est forcément beau.

— Je préférerais mille fois une « cent filles », insista Nicolas pour faire enrager son père.

— Une sans quoi ? s'étonna Olympe.

— Une orpheline, répliqua maître Popin avec agacement. Le roi fait élever cent filles pauvres, à l'orphelinat de la Miséricorde, à trois rues d'ici. L'apprenti qui en épouse une est reçu maître dans sa corporation sans même passer l'examen !

— Cela vaut toutes les dots du monde, ajouta Nicolas à l'intention d'Olympe. Et en plus on est dispensé de payer les taxes pour s'installer !

— C'est immoral, s'indigna son père. Que deviendrait la profession si n'importe qui pouvait s'installer n'importe où, rien qu'en épousant une orpheline ?

Dans la boutique, la cloche de l'entrée retentit. Olympe sortit aussitôt de l'atelier pour aller à la rencontre de son nouveau client. Elle prépara un sourire d'accueil qui s'effaça aussitôt. Une femme âgée, suivie de sa servante, se tenait appuyée sur une canne. Mais derrière elles…

Encore ce Frémont de malheur ! pensa-t-elle en retenant sa respiration.

Elle proposa un siège à la femme qu'elle entreprit de servir comme si de rien n'était. Elle ficela d'une main habile le paquet de sa cliente, puis encaissa le montant de l'achat sans sourciller. Pourtant, une fois la femme sortie, sa belle assurance s'envola.

— Que voulez-vous encore ? demanda-t-elle sèchement à Frémont.

— Mais… votre chapeau gris, bien sûr.

— Assez, monsieur. Allez au fait, répliqua-t-elle d'une voix tremblante.

Tout à coup son air apeuré fit pitié au jeune homme. Elle devait être sur des charbons ardents. Il s'apprêtait à parler, lorsque, dans son dos, la porte s'ouvrit sur deux nouveaux clients.

Olympe se composa un sourire, et Lambert, tout en posant sur sa tête le premier chapeau qui lui tomba sous la main, continua en se regardant dans la glace :

— Savez-vous que votre boutique va devenir célèbre, mademoiselle Louise ?

— Vraiment, monsieur, fit-elle d'une voix qu'elle voulut neutre.

En fait, elle bouillait. Que lui préparait-il ? Et l'autre qui prenait son temps ! Il reposa le chapeau, puis s'en choisit un autre :

— Oui, pas plus tard que tout à l'heure, mon ami Valvert m'a dit que son parrain, M. de La Reynie, devait venir ici… en personne, avec un certain Clos-Renault qui s'intéresse à votre modèle exclusif, celui baptisé… Olympe, je crois. Ils veulent le faire livrer aux Madelonnettes…

La jeune fille s'agrippa au comptoir pour ne pas tomber. Elle était si pâle qu'un instant Lambert crut qu'elle allait défaillir. Elle se reprit pourtant, offrant aux deux clients un visage impassible.

— Qui vous a parlé de… ce modèle ? finit-elle par répondre.

— Ma sœur, Sophie de Croisselle.

Ainsi, pensa-t-elle, il était au courant de tout. La conversation par énigme était suffisamment claire.

— Sophie est donc votre sœur ? Ne vous appelez-vous pas Frémont ?

— Frémont de Croisselle. Vous ai-je dit que ce Clos-Renault venait sur les conseils d'un de ses domestiques ? Il a appris que votre patron était cousin avec sa lingère.

« Zélie ! » pensa-t-elle en fermant les yeux. Zélie et les Popin étaient maintenant en danger par sa faute. La voix un peu tremblante, elle demanda :

— Quand doivent-ils venir ?

— Aujourd'hui même. Je voulais être le premier à vous le faire savoir.

Finalement, ce Frémont était plutôt sympathique. Mais pourquoi prenait-il le risque de l'aider alors que M. de La Reynie était de ses amis ? N'y avait-il pas quelque piège là-dessous ? Elle le regarda dans les yeux, et n'y trouva aucune fourberie.

— Je vous remercie, monsieur. C'est très aimable à vous.

— Voulez-vous me livrer le chapeau gris à mon hôtel, place Royale ? Vous pourrez y demeurer un moment, si le cœur vous en dit. N'hésitez pas, les amies de Sophie sont mes amies.

Peut-être était-il sincère ? Elle lança tout bas :

— Que Sophie dise à Victoire… Non, rien.

Elle avait mis suffisamment de gens dans l'embarras, sans ajouter ce gentilhomme et sa sœur.

Dans ses yeux noirs, constata Lambert, il n'y avait plus de peur mais de la gratitude. Il sentit son cœur se gonfler de joie et d'orgueil. N'avait-il jamais rêvé qu'on le regarde avec ces yeux-là ?

— Je lui dirai que vous allez bien, fit-il doucement. Bonne chance.

Elle le regarda sortir, puis, sans même s'occuper de ses nouveaux clients, elle poussa la porte de l'atelier, et se mit à crier :

— Nicolas !

*
* *

Nicolas attendait les clients derrière le comptoir. Voilà une bonne heure que leur stratagème était au point. Si tout marchait bien, personne n'aurait à pâtir de la fuite d'Olympe.

Enfin, la porte d'entrée s'ouvrit à la volée sur Hippolyte, l'un des apprentis, qui annonça fébrilement :

— Les voilà ! Leur carrosse arrive !

Nicolas ajusta sa chemise, et passa un doigt entre le col et son cou pour déglutir nerveusement. Puis il attendit en tentant de maîtriser sa respiration qui s'affolait. Les trois minutes suivantes furent les plus longues de sa vie. Lorsque la porte s'ouvrit enfin sur les deux gentilshommes encadrés de deux hommes, à coup sûr des policiers, il se sentit presque soulagé.

— Ces messieurs désirent ?

— Nous voulons voir la dénommée Louise Popin, lança sur un ton autoritaire l'un des deux gentilshommes, un grand homme au nez busqué et au menton fendu d'une fossette, à n'en pas douter le chef des policiers.

— Louison ? répliqua Nicolas. Elle est absente. Puis-je vous aider ?

— Nous savons qu'elle est ici, s'écria le conseiller. Il ne sert à rien de vouloir la cacher !

— Mais je vous assure que…

— Faites fouiller la maison, La Reynie, qu'on en finisse !

Pourtant M. de La Reynie ne tint pas compte de l'avis du conseiller. Il regarda le jeune homme derrière le comptoir, et lui lança :

— Vous risquez gros à donner asile à une fugitive. Il vaut mieux que vous nous la livriez.

— Livrer Louison ? répéta bêtement Nicolas. Ah çà, il faut que j'appelle mon père. Louison, une fugitive ? Qu'est-ce donc que cette histoire ? Père ! hurla-t-il, viens vite ! Il y a des inconnus qui veulent s'en prendre à Louison !

La Reynie poussa un soupir. Voilà qu'il allait se rendre ridicule pour rendre service à un ami. De plus, il avait la désagréable impression de perdre son temps ici, alors qu'il avait tant de travail. Sans compter que si ce garçon ameutait le quartier, demain tout Paris jaserait sur le grand La Reynie, mis en échec par une fille de seize ans…

Le chapelier arriva enfin. L'air ennuyé d'avoir été dérangé, il alla se poster près de son fils.

— Plaît-il, messieurs ? s'enquit-il en toisant les quatre hommes du regard.

— Celle que l'on nomme « la belle Louison », où est-elle ? hurla le conseiller.

Le policier, quant à lui, commençait à trouver son ami bien bruyant.

— Louison ? Elle est à la cuisine. Qui la demande, je vous prie ?

— Qu'elle vienne, s'il vous plaît, fit le policier.

— J'en suis responsable, monsieur. Que lui voulez-vous ? insista M. Popin avec colère.

— Je suis de la police, cela vous suffit-il ? lâcha La Reynie, comme à contrecœur.

— La police ? Il fallait le dire tout de suite. Nicolas, ordonna le chapelier, va la chercher.

Nicolas sorti, un pesant silence s'installa.

— Ah ! Voici ma cousine, fit Jacques Popin quelques instants plus tard. Louison, venez dire bonjour à ces messieurs.

La jeune fille, petite et potelée, s'avança timidement. La Reynie regarda le visage rond et les taches de rousseur, les cheveux blonds et les yeux noisette… Était-ce là « la belle Louison » dont on vantait tant la beauté ?

— Ce n'est pas elle ? laissa-t-il tomber.

C'était plus une constatation qu'une question.

— Où est ma fille ? Tudieu, que veut dire cette comédie ?

— Calmez-vous, monsieur ! souffla La Reynie. Je vous avais pourtant recommandé de vérifier ces renseignements avant de venir ici.

Le chapelier, qui faisait mine de ne pas comprendre, demanda sur un ton excédé :

— Alors, vous vouliez voir Louison, oui ou non ?

Mais le conseiller, rouge de colère, explosait avec rage :

— Comment ce domestique a-t-il pu confondre mon Olympe avec cette… cette fille de cuisine !

« Louison », qui aurait dû s'offusquer de la comparaison, ne put s'empêcher de sourire. C'est avec une certaine ironie qu'elle rétorqua :

— Ah çà, si c'est une certaine Olympe que vous cherchez, je peux vous jurer qu'il n'y en a pas ici !

*

* *

— Cette maudite donzelle nous a encore échappé, s'écria Émilie de Clos-Renault en tapant du poing sur la table. Il nous faut ces bijoux. Cent mille livres de bijoux. Notre plan ne peut pas aboutir sans cet argent !

Autour de la table, ses complices, les « Confrères du Renouveau », soupirèrent. Ce soir-là, leur réunion commençait sous de bien sombres auspices. Les nouvelles étaient mauvaises et les conspirateurs, qui s'étaient retrouvés en grand secret chez l'échevin, traînaient un air morose.

Dubuisson regarda s'égosiller la jeune femme. Elle avait naturellement raison d'être en colère, car ce contretemps risquait de leur être fatal.

Leur complot était en marche, il ne souffrirait aucun retard. Les autres groupes de province attendaient leur signal pour soulever les Parlements contre l'autorité royale, d'ici deux mois.

— Mordieu, sans cet argent, impossible d'enrôler des troupes, s'emporta le jeune Martial de Bressy. Et mon régiment ne se rebellera pas sans une prime digne de ce nom.

Il se leva brusquement, alla se servir un verre de vin qu'il but d'un trait, avant de se rasseoir en faisant gémir sa chaise.

— Meunier, le prêteur sur gages, pourrait nous fournir de l'argent, proposa Joseph Martin, le gendre de Dubuisson.

— Meunier n'en fera rien, fit sourdement Émilie. Il nous a aidés avec l'espoir de récupérer dix fois sa mise une fois le coup d'État effectué. S'il voit que nous sommes incapables de mener notre projet à bien, il nous lâchera et il nous trahira…

— Qu'importe cette canaille ! répliqua Bressy avec colère. Le comte de Mortaigne nous ralliera la petite noblesse. Une partie des parlementaires de province marche déjà avec nous. Demain nous aurons les magistrats et les ecclésiastiques dans notre poche !

Les conjurés s'entre-regardèrent, les yeux brillants d'espoir. Ils avaient fait la moitié du chemin, bientôt la Fronde renaîtrait de ses cendres. Et cette fois-ci, ils gagneraient : le roi devrait céder, rendre tous leurs pouvoirs aux Parlements, et ses privilèges à la noblesse.

— Si je tenais cette peste ! cria tout à coup Émilie. Mon porteur de chaise était pourtant sûr de l'avoir reconnue, rue Mouffetard. Quand je pense qu'elle a eu l'audace de venir voler ces bijoux dans ma chambre !

— C'est vrai, ironisa Jean de Goussey, son voisin de table. Des bijoux que vous aviez eu vous-même tant de mal à lui voler !

— Moquez-vous ! Vous ne devez pas supporter mon vieil entêté de mari comme je le fais. Je vous le livre sur un plateau, et vous n'êtes même pas capable de le faire fléchir !

— Il fléchira. Grâce à vous, ma chère, nous le tenons. Il nous doit tant d'argent qu'il sera obligé de plier. Lorsqu'il aura pris notre parti, les autres conseillers du Parlement de Paris suivront comme des moutons... Mais cela ne résout pas pour autant le problème des bijoux. Il nous reste deux mois pour trouver cent mille livres et enrôler des troupes.

Bressy se leva et se mit à faire les cent pas. Martin tapota nerveusement la table dans un pesant silence, Goussey soupira : « L'argent, toujours l'argent. »

— Sale peste, râla Émilie. Cherchons-la. Nous avons des hommes dans la police, ce sera bien le diable si nous ne la trouvons pas. Et, par Dieu, je jure que quand je la tiendrai, elle paiera pour les ennuis qu'elle nous cause !

6

L'aube se levait à peine, une aube brumeuse et froide. Rosalie Archer regarda le courant trouble du fleuve. Comment laver proprement du linge dans une telle eau ? se demanda la maîtresse lavandière. Les clients se plaignaient parfois que leurs chemises n'étaient pas de première blancheur, mais qui pouvait les en blâmer ?

— Heureusement qu'il ne gèle pas, fit-elle à sa fille Marianne en montant sur le bateau-lavoir. Nous pourrons encore travailler quelques jours avant les grands froids, après ce sera le chômage.

Elle se pencha sur le bord du bateau à fond plat où étaient installés les lavoirs, et trempa sa main dans l'eau. Elle en sortit un peu au fond de sa paume.

— Peste ! On encore lâché des ordures dans la rivière, l'eau est aussi claire que de la pisse d'âne !

Elle se leva pour regarder la trentaine de femmes qui attendaient sur la berge. Le *Sainte-Croix* disposait de vingt-quatre places, dont huit lui étaient louées. Aujourd'hui, il n'y aurait pas de travail pour tout le monde.

Rosalie repéra les meilleures ouvrières, puis elle descendit à terre pour les choisir.

— Prenez-moi, madame Rosalie, fit une femme, le teint pâle et les yeux cernés.

— Non, Jeanne, tu es malade. Rentre chez toi.

— Mais de quoi j'vais vivre ? J'suis pas fainéante, laissez-moi venir.

— Rentre chez toi. Je vais voir si on peut te prendre demain à étendre le linge.

Olympe vit la pauvre femme partir en pleurant. Puis Rosalie Archer alla se poster devant chaque ouvrière pour regarder l'état de ses mains.

— Toi, fit-elle à une grande fille osseuse en lui montrant le bateau du menton. Toi aussi, dit-elle à une vieille bien en chair. Pas toi, tes mains sont crevassées. Les deux Madeleine et Marie, je vous prends. Mesdames, c'est tout pour aujourd'hui !

— Comment ça ? fit la première des filles choisies. Nous ne sommes que cinq. Avec vous et

Marianne, nous sommes sept. Il en manque une. Vous aviez promis de prendre ma voisine !

— J'ai déjà la huitième, Rose, répliqua Rosalie Archer. Voici Suzelle, une amie de ma fille.

Rose regarda la nouvelle venue avec animosité. Elle ne put s'empêcher de râler :

— D'où qu'elle vient, celle-là ? Elle a jamais travaillé chez nous.

— Eh bien maintenant, elle travaille pour moi. Tu as quelque chose à y redire ? fit Rosalie Archer les mains sur les hanches.

— Ben non, madame Rosalie. Mais pourquoi prendre une nouvelle, alors que ma voisine...

— Au travail, s'écria Mme Archer pour clore la discussion. Aujourd'hui, j'offre quatre deniers par chemise, jupon et par caleçon. Un denier la coiffe, le col et le mouchoir, cela vous va-t-il ?

Les femmes montèrent sur le bateau en acquiesçant. L'emploi en cette saison était rare, on n'allait pas discuter sur les prix. Aux lavoirs côté quai, les places étaient déjà prises. Joséphine Charpe et Magali Renard, les deux autres maîtresses, y avaient mis leurs femmes et distribuaient déjà le linge.

— Viens par ici, fit Marianne à Olympe. Tu seras dos au vent. Ce sera mieux pour toi.

Elle regarda Marianne s'agenouiller sur le bord du lavoir côté fleuve et l'imita, la peur au ventre. Car ces femmes lui faisaient peur. On racontait tant d'horreurs sur les lavandières ! Olympe releva haut ses manches. Puis elle contempla d'un air affolé l'énorme tas de linge enduit de lessive que Rosalie Archer venait de poser près d'elle.

— Alors, princesse, fit Rose à deux places d'elle, tu crois que le travail va se faire en le regardant ?

— On t'a sonnée, Rose ? répliqua vertement Marianne. Elle s'appelle Suzelle et t'avise pas de lui chercher des noises, ou tu vas me trouver !

— Elle peut pas se défendre toute seule, ta Suzelle ? ricana l'autre. À voir ses belles mains fines, mademoiselle doit pas travailler souvent.

— Attends de voir ce que je vaux avant de me juger ! répliqua Olympe-Suzelle en imitant l'accent traînant des ouvrières. Je n'ai pas peur de travailler… Et si tu veux les voir de près mes mains, je m'en vais te les coller dans la figure…

« Surtout, si tu veux que les lavandières te respectent, ne te laisse pas marcher sur les pieds… », avait recommandé Marianne. Eh bien, celle-là au moins saurait à qui elle avait affaire !

— Paix, les filles, ordonna la maîtresse, ou je vous débarque toutes les deux. Je ne vous paie pas à bavasser.

Olympe prit une chemise dans une main, la brosse dans l'autre, puis elle se pencha sur le lavoir, le regard plein de défi. Il ne serait pas dit qu'une Clos-Renault baisserait les bras dans l'adversité !

*
* *

Au départ, l'idée lui avait semblé bonne : qui irait la chercher sur les quais, parmi les femmes les plus pauvres de Paris ? De plus, le pouvoir de M. de La Reynie ne s'étendait pas aux ports, qui étaient sous l'autorité du bureau de la Ville[1]. C'était donc une cachette idéale.

Les Popin s'étaient aussitôt récriés : le port n'était pas un endroit pour une demoiselle et ils étaient prêts à lui chercher un abri sûr. Mais Olympe avait refusé, car les chapeliers risquaient gros dans cette affaire, elle en avait pris conscience à leurs dépens.

C'est Marianne qui proposa de lui trouver un travail. Une fille seule et sans emploi se serait vite fait remarquer dans un quartier aussi populaire. Olympe suivit donc Marianne jusqu'au port où l'amie de Nicolas la présenta à sa mère.

— Voici... Suzelle. Maman, peut-on la prendre à étendre le linge ou à couler la lessive ?

La maîtresse lavandière étudia la jeune fille sans sourciller. Une demoiselle de famille aisée, décela-

1. Actuellement la Mairie de Paris. Il n'y avait pas une, mais des polices. À partir de 1674, La Reynie réussit à regrouper sous son autorité la plupart des juridictions. Mais certaines, comme le Temple, conservèrent leur indépendance. Il suffisait donc à un criminel de se cacher, par exemple, au Temple pour échapper à la justice. Les ports et les remparts restèrent, eux, sous l'autorité de la Ville.

t-elle au premier coup d'œil : linge de bonne qualité, propre, bien repassé, et maintien sûr.

Le linge ne ment pas. Une bonne lavandière peut tout dire de son propriétaire rien qu'en en voyant l'état, et plus sûrement qu'une diseuse de bonne aventure lit dans les lignes de la main !

Elle traînait un sac de voyage. C'était sans doute une de ces innombrables filles de province, dont la famille connaissait des revers de fortune, et qui venaient à Paris dans l'espoir d'y trouver du travail.

— Impossible, finit par répondre Rosalie Archer. Tu sais bien que j'ai déjà deux petites et une vieille pour étendre, et le fils Gautier pour couler. Pourquoi est-ce qu'elle ne lave pas ? Elle est donc fainéante, ta Suzelle ?

Olympe, rebaptisée Suzelle, piqua du nez.

« Vous ne serez pas capable de laver, lui avait affirmé Marianne. La lessive, il faut être née dedans pour y survivre. Étendre ou couler est moins fatigant. »

— Je ne suis pas fainéante, madame ! s'insurgea Olympe, vexée. Je peux laver.

Autant lui donner sa chance, pensa la lavandière. Quoique, avec un physique pareil, elle ne tarderait pas à trouver mieux que la lessive. Si elle était honnête, elle s'emploierait comme femme de chambre… Mais si elle aimait l'argent facile, elle finirait, comme tant d'autres, sur le pavé.

— On dit « madame Rosalie » ou « maîtresse », lança la lavandière. Je te prends à l'essai demain.

— Merci, madame Rosalie.

Trouver un logement n'avait pas été chose aisée. Les habitations du port Saint-Paul étaient pour la plupart surpeuplées, et les Archer se partageaient déjà à cinq trois pièces exiguës.

— Je connais une veuve qui loue des chambres, lui avait dit Marianne.

La lavandière l'avait traînée dans des ruelles de plus en plus sombres et puantes. Elle s'était enfin arrêtée devant une maison décrépite, et elles étaient entrées sans frapper dans une salle où brûlait un maigre feu.

Olympe regarda bouche bée la pauvreté de la pièce : les murs lépreux noirs de fumée, la cheminée de brique où était pendue une vieille casserole de cuivre, le lit aux rideaux rapiécés, la planche sur deux tréteaux en guise de table et les trois tabourets branlants.

Chez son père, on n'aurait pas fait coucher un chien dans un tel endroit ! La huche à bois semblait vide, et le chaudron qui bouillait dans l'âtre ne devait guère mieux être rempli.

Deux petits enfants dépenaillés jouaient à même la terre battue devant le feu. Au fond de la pièce, près d'une lucarne, se tenait une femme âgée vêtue de noir, occupée à filer la laine.

— Mère Barberine ? appela Marianne. Je vous amène une amie. Avez-vous une chambre ?

— Oui-da, ma fille, répliqua la vieille en se levant péniblement, y m'en reste une petite. L'est pas très claire, mais elle est propre. Ce sera deux sols par jour, avec huit jours d'avance.

— Elle la prend, répondit Marianne.

La chambre n'était qu'un appentis donnant sur une cour encombrée de cages à lapins, et le lit un galetas de planches, mais les draps, usés jusqu'à la corde, étaient d'une propreté irréprochable.

Olympe sortit seize sols que la logeuse compta et recompta pour plus de sûreté : les locataires honnêtes se faisaient rares.

— Ne laissez pas traîner vos affaires, fit Marianne en ressortant dans la rue. La vieille ne ferait pas de mal à une mouche, mais ses pensionnaires ne sont pas des enfants de chœur. Et puis autre chose..., ajouta-t-elle avec gêne. Il faudrait que je vous dise « tu », ou les autres se poseront des questions... N'en prenez pas ombrage...

Olympe acquiesça. Nicolas et Zélie la tutoyaient déjà, alors pourquoi pas Marianne ?

Elles avaient ensuite rejoint la taverne du *Bon Pasteur*. Nicolas les y attendait, un Nicolas fier comme un pape d'avoir berné les policiers et surtout soulagé d'avoir enfin présenté Marianne à ses parents. « Une amie du port, qui vient nous aider », avait-il dit à son père qui n'avait pas été dupe une seconde.

« Évidemment, pensa le chapelier, Bertille Cordoue ne supportait pas la comparaison ! Cette jeunette était fraîche et rose, mignonne à croquer et, pour tout dire, si sa famille avait été dans la chapellerie, ma foi, il n'aurait rien eu contre… »

Marianne avait joué son rôle à la perfection. Grâce à elle, les Popin ne seraient plus inquiétés par la police. Cela valait la peine de faire un effort.

— Elle est bien gentille, ton amie, finit par dire maître Jacques à son fils après le départ des policiers.

Nicolas avait rougi, puis était sorti fièrement, en prenant Marianne par la main.

*
* *

Et voilà que, courbée en deux depuis des heures, Olympe frottait le linge des autres. Elle ne sentait plus ses doigts, tant l'eau était froide, et ne parlons pas de son dos ! Elle attrapait le linge plein de lessive, le secouait machinalement pour le déplier, puis le frottait à deux mains, sur les stries de bois du lavoir.

Malgré le froid, la sueur dégoulinait le long de son front. Elle prenait ensuite la brosse pour finir les endroits les plus sales, avant de le rincer dans l'eau trouble du fleuve et d'essorer à grands coups de battoir. Puis elle recommençait, tel un automate.

— Doucement avec la brosse, s'écriait de temps en temps la maîtresse lavandière. Tu vas passer au travers de cette chemise à force de t'acharner. Tu veux que je sois obligée de la rembourser au client ?

— Ralentis, souffla Marianne à son côté. Ou tu ne tiendras pas la journée.

Les autres la regardaient avec stupeur. La nouvelle n'était pas des leurs, mais elle ne manquait pas de cœur à l'ouvrage.

Aux lavoirs côté quai, les femmes entonnèrent une chanson que reprit à l'unisson tout le bateau, une chanson avec des mots si crus qu'Olympe en rougit de honte.

— Et alors, princesse, fit Rose en voyant son trouble. Dans ta province, les messieurs et les dames ne s'accommodent pas ensemble ?

— P't être qu'elle est née par l'action du Saint-Esprit, continua en riant la vieille Lucie. Moi, à son âge, les galants se battaient pour me courtiser. J'étais pas la dernière pour m'allonger et voir les feuilles à l'envers !

Sœur Philomène en aurait eu une attaque ! Ces femmes n'avaient pas honte ? Elles étalaient leur intimité sans aucune pudeur !

Olympe, qui venait de finir son tas de linge, s'assit en gémissant sur les talons pour soulager son dos.

Marianne essora une dernière chemise, puis elle se tourna vers elle :

— Viens. On emmène le linge aux étendoirs.

Pourtant Olympe fut incapable de se mettre debout tant ses genoux étaient meurtris, Marianne dut l'aider à se relever.

— Je vais mourir, fit-elle lugubrement en se raccrochant à une des minces colonnes de bois qui soutenaient le toit du bateau.

— Mais non, répliqua en riant Mme Archer. C'est le métier qui rentre.

Olympe se pencha pour mettre son linge dans le panier que lui tendait Marianne, puis elle marcha péniblement jusqu'à la planche qui menait à terre.

Les étendoirs se trouvaient dans un vieux baraquement en bois, face au bateau. Près de la porte se tenait Michel Gautier, le jeune couleur de lessive.

Michel était fils de pêcheur, une malformation du dos l'avait rendu bossu. Il n'était plus question pour lui de jeter les filets, comme le faisait son père. Aussi avait-il accepté de travailler avec les femmes à la lessive, bien que cela soit considéré comme dégradant pour un homme.

Dès quatre heures le matin, il « coulait ». Il fabriquait la lessive à partir de cendres de bois. Puis il la mettait à bouillir avec le linge sale dans l'énorme chaudron qui trônait près de l'entrée. Il passait le reste de la journée à entretenir le feu et à remuer le linge avec une grande rame, comme un cuisinier tournerait un écœurant ragoût.

Lorsque le linge était à point, Michel le sortait, l'essorait et le mettait dans un coin où les lavandières venaient le chercher.

Olympe n'avait pas fait deux pas dans la cahute qu'un énorme chien se dressa devant elle, le poil hérissé et les babines retroussées sur d'impressionnantes canines.

— Paix, Cerbère, fit Marianne d'une voix ferme.

— Que faites-vous avec un tel molosse ? demanda Olympe tandis que le chien la reniflait avec méfiance.

— C'est à cause des tire-laine[1] qui viennent en bandes pour voler le linge. Après, nous devons rembourser les clients. Ma mère blanchit des gens de qualité, nous ne faisons que du « fin », du linge de valeur, sur le *Sainte-Croix.*

Tout en continuant de tourner la lessive, le jeune bossu leur fit un signe de la main auquel elles répondirent. Puis Marianne se dirigea vers les étendoirs où deux fillettes mettaient le linge propre à sécher sur de longs fils, sous la direction d'une femme âgée. Elle posa son panier au pied de la vieille, puis elle alla en prendre un nouveau plein de lessive.

1. Truands spécialisés dans le vol des vêtements. Les vêtements neufs étaient un luxe que seules les familles aisées pouvaient s'offrir. On revendait les vêtements usagés aux fripiers ou aux marchands de haillons. C'était un commerce très lucratif.

— Dépêche-toi, fit-elle à Olympe. Ma mère n'aime pas que l'on traîne à terre.

*
* *

Olympe s'était couchée ce soir-là en pleurant de fatigue. Ses mains étaient rouges et fripées, et ses genoux avaient enflé. Marianne l'avait soutenue jusque chez Barberine pour l'allonger tout habillée sur le petit lit.

— J'y suis arrivée, n'est-ce pas ? répétait Olympe en sanglotant.

— Oui, tu es une vraie lavandière. Je n'aurais jamais dû te laisser en faire autant !

— Dire que, pendant des années, j'ai changé de chemise tous les jours, je les ai jetées par terre, je les ai tachées, sans me rendre compte du travail épuisant que je donnais à de pauvres femmes...

— Ne pleure pas. C'est grâce aux petites filles gâtées que nous avons de l'ouvrage, avait repris patiemment Marianne.

Elle était allée chercher un flacon de grès chez Barberine, et lui avait rempli un verre gros comme un dé à coudre d'un liquide ambré.

— Bois, c'est de l'eau-de-vie. Cela te fera dormir.

Olympe avait manqué s'étouffer en avalant l'alcool. Son estomac vide était en feu. Mais bientôt une étrange chaleur s'était répandue dans ses membres fatigués.

— Tout ce travail pour à peine dix sols par jour !

— Dors, avait répondu Marianne sur le pas de la porte. Demain nous commencerons à six heures, s'il ne gèle pas.

7

— Regardez, s'écria la vieille Lucie, c'est Jeandor sur son train !

Les femmes se levèrent comme un seul homme pour acclamer le meneur d'un train de bois flotté qui apparaissait au loin sur la Seine.

— Jeandor, mon cœur, beugla Madeleine. T'es beau comme un Jésus d'église !

Olympe se pencha comme les autres pour voir passer l'immense train de bois surmonté d'une minuscule cabane. À sa tête se tenait un géant blond, les pieds posés sur d'énormes billes de bois. Sur les côtés, deux adolescents poussaient avec de longues perches le train loin des bateaux contre lesquels il pouvait buter.

— C'est le dernier train de l'hiver, expliqua Marianne. Jeandor est notre préféré. Il mène les trains comme personne. Ils arrivent du Morvan. Ils descendent le fleuve depuis quinze jours.

— Je ne vois pas ce qu'il y a de compliqué à laisser glisser un radeau de bouts de bois, répondit Olympe.

— Tu plaisantes, ma poule ! fit la vieille Lucie. Il faut une poigne du diable pour ne pas s'échouer sur les bas-fonds et pour résister dans le courant. Son fils aîné est mort voilà un an, broyé sous un train qui s'est retourné. En plus, il doit se défendre contre les pillards. Au prix où est le bois, les voleurs l'attendent à chaque courbe de la Seine !

— Si c'est si dangereux, pourquoi ne ramène-t-il pas le bois par la route ? demanda Olympe.

— Pardine ! Parce que ça coûterait la peau des fesses ! lança Rose en riant.

— Tu sais combien coûte le bois de chauffage ? renchérit Lucie. Eh bien, par la route, il te coûterait le double, entre les chariots, les chevaux, l'avoine des chevaux et le salaire des cochers…

Olympe s'était tue. Depuis trois semaines qu'elle était avec les lavandières, elle avait plus appris sur la vie qu'avec les religieuses en trois ans. Elle, qui avait si souvent claqué des doigts pour que le valet ajoute des bûches dans la cheminée, savait maintenant ce qu'il en coûtait de vivre avec dix sols par jour. Avec sa paie, elle pouvait à peine acheter de quoi manger, et le peu qui lui restait passait en bois pour ne pas mourir de froid dans sa chambre.

Dire que dans son sac, il y avait pour cent mille livres de bijoux… Elle compta rapidement : cela représentait deux cent mille jours de travail, soit ce que gagnerait une lavandière en… cinq cent soixante-dix années de travail !

— Allez, les filles, s'écria Rosalie Archer en frappant du battoir sur le bord du lavoir. La récréation est finie, au travail !

Leur équipe variait peu, Rosalie Archer aimant à s'entourer d'ouvrières sérieuses. Les filles, quant à elles, appréciaient la droiture de la maîtresse et la qualité du linge qu'elle leur donnait à laver. Car tant qu'à laver, autant que ce soit de la batiste bordée de dentelle plutôt que de la grosse toile.

— Regardez-moi cette merveille ! fit la jeune Marie en montrant une chemise brodée. J'en ferais bien mon ordinaire !

— Eh bien, tu te contentes de laver et d'en rêver, répliqua sèchement Rosalie Archer.

La réponse avait claqué comme un coup de fouet. Les filles piquèrent du nez, sentant l'orage gronder.

— J'ai jamais rien volé, se défendit aussitôt Marie. Si y en a qui le racontent, elles disent que des menteries.

Puis, les yeux mi-clos, elle regarda les filles une à une, cherchant celle qui voulait lui faire du tort.

— Tu n'as pas volé mais tu as emprunté, répliqua Mme Archer, je le sais. J'interdis que l'on mette le linge des clients.

Bouche bée, Marie ne chercha pas à nier.

— Mais, maîtresse, c'était juste un jupon. Je voulais aller danser, le mien était déchiré et…

— Tu l'as pris et tu l'as mis.

— Oui, mais je l'ai lavé ensuite et je l'ai rendu. Toutes les filles le font sur les autres bateaux !

— Alors va travailler sur les autres bateaux. Des filles qui prennent le linge des clients, je n'en veux pas. Pas plus que de celles qui le volent en disant qu'il est tombé à l'eau ! Après, on raconte partout que nous sommes des moins que rien ! J'ai bâti ma réputation sur mon honnêteté, les clients me font confiance. Tu seras à l'amende de deux sols.

La sentence était tombée dans un silence de mort. Marie baissa la tête et ne répliqua pas.

— À propos de moins que rien…, fit Lucie, voilà Rodrigue.

Olympe jeta un œil distrait par-dessus son épaule. Un bellâtre passait sur le quai. La trentaine, d'une élégance tapageuse, l'homme portait un justaucorps brodé et un chapeau à plume rouge totalement déplacé dans un quartier aussi populaire.

— Alors, Rodrigue, lança Lucie, tu cherches de la chair fraîche ?

L'homme haussa dédaigneusement les épaules. Il s'apprêtait à passer son chemin, lorsque son regard croisa deux yeux noirs magnifiques. Voilà ce qu'il cherchait : une belle jouvencelle. Et celle-là avait ce qu'il fallait où il fallait.

— Vous avez donc une nouvelle ? demanda l'homme en montant sur le bateau.

Tout sourires, il s'approcha d'Olympe, qui le regarda avec étonnement.

— Passe au large, Rodrigue, lança Rosalie, ou je te fiche à l'eau.

Vu son air, à n'en pas douter, elle l'aurait fait.

— Voulez-vous du travail, mademoiselle ? proposa-t-il à Olympe d'une voix suave. Du travail facile, qui paie bien ?

Déjà Rosalie Archer se levait, l'air farouche, son battoir à la main, bientôt imitée par la vieille Lucie et l'une des deux Madeleine.

— Je cède à la pression, mesdames, fit l'homme sur un ton offensé. N'oubliez pas, mademoiselle, si vous voulez du travail…

Il recula jusqu'à la planche puis, après un salut de son chapeau, il partit aussi vite qu'il était venu.

— Pourquoi l'avoir reçu si méchamment ? demanda Olympe. Il ne voulait que m'aider !

Lucie leva les yeux au ciel.

— Dieu, que les jeunes sont bêtes ! Rodrigue est marchand de fesse, ma belle.

— Marchand de f… ? répéta Olympe sans comprendre.

— Tu tombes de la lune, princesse ? ricana Rose. Son travail facile, c'est de t'envoyer faire les cent pas sur le port à attendre le client, tu comprends ? Demande à Ménie, elle en sait long sur le travail facile qui paie bien.

Madeleine, que l'on appelait Ménie pour la différencier de l'autre, fixa Olympe :

— Oui, Suzelle, j'ai fait la putain pour cet homme.

Olympe s'empourpra, gênée pour sa compagne. Le mot était odieusement grossier et la chose bien pire encore. Pourtant Ménie en parlait en toute liberté, sans aucune honte.

— Je suis arrivée par le coche d'eau d'Auxerre pour chercher du travail, expliqua la jeune fille. Je ne connaissais personne à Paris. Et voilà que ce beau monsieur me dit qu'il cherche une domestique pour sa femme. Alors, moi, je saute sur l'occasion, tu parles !

— Et elle s'est retrouvée dans une grande maison pleine d'invités, poursuivit ironiquement Rose.

— Et après une ou deux raclées, il a bien fallu que je m'en occupe, des invités ! Cela a duré trois mois. J'ai réussi à m'enfuir, et ensuite Mme Archer m'a prise avec elle. Heureusement, Rodrigue m'a laissée tranquille, j'étais pas assez belle à son goût. Y'a des maquereaux qui coupent les oreilles et le nez des filles qui se rebellent…

— Les marchands de fesse sont légion par ici, ma jolie, renchérit Rosalie. Ils croquent les petites filles comme toi en une bouchée.

— Si encore les putains travaillaient pour leur compte, reprit crûment Lucie. Après tout, cet argent, elles le gagnent ! Mais ces idiotes le donnent à cet emplumé qui les exploite. Et, en plus, elles sont gâtées par le mal italien[1] en moins de temps qu'il n'en faut pour le dire !

— Regarde Mélanie Corbier, voilà une fille intelligente, elle s'est mise en ménage avec un jeune abbé[2] très comme il faut...

À ces mots, Olympe manqua d'étouffer. Passe encore de faire le plus vieux métier du monde, mais vivre en état de péché mortel avec un abbé !

— Mais c'est... c'est..., balbutia-t-elle en rougissant.

— Immoral ? Qu'est-ce qui est le plus immoral, ma belle, qu'une jolie fille de quinze ans s'use la santé à frotter douze heures par jour et soit vieille

1. La syphilis. Maladie vénérienne rapportée d'Italie par les armées de Charles VIII en 1497. Faute d'antibiotiques, on en mourait après de longues années de souffrance. Les Italiens, eux, l'appellent « le mal français » !

2. Au XVIIe siècle on devenait abbé après avoir fait des études de théologie et reçu la tonsure, mais sans entrer dans les ordres. Les charges d'abbé étaient données par le roi et achetées par les familles. L'abbé percevait les revenus de son abbaye, sans avoir l'obligation d'y vivre ou d'en respecter la règle. Ainsi, certains abbés préféraient-ils vivre richement en ville ou à la Cour.

à trente ans, ou qu'elle vive avec un beau garçon riche qui l'aide à nourrir sa famille ?

— Ah çà, si j'avais eu ta frimousse, renchérit la grosse Lucie, j'serais pas restée longtemps lavandière. Avec tous les messieurs de qualité qui tournent autour des bateaux dans l'espoir d'y rencontrer une jolie fille accommodante !

Des mots de réprobation se bousculaient sur les lèvres d'Olympe, mais pourtant aucun ne sortit. Qui était-elle pour les juger, elle qui avait été élevée dans l'opulence, sans souci du lendemain ?

Ces femmes ne rêvaient que de travailler moins, tout en mangeant à leur faim. Vouloir échapper à la misère, n'était-ce pas humain ? Elle regarda ses mains fripées, puis le tas de linge qui ne semblait jamais vouloir diminuer. À son côté, la voix de Marianne lui murmura :

— Tu commences à nous comprendre ?

*
* *

La taverne du *Bon Pasteur* était pleine, comme chaque dimanche après la messe. Marianne et Olympe, attablées devant un bol de lait chaud, discutaient à voix basse en attendant Nicolas.

Olympe avait fait du *Bon Pasteur* son quartier général. Elle avait pris l'habitude d'y manger chaque soir avec d'autres lavandières. Pour quatre sols, le patron lui servait une épaisse soupe au chou et une omelette baveuse, puis elle rentrait chez elle, l'estomac bien calé, pour dormir jusqu'au lendemain. L'autre avantage du *Bon Pasteur* était que la chaleur de l'âtre, ici, était gratuite.

— Ne te retourne pas, fit Marianne entre ses dents, il est encore là !

— Qui cela, « il » ? demanda Olympe.

Dans sa tête passa aussitôt l'image d'un jeune gentilhomme aux yeux verts. Combien de fois avait-elle résisté à la tentation de quitter son appentis glacial, et le dur travail du bateau-lavoir, pour l'hôtel des Frémont ? Ne lui avait-il pas proposé à mots couverts de l'héberger ? Certains soirs, elle rêvait d'un vrai souper, et de quelqu'un sur qui elle pourrait enfin se reposer.

Hélas ! Marianne reprenait :

— Rodrigue…

— Oh non !

Olympe rentra la tête dans les épaules et attendit que l'individu l'accoste. Voilà trois jours qu'elle le retrouvait sans cesse sur son chemin. Il était d'une gentillesse mielleuse parfaitement écœurante, lui proposant de la raccompagner chez elle ou de lui payer ses repas. Elle le repoussait sans ménagement, mais le marchand de fesse ne semblait pas s'en rendre compte.

— N'est-ce point là ma petite Suzelle ? fit Rodrigue dans son dos.

— Fichez-moi donc la paix !

— Déguerpis, Rodrigue, s'écria Marianne, ou j'appelle le patron !

Mais le marchand de fesse s'installait déjà à leur table comme chez lui. Il agrippa la main d'Olympe, puis il se mit à lui susurrer :

— Si tu voulais, Suzelle, je t'offrirais des toilettes, des bijoux, je ferais de toi la…

— Assez, Rodrigue ! le coupa Marianne tandis qu'Olympe lui arrachait sa main.

— Laissez-les tranquilles, fit la voix de Nicolas comme surgie de nulle part.

Le jeune homme se posta bras croisés devant Rodrigue avec un air si méchant que celui-ci décida de battre en retraite. Il ne manquerait pas d'autres occasions de convaincre cette fille, pensa-t-il. D'ailleurs, avec le froid, elle n'aurait bientôt plus d'emploi. C'est elle qui viendrait le supplier de lui donner de quoi vivre. Sûr de sa prochaine réussite, il sortit la tête haute.

— Zélie a du nouveau, annonça Nicolas après un baiser à Marianne. Le torchon brûle entre ton père et sa femme, il paraît qu'ils se disputent sans cesse. Mais le plus important, c'est que Zélie a trouvé une cassette pleine de papiers appartenant à ta belle-mère, et comme elle ne sait pas lire…

— Peut-elle nous l'apporter comme le dernier billet ? demanda Olympe, les sourcils froncés.

— Non, ce serait trop risqué. Puisque tu connais

une entrée secrète, je pourrais aller dans la maison de ton père, et voir ces fameux papiers.

— Tu ne trouveras pas, je vais y aller avec toi.

— Vous êtes fous ! s'écria Marianne. Et si vous vous faites prendre ?

— Il faudrait éloigner tes parents, poursuivit Nicolas sans écouter son amie.

— Bien sûr ! fit Olympe. Et je sais comment ! Je connais quelqu'un qui nous aidera sûrement...

Elle se leva d'un bond pour aller au fond de la taverne. Roland Pelletier, l'écrivain public du quartier, y recevait ses clients.

— À qui voulez-vous écrire ? lui demanda-t-il. C'est douze sols pour un placet au roi[1], mais seulement quatre sols pour une lettre simple, et cinq pour une lettre d'amour. Si vous ajoutez un demi-sol, je vous l'écris en vers.

— Je voudrais vous acheter du papier et vous emprunter plume et encre. Est-ce possible ?

L'homme regarda la jeune fille, un instant interloqué. Il était rare de rencontrer des ouvriers sachant écrire, et plus encore des filles.

— Faites, je vous prie, dit-il tout de même en lui tendant le papier, la plume et l'encrier.

Il s'attendait à ce qu'elle renonce bien vite, après

1. Lettre pour demander une grâce ou une faveur. N'importe qui pouvait écrire au roi qui, en sa qualité de juge suprême de l'État, rendait la justice après en avoir pris connaissance lors des audiences publiques ou des conseils des ministres.

quelques mots malhabiles, et à ce qu'elle l'appelle au secours. Aussi fut-il surpris de la voir aligner d'une main ferme une écriture fine et régulière. « Une belle écriture comme celle-ci s'acquérait par une longue pratique », pensa-t-il soudainement. Cette fille, avec ses mains abîmées de lavandière, n'était pas plus ouvrière que lui académicien ! »

— Merci bien, fit-elle en lui rendant son matériel avec quelques pièces de monnaie.

Elle plia son papier en souriant, puis repartit vers ses amis, sous l'œil éberlué de l'écrivain public.

— À qui as-tu écrit ?

— À M. Frémont, fit-elle en secouant la lettre sous leur nez. Je lui demande comme un service de faire inviter mon père et ma belle-mère à un bal ou à un spectacle dans les plus brefs délais. Il suffira à Zélie de te prévenir lorsqu'ils seront absents, et de nous ouvrir la porte du jardin. Ce gentilhomme semble avoir un faible pour les demoiselles en détresse…

— Toutes les demoiselles, ou une en particulier ? jeta Nicolas avec un sourire entendu.

— Mais toutes, bien sûr, reprit Olympe en rougissant. Et puis je connais sa sœur.

— Ben voyons ! Et je suppose qu'il est petit, gros et très laid ?

— Mais non, il est grand et il a de ces yeux…

Nicolas et Marianne se regardèrent en riant.

— Je vous assure que ce n'est pas ce que vous croyez ! ajouta-t-elle, vexée.

— Que disais-tu à propos de ses yeux ?

— Rien. D'ailleurs je les ai à peine vus, mais il en avait deux…

— Deux yeux ? C'est d'un commun ! se moqua gentiment Nicolas. Avec tout son argent, il aurait pu s'en offrir un troisième !

Olympe haussa les épaules d'un air excédé. Elle contempla la lettre et demanda :

— Qui va la porter ?

*

* *

— Inviter les Clos-Renault ? répéta Armand Frémont de Croisselle à son fils. Oui, tu as raison, il est toujours bon d'avoir des conseillers au Parlement dans ses relations. Ta mère fait donner cette semaine une œuvre de Delalande, un jeune musicien de talent, paraît-il. Cela tombe à pic.

Lambert était sorti du bureau de son père d'un pas léger. Il avait recherché Olympe de Clos-Renault sans relâche depuis trois semaines. Et voilà que, alors qu'il désespérait de la retrouver, c'était elle qui le relançait !

Il n'en avait pas cru ses yeux lorsque son valet lui avait remis ce mot. « Qui donc l'a apporté ? »

avait-il demandé au vieux portier. L'homme s'était gratté la tête, puis il avait répondu avec un grand sourire :

— C'est le jeunot de la chapellerie, c'ui qui vous a amené vot'chapiau, l'aut'semaine.

Intéressant, avait pensé Lambert. Ainsi Olympe était toujours en relation avec les Popin…

À vrai dire, cela l'avait un peu peiné qu'elle ne vienne pas se réfugier chez lui. Il s'était inquiété d'elle, et avait surveillé la chapellerie des jours durant, sans résultat : Olympe de Clos-Renault avait une fois encore disparu.

Il avait là, dans sa poche, le mot signé d'« *une amie de Sophie* », adressé à « *Monsieur Frémont, le fils* ». L'écriture était belle, à l'image de sa propriétaire qui, hélas ! n'était guère loquace :

« *À vous qui avez eu la gentillesse de m'aider, j'ose demander un nouveau service. Soyez assez aimable d'inviter mes parents à quelques réjouissances de votre choix. M. de La Reynie ne pourra que s'en réjouir, je vous en donne ma parole.* »

Cette demoiselle était décidément bien mystérieuse ! Voilà qu'elle voulait éloigner ses parents pour une raison inconnue, mais qui avait un rapport avec le chef de la police…

Éloigner ses parents ? pensa-t-il avec un sourire. Et si c'était dans le but de retourner chez elle en leur absence ?

L'« amie de Sophie » serait contente, leurs parents écouteraient du Delalande ensemble, pendant que lui-même l'attendrait de pied ferme chez les Clos-Renault.

« Belle Olympe, à nous deux », se dit-il en se frottant les mains.

8

— À la dernière, Suzelle, annonça Mme Archer. Aujourd'hui tu as lavé pour neuf sols et quatre deniers.

Elle donna sa paie à la jeune fille, puis raya sa marque sur l'ardoise où elle notait le travail de chaque ouvrière.

— Ne partez pas, mesdames, fit la maîtresse. Nous avons à parler.

Il était tard, six heures et demie avaient sonné, et les femmes, rompues par douze heures d'un travail harassant, se mirent à râler haut et fort.

— Une minute seulement ! cria Mme Archer. C'est à propos du carnaval.

Le calme se fit tout à coup. Le carnaval, voilà

une raison sérieuse pour rentrer en retard à la maison.

— La fête des lavandières aura lieu dans huit jours. Nous devons choisir la candidate du *Sainte-Croix* pour l'élection de la reine des lavandières. Je ne vous cache pas que, cette année, la lutte sera dure. Le *Notre-Dame* a choisi Marie-Aimée, et le *Fleur-de-Printemps* Charlotte Ledoux.

— Impossible, elle n'a que douze ans, s'écria Rose depuis le fond du baraquement.

— Oui, mais elle en paraît quinze, et elle est belle à damner un saint.

— On n'a qu'à l'attendre au coin d'une rue, et lui péter les dents, fit une voix anonyme vite couverte par un concert de réprobations.

— On se bat à la loyale ! Il en va de l'honneur du bateau ! Alors, qui représente le *Sainte-Croix* ?

— Ben, Céleste, bien sûr, fit une voix dans l'ombre. Elle a failli gagner l'an passé…

La jeune Céleste fut poussée presque malgré elle devant les trois maîtresses. C'était à coup sûr la plus belle fille du bateau. Bien proportionnée, elle avait des cheveux acajou qui lui descendaient jusqu'aux hanches et des yeux bleu azur à vous faire chavirer.

— Très bien, mesdames. Céleste représentera donc le *Sainte-Croix.* Vous êtes autorisées à prendre dans le linge des clients les plus beaux vêtements que vous trouverez. Mais je vous rappelle que c'est exceptionnel, et uniquement pour habiller Céleste le jour de la fête.

Les femmes, toute fatigue envolée, repartirent en commentant l'événement. Dès demain, il faudrait trouver la plus belle robe et le plus beau jupon, des bas de soie et un col de dentelle.

— J'irai chercher des gravures de mode chez le fripier de la rue Saint-Antoine, disait l'une.

— Et les bijoux ? faisait l'autre.

— Et les gants ?

— Moi, j'vous le dis, y faut lui péter les dents...

— La ferme !

Olympe écoutait les commentaires de ses compagnes avec amusement. Depuis plusieurs jours les femmes attendaient que les maîtresses décident d'une date. La jeune fille avait vite compris qu'au-delà de la fête, c'était l'honneur de la profession que l'on défendait.

— Tu vas voir, lui expliqua Marianne, dans huit jours, tu ne vas pas en croire tes yeux. Nous allons transformer Céleste en princesse de conte de fées. Si elle gagne, le *Sainte-Croix* sera le roi des bateaux pour un an ! Et tous les emplumés qui disent que les lavandières ne sont que des traîne-misère n'auront qu'à aller se faire voir !

— Cela a vraiment l'air de vous tenir au cœur.

— Tu penses ! Nous attendons cette fête chaque année comme les curés le Jugement dernier ! Si seulement cette pimbêche de Marie-Aimée pouvait avoir des boutons plein la figure !

Elles se quittèrent sur ces mots, et Olympe, en riant, suivit les célibataires qui s'en allaient manger à la taverne.

Ce soir-là, au *Bon Pasteur*, on ne parla que du carnaval et de l'élection. Les filles, surexcitées, avaient commandé du cidre pour fêter la future victoire de Céleste. Dans la pénombre, Jean-Jean, un marin, empoigna son violon. Un autre se mit à chanter, un troisième frappa la cadence du pied, puis, sans trop savoir comment, les clients se mirent à pousser les tables pour danser.

On enchaîna ensuite les gigues et les gavottes. Les gens du quartier, alertés par la musique, descendirent pour se joindre au bal improvisé. Quant au patron, il se frotta les mains : les affaires s'annonçaient bonnes !

— T'aurais pas un liard ou deux, ma belle ?

Un gosse d'une huitaine d'années tendit une main crasseuse à Olympe. Elle reconnut Tiénot, un décrotteur, l'un des habitués.

Il était arrivé un beau matin d'on ne sait où, et avait adopté la taverne, comme un chat errant se choisit une maison. À vrai dire, personne ne savait s'il était orphelin ou s'il s'était enfui de chez lui. Le patron le laissait dormir à l'écurie, et la plupart des clients le nourrissaient de leurs restes.

— La journée a été mauvaise ?

— Pire, ma pauv' Suzelle ! J'ai pas décrotté un seul client. En plus, j'me suis fait courser par les argousins pa'ce que je mendiais au marché. Y paraît que c'est interdit de mendier, que les pauvres sont rien que des fainéants, et qu'y z'ont qu'à mourir de faim, chez eux, et en silence !

La jeune fille lui tendit de la monnaie que le gosse empocha avec un grand sourire édenté, avant de passer à une autre table.

La musique et la danse rendaient les clients généreux, Tiénot en cinq minutes récolta plus d'argent qu'en une heure de travail. Olympe le regarda rejoindre les danseurs pour se lancer dans une série de pirouettes exubérantes.

Lorsque Nicolas poussa la porte du *Bon Pasteur* vers neuf heures, il eut du mal à en croire ses yeux. Les clients frappaient dans leurs mains, et Olympe, les cheveux dénoués, dansait en riant avec l'écrivain public, sans souci des regards posés sur elle.

Dès qu'elle le vit, la jeune fille vint à sa rencontre. Elle fut aussitôt remplacée par Rose, qui, les jupons retroussés sur les mollets, se lança dans un pas compliqué qui arracha des cris d'enthousiasme aux spectateurs.

— Qu'arrive-t-il donc ? s'étonna Olympe.

Elle entraîna le jeune homme vers sa table pour discuter plus à l'aise. Si Nicolas venait la voir si tard, c'est que la nouvelle était d'importance.

— Deux choses. D'abord, j'ai reçu ceci, dit-il en sortant une lettre de sa poche.

— *À monsieur Popin, le fils*, lut-elle avec un sourire.

Il n'y avait que Frémont pour écrire cela ! Dire qu'elle ne connaissait même pas son prénom ! Elle ouvrit la lettre pour lire ces quelques mots :

— *Veuillez dire à l'amie de Sophie que ses parents seront fort occupés demain mardi, à partir de sept heures. Un ami de l'amie de Sophie.* J'avais raison, il nous a aidés, fit-elle gaiement en serrant le papier contre sa poitrine.

— Cette lettre m'est adressée personnellement, rétorqua Nicolas, les sourcils froncés. Cela veut dire que ton Frémont sait que nous nous voyons…

— C'est un gentilhomme, il ne dira rien.

— Ton père aussi est un gentilhomme, cela ne l'a pas empêché de détourner ta fortune !

Olympe, piquée au vif, baissa la tête sous l'affront. Mais Nicolas n'avait pas tort. Malgré tout ce qu'on lui avait appris sur la grandeur de sa caste, noblesse ne rimait pas forcément avec honnêteté.

— S'il l'avait voulu, dit-elle enfin, Frémont nous aurait trahis lorsque j'étais chez toi. Nous n'avons pas d'autre choix que de lui faire confiance.

Nicolas poussa un soupir.

— Bon… Retrouvons-nous ici demain à six heures et demie. N'en parle pas à Marianne, inutile qu'elle se fasse du souci.

— Et l'autre nouvelle ?

— Meunier, le prêteur sur gages, a été assassiné cette nuit.

— Tu crois que ce sont les amis de ma belle-mère qui ont fait le coup ?

— On l'a retrouvé égorgé, avec la plante des pieds grillée, et son coffre-fort vide…

Tout à coup la musique se tut. Sur le pas de la porte venaient d'apparaître quatre jeunes gentilshommes luxueusement habillés. Le patron s'avança à leur rencontre avec force courbettes, fit dégager sa meilleure table, puis ordonna aux musiciens et aux danseurs de poursuivre.

— Partons, lui dit Nicolas. C'est le marquis Colbert d'Ormoy et sa clique qui viennent s'encanailler. Partout où il passe, il ne sème que des ennuis. Il se prend pour le nombril du monde parce que son père est ministre, et il se croit tout permis.

Olympe observa le jeune homme avec curiosité. Il avait tout juste vingt ans, mais déjà tant de morgue dans le regard !

— En fait, tout leur est permis, reprit Nicolas avec amertume. Même les pires choses. Il y a deux ans, ils ont tué un jeune marchand d'oublies, pour s'amuser. La police ne les a même pas interrogés ! Et je ne te parle pas des boutiques dévalisées, et des filles forcées…

— C'est indigne d'un…

— Gentilhomme ? Viens, partons.

Ils se dirigèrent vers la sortie en contournant les danseurs. Mais lorsqu'ils arrivèrent près des nouveaux venus, l'un d'eux la retint par la jupe.

— Viens t'asseoir ici, ma belle, fit-il. J'ai besoin de compagnie.

— La vôtre ne m'intéresse pas, monsieur, répliqua Olympe en essayant de se dégager.

Le jeune homme l'attrapa brusquement par le poignet pour la faire tomber de force sur un tabouret.

— J'ai dit assise, cria-t-il. Tudieu, cette péronnelle discute mes ordres ! ricana-t-il en se tournant vers ses amis. Faudra-t-il lui apprendre les bonnes manières ?

Les autres se mirent à rire, puis approuvèrent bruyamment.

Croisant le regard affolé de la jeune fille, le marquis d'Ormoy se leva pour s'approcher d'elle.

— Sacristi, La Ferté, cette petite garce est belle. Cela pourrait être amusant de l'éduquer, fit-il en lui caressant les cheveux.

Olympe tenta de repousser sa main, mais La Ferté la retint plus fermement. Nicolas allait s'interposer lorsque l'écrivain public, l'agrippant par le bras, lui fit signe de se taire. Les gentilshommes avaient des armes, ils n'hésiteraient pas à s'en servir. De plus, tous savaient que toucher à un membre de la noblesse menait tout droit à la potence.

La Ferté regarda avec mépris les clients qui assistaient peureusement à la scène. Il prit encore davantage plaisir à humilier Olympe :

— Une fois décrassée et avec des nippes convenables, elle pourrait être fort présentable. Tu entends, ma belle, M. le marquis te trouve à son goût. Si tu es sage, tu auras dix livres.

Olympe, qui sentait une main frôler sa gorge, se débattit violemment. Puis, se retournant tout à coup, elle le mordit au poignet.

— Garce ! s'écria Colbert d'Ormoy en levant la main pour la frapper.

Roland Pelletier, l'écrivain public, en profita pour intervenir. Il arrêta le jeune homme, et lui dit sur un ton presque suppliant :

— Attention, monseigneur ! Cette fille est pourrie par le mal italien ! Si vous la… serrez de trop près, vous risquez de l'attraper !

L'autre, à ces mots, repoussa brutalement Olympe comme si elle avait la peste. La pauvre tomba de son tabouret en criant, tandis que le jeune Colbert d'Ormoy sortait son mouchoir en dentelle pour le coller devant son nez, comme pour se protéger de la terrible maladie :

— Catin ! Disparais de ma vue !

Olympe ne se le fit pas dire deux fois ! Elle se releva et fila sans demander son reste. Pourtant, une fois dehors, elle ne put s'empêcher d'éclater en sanglots :

— Comment peut-on traiter les gens avec tant de mépris ? demanda-t-elle à Nicolas qui venait de la prendre contre son épaule.

— Les gens de la Cour ont tous les droits, ma belle, et peu nous respectent. Viens, je te raccompagne.

*

* *

Le lendemain, il faisait si froid que la glace avait pris autour du *Sainte-Croix*. Les femmes, assemblées près du bateau, attendaient sans un mot le verdict des maîtresses lavandières.

— Désolée, mesdames, il gèle, dit enfin Rosalie Archer. Pas de travail aujourd'hui.

Un murmure de panique s'éleva : pas de travail, pas d'argent. Et si on pouvait se passer de manger quand il faisait chaud, c'était bien plus difficile quand il faisait froid…

— On ne peut vraiment pas casser la glace ? insista Lucie.

— Cela ne servirait à rien, le linge va geler sur les étendoirs et tu auras attrapé la mort pour rien dans cette eau glaciale.

Madeleine chercha d'un air affolé l'appui de ses compagnes. Elle se tourna vers Mme Archer pour lui dire sur un ton suppliant :

— On n'a point d'économies, maîtresse. De quoi on va vivre, si on ne travaille pas ?

— Mon mari a été blessé, renchérit une autre. C'est moi qui fais bouillir la marmite.

— Nous n'y pouvons rien, s'il gèle ! répliqua Rosalie.

Les épaules basses, les femmes repartirent en se donnant rendez-vous au lendemain. Avec un peu de chance, le temps serait plus clément.

— Je vais à la taverne, fit Olympe à Marianne. Inutile d'aller me geler dans ma chambre. Il me reste quinze sols d'économies, viens, je t'invite.

— Avec tes quinze sols, les interrompit Rose, tu pourras tenir deux jours. Tu vois, si t'avais pas fait la fière hier soir, le fils Colbert t'aurait donné dix livres et tu pourrais vivre sans problème jusqu'à ce qu'il fasse beau !

— Le fils Colbert ne vaut pas mieux que Rodrigue, souffla entre ses dents Olympe. Tout fils de ministre qu'il est, il voulait me payer pour…

— Quand on a faim, princesse, on ne fait pas la difficile !

— À moi, il me couperait plutôt l'appétit, ton Colbert ! lança Olympe en lui tournant le dos.

Elles prirent le chemin de la taverne en serrant leur châle contre elles pour lutter contre le froid. Une dizaine de filles les avaient suivies mais, en passant près du port au blé, certaines s'arrêtèrent dans l'espoir d'y trouver un emploi.

Au loin, sur l'île Louviers[1], dans la vase jusqu'aux genoux, une dizaine de débardeurs, trempés jusqu'aux os, finissaient de délier à coups de hache le train de bois de Jeandor. Les tireurs avec leur crochet de fer attrapaient ensuite les bûches et les envoyaient s'échouer sur la berge. Puis, pieds nus dans la boue, ils les prenaient à pleins bras pour les porter sur l'herbe, avant que les crocheteurs ne les mettent à sécher en tas.

— Seigneur, gémit Olympe, que de misère…

— Tu vois, princesse, fit Rose sans l'ombre d'une moquerie, c'est plutôt ce spectacle-là qui me couperait l'appétit. Quand mon père a perdu son lopin de terre, il est devenu débardeur. Il est mort en trois ans de la grenouille[2]. Tremper douze heures par jour dans cette eau pourrie, il n'y a pas pire métier. Alors le fils Colbert, à côté, je te jure que c'est le paradis.

Et Rose, la terrible Rose, se mit à pleurer. Olympe s'était souvent demandé si cette fille si dure avait un cœur. Elle la prit doucement par le bras et l'entraîna vers la taverne.

Elle commanda des boissons chaudes et, la gaieté

1. L'île Louviers n'existe plus. Elle a été rattachée à la rive droite de la Seine en 1843.

2. Les tireurs et les débardeurs, à force de rester dans la boue, attrapaient des ulcères aux jambes qui pourrissaient peu à peu, provoquant la gangrène.

reprenant le dessus, les filles commencèrent à faire des paris pour la fête.

— Marie-Aimée gagnera à coup sûr, fit Rose. Elle est reine depuis trois ans.

— Que nenni ! jeta Olympe en tapant sur la table. Ce sera Céleste, ou il n'y a plus de justice !

Et justement Céleste, emmitouflée dans châle et bonnet, venait d'entrer avec sa sœur. Elles leur firent signe de se joindre à elles, et Olympe répéta en riant :

— N'est-ce pas, Céleste, que tu vas gagner ?

Mais Céleste, les yeux rivés au sol, ne répondit pas. Sa sœur, l'air courroucé, lui envoya un méchant coup de coude :

— Allez, réponds ! Préfères-tu que je leur dise ?

Les trois filles attablées regardèrent Céleste, le visage rouge, qui gardait ses yeux baissés. Elle finit par répondre d'une voix éteinte :

— Je ne ferai pas l'élection…

— Mais pourquoi donc, demanda Marianne avec inquiétude. Tu es malade ?

— Pire, ma pauvre, lança sa sœur.

Avant que Céleste ait pu faire un geste, elle avait attrapé son bonnet et l'avait jeté sur la table. Un triple cri d'horreur s'éleva : Céleste avait le crâne rasé !

— Cette bourrique a vendu ses cheveux ! À cinq jours de la fête ! Tu ne pouvais pas attendre après, non ?

Céleste, l'air fautif, attrapa son bonnet pour le remettre sur sa tête chauve comme un œuf, puis elle s'assit lourdement sur le banc le plus proche. Elle poussa un soupir à fendre l'âme et expliqua :

— Le perruquier de la rue Saint-Antoine m'en donnait vingt livres. Il recherchait exactement ma couleur de cheveux pour un de ses clients. J'allais pas laisser passer pareille occasion, surtout qu'il gèle et qu'on a pas de travail !

Un silence contrit se fit autour de la table. Céleste poursuivit :

— Je veux que mes deux petits frères sachent lire et écrire. Le curé de Saint-Paul nous demande quatre livres pour leur apprendre à lire et six autres pour écrire...

— Lire et écrire, ça ne sert à rien, fit doctement Rose. Dans la vie, si tu sais compter, tu peux toujours t'en sortir. Pourquoi leur fatiguer la cervelle avec ces idioties ?

— C'est ce que je lui ai dit, renchérit la sœur. Dans la famille, personne ne sait lire, et nous vivons honnêtement !

Autour d'elles, on approuva bruyamment. Pourtant Marianne souffla d'une petite voix :

— Moi, j'aimerais bien savoir lire. Chaque fois que Nicolas me dit « j'ai écrit ceci », ou « j'ai lu cela », je me dis qu'il doit me trouver bien bête.

— Moi aussi, j'aimerais bien, fit à son tour Céleste. Mais sans argent...

— Moi je sais, intervint Olympe. Si vous m'en aviez parlé, je vous aurais appris gratuitement.

— Ben mince ! fit Rose. Mais alors, princesse, pourquoi t'es lavandière ? Distinguée comme tu es, tu pourrais être gouvernante chez des bourgeois, et manger à ta faim sans te fatiguer...

— Occupe-toi de tes oignons, Rose, la coupa sèchement Marianne.

Rose regarda tour à tour ses deux amies, intriguée, mais elle ne chercha pas à en savoir plus. Tout le monde, au port, avait ses petits secrets. Si Suzelle voulait garder le sien, ma foi c'était son problème.

Céleste, radieuse, continuait, folle de joie :

— Tu nous apprendrais vraiment ?

— Bien sûr.

— Dis donc, princesse, soupira Rose, toi qui sais tout, qui va remplacer Céleste pour la fête ?

Les cinq filles se regardèrent, sourcils froncés.

— Pas moi ! firent-elles dans un accord parfait.

9

— Voilà le carrosse de mon père qui sort.

Olympe se rejeta dans les escaliers du quai d'Anjou, où elle s'était tapie avec Nicolas. La voiture franchit le porche de l'hôtel, puis les grandes portes se refermèrent comme poussées par des mains invisibles.

— Dépêchons-nous de passer par les jardins.

Elle entraîna son compagnon le long du quai. Dans le noir, ils entendaient le clapotis de l'eau toute proche. Puis Olympe s'enfila dans l'étroit sentier, bordé de hauts murs, qui séparait le petit hôtel de son père de celui de leur prestigieux voisin, le duc de Lauzun. Elle alla droit à la porte qui donnait sur le jardin, et elle la poussa.

— Brave Zélie, elle l'a ouverte ! dit-elle tout bas à Nicolas en entrant. Quand j'étais petite, je me sauvais par là avec les enfants des domestiques pour aller pêcher à la ligne à l'autre bout de l'île.

De grands arbres cachaient encore l'hôtel. Olympe sentit son cœur se serrer. Elle n'avait pas besoin de lumière pour reconnaître chaque allée, chaque bosquet taillé. Ce petit jardin, c'était sa mère qui l'avait dessiné.

— Chut ! fit Nicolas. J'ai entendu un bruit.

Ils se turent, l'oreille aux aguets. Il y eut un craquement, puis plus rien.

— Sans doute un chat, fit Olympe. Viens.

Une fois près des bâtiments, elle contourna les écuries pour jeter un œil dans la grande cour pavée. Avec un peu de chance, le gardien ne ferait pas de ronde avant le retour de ses maîtres. Mais Olympe fut surprise de voir que le porche était à nouveau ouvert et qu'une voiture arrivait.

Déjà un laquais muni d'une lanterne s'avançait à la rencontre des visiteurs.

— Vous arrivez trop tôt, monsieur le comte, fit une voix de femme dans l'ombre du perron. Vous auriez pu croiser mon mari sur le chemin.

« Émilie ? s'étonna Olympe. Comment se faisait-il qu'elle ne soit pas partie ? » Mais l'homme descendu du carrosse répondait :

— Ne vous inquiétez pas, nous nous sommes

croisés sur le pont Marie. À qui est le cheval attaché au coin de votre rue ?

— Un cheval ? répéta Émilie. Vous devez vous tromper. Je n'attends personne à part vous.

— C'est Mortaigne ! souffla Nicolas en les regardant entrer tous les deux dans l'hôtel.

— Vite, fit Olympe. Si nous nous dépêchons, nous pourrons entendre leur conversation.

Elle l'entraîna vers le cellier. Comme avertie d'une présence par un sixième sens, elle se retourna brusquement. Les sourcils froncés, elle scruta l'obscurité… sans voir, à trois pas, l'ombre tapie derrière un tonneau d'eau de pluie sous la gouttière.

— Voilà que moi aussi je crois entendre des bruits, souffla-t-elle en riant nerveusement.

Sans plus attendre, elle fila jusqu'au casier à bouteilles et chercha du bout des doigts le déclic du passage. Elle dut forcer pour qu'il s'entrouvre, et ils se jetèrent dans l'ouverture.

— Ne me lâche pas d'une semelle, ordonna-t-elle. Nous passons d'abord par la bibliothèque.

Le casier à bouteilles se referma doucement avec un grincement de charnières rouillées, puis les deux jeunes gens, en se guidant aux murs, progressèrent dans le noir.

— Ici, souffla Olympe en se baissant.

Elle retira de la paroi un bouchon de bois. Aussitôt un rai de lumière s'infiltra dans le passage secret. Elle y colla un œil pendant que Nicolas s'accroupissait à côté d'elle.

— Ce trou est fait dans une des boiseries sculptées de la bibliothèque. Il est invisible depuis la pièce, expliqua-t-elle à voix basse.

Sous ses yeux, Émilie servait un verre de vin à Mortaigne. Debout devant l'âtre, le comte tapait nerveusement du pied.

— Où en êtes-vous de vos recherches ? finit-il par demander.

Émilie poussa un soupir, puis elle répondit :

— Nulle part, j'en ai peur. Cette pimbêche reste introuvable. Grobois, ce policier qui travaille pour nous, affirme que La Reynie a fait chercher partout. Les porteurs d'eau dont il se sert comme informateurs…

— Ces canailles marchent donc avec la police ?

— Ces canailles, comme vous dites, entrent dans toutes les maisons, et voient et entendent beaucoup de choses. Je disais donc que les porteurs d'eau n'avaient rien remarqué. Elle n'est dans aucune maison de Paris.

— Dans aucune maison desservie par les porteurs d'eau, voulez-vous dire. Il reste toutes les autres !

Émilie se mit à rire :

— Je l'imagine mal se réfugier dans un taudis. C'est une précieuse, comme sa mère. Elle est sans doute chez une de ces vieilles punaises du Marais qui se prennent pour la lumière du monde, à étudier le latin ou le grec !

— Je vous rappelle que, sans ces bijoux, Bressy ne pourra pas payer ses hommes. Ils vont nous lâcher. Et il nous reste bien peu de temps avant de lancer l'insurrection.

— Nos Confrères du Renouveau ont tous versé une contribution, pourquoi ne vendez-vous pas une de vos terres ? s'emporta Émilie.

L'autre la toisa hautainement mais ne répliqua pas. Il était prêt à mener la Fronde pour se venger du roi, à condition, bien sûr, que cela ne lui coûte pas un sou.

Lorsque Bressy et Goussey étaient venus le chercher dans son château perdu, ils lui avaient proposé de devenir le chef de cette bande d'insoumis, les Confrères du Renouveau. Ils lui avaient promis des crédits illimités pour organiser le coup d'État. Mais en fait de crédits illimités…

— Je compte proposer vingt mille livres à Lorraine et Effiat, les mignons de Monsieur[1] pour qu'ils le convainquent de nous soutenir. L'argent que Grobois a soutiré à Meunier me suffira à peine…

— Soutirer ? railla Émilie. Cet abruti l'a réduit en bouillie, voulez-vous dire ! De toute façon, nous

1. Nom donné au frère du roi. Philippe d'Orléans, esprit brillant mais sans caractère, resta toute sa vie sous la coupe de ses deux favoris, que l'on nommait des « mignons », le chevalier de Lorraine et le marquis d'Effiat, qui vécurent largement à ses crochets.

faisons fausse route avec Monsieur, c'est un faible et ses mignons des crapules. Cet argent serait mieux employé à acheter des armes.

— J'ai déjà payé cinq cents chevaux, et commandé trois cents faux uniformes de gardes-françaises à des tailleurs protestants. J'ai recruté des agitateurs qui commencent à monter les paysans contre le roi dans les campagnes. Et j'ai donné l'argent qui me restait à un imprimeur clandestin pour faire les libelles dont je compte inonder Paris, afin de mettre la populace de notre côté.

— Nous n'avons pas avancé d'un pouce, il nous manque toujours cent mille livres pour enrôler des troupes.

Émilie se leva et commença à arpenter nerveusement la pièce.

— Si le coup d'État rate, que ferons-nous ?

— J'ai prévu d'enlever un personnage de haut rang qui nous servira d'otage. Un ministre, peut-être… ou mieux, tenez, Madame. Les mignons de Monsieur paieraient cher pour en être enfin débarrassé !

Mortaigne sirota son vin, puis il poursuivit :

— Mais nous réussirons, bien sûr…

Émilie approuva de la tête, bien qu'elle ne fût plus aussi optimiste.

— Partez, fit-elle. Mon mari ne tardera pas à rentrer. Pour vous recevoir, j'ai refusé d'aller chez ce Frémont sous prétexte que c'est un parvenu. Mon mari était fou de rage !

— Vous auriez dû y aller. On dit qu'il est riche comme Crésus. Il pourrait nous être utile.

— Riche, il l'est ! répliqua Émilie. À millions. Je me demande bien pourquoi il nous a invités.

— Ces parvenus cherchent par tous les moyens à se raccrocher à la vraie noblesse. Il veut sans doute marier son fils à une héritière à sang bleu, pour rendre le sien un peu moins rouge…

— Ne me parlez pas de mariage ! Dire que je n'ai épousé Clos-Renault que parce qu'il pouvait servir notre cause. À présent, je le traîne comme un boulet au pied !

Émilie ouvrit la porte et s'apprêta à sortir. Le comte posa son verre, puis il lui emboîta le pas :

— S'il résiste, nous nous en débarrasserons…

La porte se referma sur les deux conspirateurs. Olympe, les dents serrées, reboucha le trou et s'adossa au mur.

— Il s'agit bien d'un complot contre le roi, fit Nicolas à son oreille.

— Mon père ne marche pas avec eux, c'est la seule chose qui m'importe.

— Te rends-tu compte ? Ils préparent un coup d'État ! Montons dans la chambre de ta belle-mère. Si nous trouvons ces fameux papiers, nous aurons peut-être des preuves pour les confondre.

Ils allèrent jusqu'à l'escalier à vis, et en gravirent

les marches à tâtons, l'un derrière l'autre. Arrivés au premier étage, Olympe compta les pas qui la séparaient de l'entrée de la chambre.

— C'est par là, dit-elle dans le noir.

Elle s'accroupit et tâta le mur jusqu'à ce qu'elle trouve la plaque de la cheminée.

— La plaque est chaude ! s'écria-t-elle en tapant du poing sur le mur. Ils ont fait du feu dans la cheminée, nous ne pourrons pas passer ! Bon sang, cet imbécile d'architecte aurait pu penser que les portes dérobées s'utilisent autant l'été que l'hiver !

— Ne disais-tu pas que le passage desservait ta chambre ? Il ne doit pas y avoir de feu. De ta chambre nous passerons à la sienne.

Olympe se releva. Elle poursuivit son chemin jusqu'à la plaque suivante, s'accroupit de nouveau, et actionna le mécanisme. Sa chambre était vide. Son père avait tout vendu. Dans la pénombre du clair de lune, il n'y avait plus, sur les murs, que la trace plus claire des tableaux.

Ils marchèrent sur la pointe des pieds jusqu'à la porte et sortirent sur le palier. Le cœur battant, Olympe frappa à la porte de sa belle-mère, comme l'aurait fait un domestique. N'entendant pas de réponse, elle se risqua à entrer.

— Fais le guet, fit-elle tout bas à Nicolas. Je vais chercher les papiers.

La pièce était toujours aussi luxueusement meublée, avec son grand lit à baldaquin et sa balustrade dorée. Elle courut jusqu'à la garde-robe pour y fouiller les étagères. Enfin, sur la plus haute, elle découvrit la fameuse cassette. Elle s'en empara et revint, triomphante, vers la chambre.

— Je l'ai !

Elle l'ouvrit et en versa le contenu sur le lit. Il y avait là des reconnaissances de dettes signées par son père au nom des Bressy, Goussey, et d'autres personnes qu'Olympe ne connaissait pas. Son père, sans se rendre compte, s'était passé lui-même la corde au cou !

Elle s'apprêtait à ranger la cassette lorsque Nicolas donna l'alerte :

— Il faut filer, quelqu'un monte l'escalier !

Ils n'eurent que le temps de traverser le couloir et d'entrer dans la chambre d'Olympe avant qu'une femme de chambre n'arrive sur le palier, une bassinoire à la main.

— Au passage, vite, souffla Olympe.

Elle actionna le mécanisme et ils se jetèrent dans la cheminée. Quelques minutes plus tard, ils étaient dehors. Hélas ! ils n'avaient pas fait trois pas dans les jardins qu'ils se faisaient remarquer !

— Qui va là ? cria un palefrenier depuis la fenêtre des écuries.

Déjà l'homme accourait et les prenait en chasse. Il fut bientôt suivi par un second, alerté par les cris.

— Il ne faut pas qu'ils te prennent ! fit Nicolas. Cache-toi, je vais détourner leur attention.

Le jeune homme partit aussitôt en gesticulant, cible visible à vingt pas au milieu des parterres. Olympe, ne sachant plus que faire, allait le suivre malgré tout lorsqu'un bras la tira brusquement en arrière dans l'ombre d'un bosquet.

Le hurlement qu'elle allait pousser fut étouffé par une main qui la bâillonna. Elle se mit à ruer furieusement, mais rien n'y fit, son agresseur la tenait si serrée qu'elle n'aurait pas pu bouger le petit doigt.

— Calmez-vous, bon sang, c'est moi, Lambert ! fit une voix sourde à son oreille.

« Lambert ? Lambert qui ? » se demanda Olympe, morte de peur, en gesticulant de plus belle.

— Je vous en prie, vous allez nous faire prendre ! insista son agresseur.

« Mais… c'était la voix du jeune Frémont ! » réalisa-t-elle. Elle s'arrêta instantanément de bouger, et il desserra un peu son étreinte.

— Nicolas ! Il est en danger, fit-elle en haletant.

— Et voilà ! soupira Lambert. Je la sauve, je m'attends à des « Lambert, mon héros, vous ici ! » comme dans les romans… Et tout ce qu'elle trouve à dire, c'est : « Nicolas » ! C'est à vous dégoûter d'aider les demoiselles en détresse !

Voyant qu'elle ne répondait pas, il continua :

— Ne vous inquiétez pas, il a pu filer. Regardez, voilà les deux autres qui reviennent.

Effectivement, les valets rentraient bredouilles. En passant près d'eux, l'un dit :

— Il sortait du cellier. Encore un pauvre qui voulait voler de la nourriture.

— Il courait diablement vite ! C'est étrange, j'étais pourtant sûr d'avoir vu deux ombres, répliqua l'autre.

Lorsque les deux hommes furent hors de vue, la jeune fille, reprenant tout à coup ses esprits, attaqua :

— Que faites-vous ici ?

— Et vous ?

— Mais... je suis ici chez moi, monsieur, lui dit-elle avec aplomb.

— Alors pourquoi vous cachiez-vous ?

— Cela ne vous regarde pas !

Elle tenta de s'éloigner vers la porte du jardin, mais il la rattrapa et lui coupa le chemin :

— Allez-vous m'expliquer à la fin ? Ne suis-je pas en droit de savoir ? Je vous ai aidée, j'ai presque trahi mes amis pour vous !

— Laissez-moi, je dois retrouver Nicolas.

— Nicolas, toujours Nicolas ! La Reynie avait donc raison, vous vous êtes enfuie avec un galant ! lança-t-il avec mépris.

Un « oh » scandalisé échappa à Olympe qui leva la main pour le frapper. Il arrêta le coup, puis poursuivit sèchement :

— Alors expliquez-vous ! De quoi êtes-vous donc coupable pour vous enfuir ainsi ?

— De rien ! cria-t-elle presque. Mon seul tort est de ne pas avoir la vocation de religieuse…

— Et les bijoux ?

Olympe resta un instant sans voix. Il en savait bien plus qu'elle ne le pensait.

— Qui vous a parlé des bijoux ?

— Votre père dit que vous les avez volés à votre belle-mère.

— C'est faux ! Je le jure ! Ces bijoux m'appartiennent, ils me viennent de ma mère. Ma belle-mère les veut pour…

— Pour… ?

Elle le regarda dans le clair de lune. Non, elle ne parlerait pas.

— Cela ne vous regarde pas. Laissez-moi partir.

Il la prit par les épaules et insista encore :

— J'ai droit à votre confiance ! Ne l'ai-je pas prouvé ?

Ils s'observèrent en silence, chacun jaugeant l'autre du regard. Après avoir longuement réfléchi, elle finit par dire :

— Il s'agit d'une chose si grave que je n'ose en parler. Ma belle-mère veut ces bijoux pour monter un complot. Nous pensions trouver des preuves ici ce soir, mais nous avons fait chou blanc…

— Olympe, appela une voix étouffée. Où es-tu ?

La grande carcasse du jeune chapelier se découpait par moments sur le ciel, apparaissant et disparaissant de parterre en bosquet.

— Nicolas ! répondit Olympe à mi-voix.

Elle se retourna vers Lambert pour lui dire :

— Je dois partir. Je préfère que vous n'en sachiez pas plus.

— Où puis-je vous retrouver ? demanda-t-il en lui prenant le bras.

— Ne me cherchez pas, cela vaut mieux pour vous !

Il avait l'air si triste dans ce rayon de lune qu'elle ne put s'empêcher de se hausser sur la pointe des pieds pour lui embrasser la joue.

— Merci pour tout, souffla-t-elle en s'enfuyant.

Lambert la vit disparaître sans même réagir. Il toucha son visage du bout des doigts puis il soupira béatement :

— Plus jamais je ne me laverai cette joue ! Si vous cherchez un galant pour vous enfuir, belle Olympe, n'hésitez pas, vous savez où j'habite…

10

— L'heure est grave ! s'écria Rosalie Archer en rassemblant les femmes sur la berge.

Un bruissement de voix hostiles parcourut l'assistance, qui se retourna comme une seule femme vers Céleste, la responsable de ce drame. La pauvre fille se mordit les lèvres en rougissant et attrapa à deux mains son bonnet pour se l'enfoncer un peu plus sur la tête.

— Alors ? Qui va remplacer Céleste ? reprenait la maîtresse.

Violette ? Marianne, Ménie ? Blanche, Margot ?

Tous les noms fusèrent sans qu'aucun domine.

— Nous, les maîtresses, nous votons pour… Suzelle !

— Mais, s'écrièrent certaines lavandières, elle n'est là que depuis un mois. Comment pourrait-elle défendre le bateau ?

Suzelle-Olympe regarda ses collègues, stupéfaite.

— Suzelle est la plus belle après Céleste, reprenait Rosalie Archer. Bien sûr, elle est nouvelle, mais elle est la seule à pouvoir vaincre Marie-Aimée ou la petite Charlotte. Voulez-vous gagner, oui ou non ?

— Oui, crièrent vingt hystériques en levant les bras au ciel.

— Suzelle, es-tu d'accord pour défendre notre honneur ?

La jeune fille, sous le regard aigu des femmes, sentit une chape de plomb peser sur ses épaules. Elle chercha un prétexte pour refuser. Que dire ? Non, elle n'était pas lavandière ! Non, elle ne voulait pas être promenée comme un animal de foire par les lavandières le jour de la fête ! Et pourtant, les yeux de Marianne, de Lucie, et même de Rose, brillaient d'excitation. Il s'agissait de leur honneur, avait dit la maîtresse.

Olympe respira un bon coup. Puis elle répondit fièrement en levant un poing vengeur, à la grande joie de ses collègues :

— Oui, et je m'en vais les écrabouiller, toutes ces donzelles ! Gloire au *Sainte-Croix* !

Elle se tut tout à coup, comme étonnée de la hardiesse de son langage, et elle se mit à rire. Après tout, puisqu'elle défendait les lavandières, alors autant parler comme une lavandière !

Sur le bateau, Michel, le « couleur » bossu, siffla entre ses doigts pour se faire entendre. Ayant enfin capté l'attention des femmes, il annonça :

— La glace est bien fine, on peut la casser !

Les ouvrières se mirent à sauter de joie, puis elles se placèrent en rang pour que les maîtresses les choisissent.

— Où est Madeleine ? demanda Rosalie en comptant ses habituées.

— Elle est malade, répondit Rose. Elle avait mal au ventre la semaine passée. Hier, elle s'est fait embaucher à porter des sacs, au port au blé. Ce matin, elle avait de la fièvre.

Rosalie leva les yeux au ciel. La lessive était déjà suffisamment dure sans que ses ouvrières s'abîment la santé à crocheter des marchandises, comme des bêtes de somme.

— C'est grave pour Madeleine ? demanda Olympe à Rose en montant sur le bateau.

— J'en ai bien peur. Ce matin, elle était brûlante et délirait. Si elle va pas mieux ce soir, il faudra l'emmener à l'Hôtel-Dieu.

« L'Hôtel-Dieu ! pensa Olympe avec horreur. L'hôpital des pauvres ! » On y soignait les blessés, les contagieux et les mourants. Bien peu en ressortaient sur leurs deux jambes… Pourtant les gens y allaient tout de même, en priant pour qu'un miracle se produise.

— Son mari ne peut pas s'occuper d'elle ? demanda-t-elle.

Mais Rose, tout à coup gênée, ne répondit pas.

Autour d'elles, les femmes se mettaient à genoux pour commencer à laver. L'eau était froide à vous glacer les sangs, mais, grâce au travail, aujourd'hui on mangerait chaud. Pour se donner du courage, elles entonnèrent une de ces chansons qui faisaient si honte à Olympe. Alors, elle, la représentante du *Sainte-Croix*, ne se fit pas prier pour chanter aussi fort que les autres !

— Qu'est-ce encore ? fit Rosalie en voyant Michel arriver.

Le bossu portait sous son bras un ballot de linge. Il grimpa sur le pont et annonça fièrement :

— Je crois qu'on a la robe !

Il déballa devant les femmes une robe bleue défraîchie qui avait dû, voilà vingt ans, faire le bonheur d'une bourgeoise. Un cri unanime de déception s'éleva.

— Un robe de princesse, qu'on t'a dit, râla la vieille Lucie, pas une pelure de bigote ! Avec ça, Suzelle aura l'air d'un éteignoir !

— Ben, s'excusa le bossu, des princesses, j'en vois pas souvent. j'pensais que c'te robe-là irait…

— Non, il nous faut une robe de satin, avec des

manchettes en dentelle, rêva tout haut Marie, et des dessous bordés de rubans…

Chacune dans son coin regarda ses deux ou trois jupons superposés pour lutter contre le froid, ses gros bas de laine rapiécés et sa jupe de futaine usée jusqu'à la corde : on était loin de la tenue de princesse…

— Peuh ! fit Lucie en haussant les épaules. Les princesses, elles doivent se geler les fesses avec leurs grands décolletés et leurs dentelles pleines de trous ! Nous, au moins, on a chaud.

Sur ces paroles pleines de bon sens, approuvées à l'unanimité, elles se remirent à laver. Michel remballa sa robe et repartit au coulage tête basse. Il se rappela tout à coup qu'il avait vu dans le linge sale de ce matin un jupon incrusté de dentelles. C'est le sourire de nouveau aux lèvres, qu'il repartit vers le baraquement pour retrouver la merveille.

Olympe en était à son deuxième panier, lorsque Lucie se mit à hurler :

— Vingt dieux les filles, v'là le corbillat[1] !

Aussitôt les lavandières, telles des harpies, se précipitèrent vers le bord du bateau en vociférant. Dans un doux clapotis, le coche pour Corbeil passait lentement près du bateau-lavoir.

---

1. Les voyages par eau étaient alors très prisés. Le coche d'eau de Corbeil ou « corbillat » devint vers 1790 le « corbillard ». Sa longue coque peinte en noire donna son nom à la voiture des Pompes Funèbres que nous utilisons encore aujourd'hui.

Le corbillat, c'était l'ennemi, l'épine dans leur chair, l'empêcheur de laver en rond. On ne savait plus au juste qui, des marins ou des lavandières, avait lancé les hostilités, mais le fait est que deux fois la semaine, on s'insultait copieusement de part et d'autre.

— Allez, dégagez, tronches de carême, vous allez faire pleuvoir ! jeta la vieille Lucie.

— Cache-toi, l'affreuse, tu ferais rater une couvée de corbeaux ! répliqua un marin.

— Culs de singe !

— Maquerelles ! Pouilleuses !

Les passagers, eux aussi, profitaient du spectacle, et parfois même ajoutaient de l'huile sur le feu en bombardant les lavandières de quolibets. Olympe, les premiers jours, avait tenté en vain de les convaincre de renoncer à cette guerre. « Et vous vous étonnez que l'on trouve les lavandières vulgaires ! » avait-elle lancé à Marianne. Mais son amie lui avait répondu : « Tu ne peux pas comprendre, c'est une question d'honneur ! On ne peut pas laisser ces marins d'eau douce de mes fesses avoir le dernier mot ! »

Alors ma foi, puisque c'était une question d'honneur… Olympe s'était donc mise à crier avec les autres.

— Pisse-vinaigre ! Torche-bidets !

— Punaises ! Péteuses !

— Cornard ! hurla Lucie. Rentre vite chez toi !

Avec une gueule comme la tienne, ta femme doit être en compagnie d'un galant !

Le marin lui répondit par une posture obscène qui rendit Lucie folle de rage. Elle répliqua par un geste encore bien pire qui mit le bateau-lavoir en délire. Une des passagères du corbillat, que ces manières vulgaires incommodaient, ne put s'empêcher de crier :

— Faites donc cesser cette grosse truie !

— Grosse truie toi-même, vieille bique, beugla Rose pour défendre Lucie.

— Tu t'es regardée, pisseuse ! répliqua un marin.

— Et mon cul, tu l'as vu mon cul ! hurla Lucie.

Avant que quiconque ait pu faire un geste, la vieille releva son cotillon et leur présenta un énorme, un monstrueux postérieur !

La passagère, au comble de l'indignation, en tomba à la renverse dans les bras du capitaine. Mais le corbillat s'éloignait déjà, et Lucie rajustait ses vêtements.

— Bravo, tu leur as bien rivé leur clou à ses mal-peignés ! lancèrent les lavandières en lui tapant sur l'épaule.

Et l'on se remit au travail avec le sentiment d'avoir remporté une grande victoire. Jusqu'au prochain passage du corbillat tout du moins.

— Ah, ça fait du bien de rigoler ! lança Lucie

en attrapant un caleçon plein de lessive. Ça vaut toutes les médecines du monde !

*
* *

— Vous y êtes allés tout de même ! s'emporta Marianne en arrivant ce soir-là au *Bon Pasteur.*

Elle avait bien tenté d'aborder le sujet sur le *Sainte-Croix*, mais Olympe s'était dérobée toute la journée, mettant la jeune fille sur des charbons ardents. En désespoir de cause, elle avait décidé d'aller manger avec son amie, afin de savoir le fin mot de l'histoire.

— Tout s'est très bien passé, mentit Olympe.

Puis elle lui raconta leurs découvertes, tout en passant sous silence la course-poursuite dans les jardins.

— Il faut voir la police, s'écria la lavandière.

— Nous n'avons aucune preuve, te dis-je ! Je ne vais pas aller me fourrer dans la gueule du loup ! Imagine la scène : « Monsieur de La Reynie, ils sont en train de montrer un coup d'État. En plus, ils veulent enlever quelqu'un de haut rang. Non, non, je vous jure que je n'ai rien bu... ! » Je n'aurai pas fini de m'expliquer qu'on m'aura déjà enfermée aux Madelonnettes !

— Demande à ton Frémont de tout raconter à La Reynie, puisqu'il le connaît. Après tout, il n'a pas l'air de la moitié d'un idiot, ce gars-là. Il nous aidera encore, si tu lui demandes gentiment.

Olympe repensa en rougissant au jeune Frémont lorsqu'elle l'avait embrassé. Avait-elle l'air aussi bête que lui ? Il avait dû la prendre pour une effrontée. Seigneur ! Avait-elle perdu la raison pour se conduire si mal ?

Lambert. Lambert Frémont, Lambert, répétait-elle dans sa tête depuis cette nuit. Était-ce cela d'être amoureux ? Les Muses les plus âgées disaient poétiquement que c'était un grand transport au cœur qui vous chavirait l'âme ; les jeunes lavandières, elles, parlaient de picotements partout et d'envie de chanter.

En y réfléchissant bien, à part les picotements... Bref ! Ce n'était pas le moment d'être amoureuse !

— Que t'arrive-t-il donc ? Te voilà toute rouge !

Fort heureusement, Marianne n'insista pas.

— Et ton ancienne amie de couvent, celle qui connaît la reine ? poursuivit-elle. Tu vas à Versailles. Tu lui parles, elle va voir la reine, qui va voir le roi. Et le tour est joué !

— Voilà une excellente idée ! Je vais écrire à Clio tout de suite...

Elle allait se lever pour demander du papier à l'écrivain public, lorsque Rose vint les interrompre, avec un air si affolé, que les deux filles prirent peur.

— Venez m'aider, je vous en supplie. Madeleine est au plus mal !

Elles jetèrent le prix de leur repas sur la table et sortirent du *Bon Pasteur* en courant. Trois pâtés de maisons plus loin, elles s'engouffrèrent dans la misérable bicoque où vivait Madeleine.

La jeune femme gisait sur une paillasse à même le sol, inerte et pâle à faire peur.

— Je l'ai trouvée comme ça en rentrant, expliqua Rose. Elle ne réagit plus.

— Mais qu'a-t-elle ? demanda Olympe.

— La semaine dernière, elle se plaignait du ventre. Elle avait une douleur au côté droit et des nausées. Elle a vu la guérisseuse qui lui a dit de rester couchée, mais cette idiote est allée crocheter du blé ! Au bout de trois heures, elle était si malade qu'elle est rentrée chez elle sans même se faire payer. Ce matin, elle criait de douleur et elle avait tant de fièvre…

— Où est son mari ?

Rose baissa la tête, le regard fuyant. Elle finit par avouer :

— Il est aux galères… Il a été condamné à deux ans pour avoir cassé des lanternes, un soir qu'il était ivre. Madeleine veut pas qu'on en parle. Elle a peur qu'on lui enlève ses enfants pour les mettre à l'orphelinat. Avec son salaire, elle arrive tout juste à les nourrir…

« Et voilà, pensa Olympe avec amertume. On condamnait un père de famille aux galères pour des lanternes cassées, alors que le jeune Colbert, lui, pouvait tuer en toute impunité. Belle justice en vérité ! »

Elle se souvint d'une conversation que ses parents avaient eue voilà trois ans. Son père, furieux au retour du Parlement, avait raconté que le roi voulait que, dorénavant, on condamne les délits les plus minimes aux galères. La France possédait de belles galères flambant neuves, il fallait donc trouver des galériens pour ramer.

Comme les déserteurs et les truands n'y suffisaient pas, on avait organisé des rafles pour prendre les sans-logis, les mendiants, jusqu'aux huguenots qui refusaient de se convertir. On les conduisait à Marseille pour les enchaîner à un banc. Bien peu en revenaient...

— Madeleine s'est endettée pour payer le juge qui lui demandait cinquante livres d'épices[1] pour adoucir la peine de son mari. Elle a tout vendu, ses meubles, ses vêtements...

Rose, qui ne retenait plus ses pleurs, laissa sa phrase en suspens. Madeleine était la seule vraie amie qu'elle ait jamais eue.

— Emmenons-la à l'Hôtel-Dieu, fit-elle d'une voix suppliante. Peut-être pourront-ils l'aider ?

Rose et Marianne prirent la jeune femme chacune

---

1. Taxes que l'on payait aux juges et aux avocats. Elles se transformaient souvent en pots-de-vin pour gagner un procès ou adoucir une peine. Les condamnations étaient très lourdes : casser une lanterne coûtait cinq ans de galère et le vol était souvent puni de mort...

sous un bras. En arrivant à l'Hôtel-Dieu, Olympe n'en crut pas ses yeux ! Dans l'immense salle des femmes où on les dirigea, les malades étaient jusqu'à six par lit, couchées, tête-bêche, geignant de douleur. L'odeur de pourriture et d'excréments était abominable, et les cris de détresse l'étaient bien plus encore.

Les religieuses se déplaçaient de lit en lit, tâchant de soulager les peines. Un vieux curé était là à donner l'extrême-onction aux mourantes. Un peu plus loin, Olympe vit des valets enlever le corps d'une morte. À sa place, dans les draps souillés de sang, on mit aussitôt une autre femme qui gisait par terre sur un tas de paille, faute de place.

— De quoi souffre-t-elle ? demanda une voix.

La petite sœur qui leur parlait n'avait guère plus de vingt ans. Ses yeux cernés en disaient long sur sa fatigue, mais c'est pourtant d'un regard plein de bonté qu'elle les fixait. Un regard qu'Olympe reconnaissait :

— Mademoiselle de Mers ? fit-elle, incrédule.

La religieuse, tout en les aidant à transporter Madeleine, répondit en souriant :

— Non, maintenant je suis sœur Thérèse. Je vous reconnais, vous êtes bien arrivée au couvent il y a trois ans, lorsque j'ai prononcé mes vœux ? Que s'est-il donc passé pour que vous…

— C'est une longue histoire, ma sœur, trancha Olympe. Mais vous-même comment se fait-il…

— … Qu'une demoiselle promise à un brillant avenir devienne religieuse dans un tel enfer ? La vie de recluse ne me convenait pas, j'ai demandé à rejoindre l'Hôtel-Dieu pour aider mon prochain.

Sa voix était douce et son ton serein. Olympe se souvenait de la jeune fille qui avait pris le voile avec tant de ferveur. À l'inverse d'Olympe, elle s'était battue pour entrer dans les ordres. Et voilà qu'aujourd'hui, la riche héritière faisait la souillon dans le pire endroit de la création…

Elles allongèrent Madeleine sur le tas de paille, puis elles attendirent le verdict de la sœur.

— J'ai déjà vu de semblables cas de douleurs au côté droit. Hélas ! à part la prière, il n'y a rien à faire…, fit-elle lugubrement. Je vais voir l'assistant du médecin.

Elle se précipita vers un homme en chemise. Habillé d'un tablier de cuir, il tenait plus du boucher que de l'infirmier. Il regarda vaguement le corps de la jeune femme, haussa les épaules, puis repartit aussitôt vers une autre malade.

Sœur Thérèse revint tête basse pour s'agenouiller près de Madeleine.

— Ne lui en veuillez pas, fit-elle de sa voix douce. Il travaille depuis cinq heures ce matin. Les médecins sont passés dans la matinée, et, depuis, il est tout seul pour plus de deux cents malades. Cela le met de mauvaise humeur…

Elle se releva un instant pour courir au chevet d'une femme qui se débattait. Avec patience, elle la calma, puis elle revint en soupirant :

— Partez maintenant, je vais veiller votre amie cette nuit. Si l'une de vous pouvait venir me relayer demain auprès d'elle…

Les trois filles se concertèrent, puis elles approuvèrent de la tête.

— Rose viendra, déclara Marianne. Nous, nous irons travailler et nous partagerons nos paies.

Au moment où elles sortaient après un dernier regard à Madeleine, l'un des valets les aborda :

— Votre amie, elle serait mieux sur un lit.

— Vous pourriez vraiment… ? demanda Olympe, pleine d'espoir.

L'homme, mal rasé et le cheveu en bataille, les fixa l'une après l'autre. Il ajouta, sûr de lui :

— Y'a une vieille qui va rendre l'âme, elle râle depuis l'aube. Sa place sera bientôt libre.

— Combien ? dit stoïquement Rose.

L'homme se gratta la tête, fit mine de réfléchir, et répondit en leur montrant le fond de la salle :

— Faut voir. L'homme là-bas me donne une livre et demie pour que j'y mette sa mère… Une livre et onze sols, et la place est à vous.

Olympe le regarda, horrifiée. Se pouvait-il qu'il y ait des êtres assez vils pour s'engraisser ainsi sur la misère d'autrui ? L'autre saisit son coup d'œil et répliqua, narquois, la main tendue :

— Y'a pas de petit profit, ma belle.

Rose fouillait déjà sa poche à la recherche de sa paie du jour. Marianne et Olympe firent de même, mais l'argent mis en commun ne dépassait pas une livre deux sols et trois deniers.

— Tant pis, mes mignonnes !

« Si elles n'avaient pas dépensé leur argent au *Bon Pasteur*, elles auraient pu avoir le compte », réalisa Olympe, la gorge serrée.

— Nous vous paierons le reste demain ! fit Rose sur un ton suppliant.

— Non, je ne fais pas crédit.

Rose serra l'argent au creux de sa main, regarda Madeleine, inerte sur la paille, et se mit à crier :

— Espèce de bâtard ! Tu ne vas pas laisser mon amie crever comme un chien pour les neuf sols qui nous manquent ?

Mais l'homme haussa les épaules, et s'éloigna avec un air faussement compatissant. Marianne attrapa Rose par les épaules pour la tirer dehors avant qu'elle ne réplique, car l'assistant et les religieuses les regardaient d'un œil courroucé.

— Partons. La sœur va s'occuper d'elle. Demain nous viendrons avec plus d'argent, et peut-être que nous pourrons lui avoir un lit.

Pourtant une fois dehors, Rose, en sanglotant, s'appuya contre le mur, et ne put s'empêcher de crier sa détresse.

— Seigneur Dieu, dites-moi pourquoi vous laissez mourir ainsi les pauvres ! Pourquoi les riches peuvent-ils être soignés et pas les pauvres ? Je suis sûre qu'elle va mourir à cause de ces maudits neuf sols qui nous manquent !

Elles s'en revinrent dans un silence contrit, ponctué par les reniflements de Rose. En se quittant au port, elles se donnèrent rendez-vous au lendemain, et décidèrent de passer prendre des nouvelles de Madeleine avant d'aller travailler.

Dans la pénombre de l'appentis, Olympe, assise sur son lit, se prit la tête à deux mains. Elle ne pouvait effacer de sa mémoire la misère de l'Hôtel-Dieu, les quatre rangées de lits de la grande salle, les centaines de malades, les cris de souffrance, l'odeur pestilentielle. Et la pauvre Madeleine gisant sur la paille…

Qu'avait dit sœur Thérèse ? Qu'elle avait tout abandonné pour aider son prochain… Et elle, Olympe de Clos-Renault, que faisait-elle pour ses amies ? Sous son lit, il y avait pour cent mille livres de bijoux. Les bijoux de sa mère. Mais en avait-elle vraiment besoin pour se souvenir de sa mère ? Ces quelques cailloux taillés valaient-ils plus que la vie de Madeleine ?

Sa décision était prise. Madeleine aurait un matelas de laine, un oreiller de plumes et le meilleur médecin. Elle choisit dans son sac une paire de boucles d'oreilles, puis elle sortit sans attendre. Elle se dirigea vers la taverne de *L'Écu d'or,* rue du

Petit-Musc, à deux pas de la Bastille. Là, elle savait trouver celui qu'il lui fallait.

L'endroit avait des relents de cour des Miracles. La taverne, voûtée comme un caveau, était sombre et enfumée. Olympe se posta sur le seuil et observa les clients. La peur au ventre, elle chercha le courage d'y entrer. Elle avait devant elle les pires déchets de l'humanité, rien que des argotiers de bonne souche : tire-laine, coupe-bourse, estropiats, mercenaires, putains et maquereaux… Des gens qui tueraient leur mère pour une livre, et peut-être même moins.

La vinasse et la bière semblaient couler à flots. Tout ce beau monde avait, à la lueur des chandelles, des mines patibulaires à vous glacer les sangs. Ils jouaient bruyamment aux cartes ou aux dés. Certains se mesuraient au bras de fer, d'autres, le couteau sur la table, se partageaient les gains de leurs dernières rapines.

« Pour Madeleine, se dit-elle en faisant un pas, puis un autre. Pour Madeleine. » Et heureusement, elle le vit.

— Suzelle ! l'accueillit Rodrigue avec un grand sourire. Je savais que tu reviendrais à de meilleurs sentiments…

Elle se redressa fièrement et lui rétorqua avec un aplomb qu'elle était loin de ressentir :

— Assez ! Je suis ici pour affaire. Connaissez-vous quelqu'un qui pourrait m'acheter cela ?

Le marchand de fesse regarda les boucles d'oreilles et siffla entre ses dents :

— Mazette ! À qui les as-tu volées ?

— Peu importe. J'en veux un bon prix. Vous pourrez prendre votre commission, bien sûr.

Il se leva en approuvant de la tête, et fila vers une table où l'on jouait aux cartes. Les hommes attablés regardèrent les bijoux, puis la jeune fille. L'un d'eux mit enfin la main dans son gilet pour en sortir une bourse.

— Tiens, voilà cinq cents livres en louis d'or, fit Rodrigue en revenant.

Olympe manqua d'étouffer ! Ces boucles en valaient trois fois plus. Mais cinq cents livres, c'était toujours mieux que rien. Elle ficela la vingtaine de pièces d'or dans son mouchoir, et mit le tout dans sa poche de jupon.

Quarante personnes l'avaient vue faire. Elle s'apprêta à sortir en tremblant : arriverait-elle seulement vivante chez Barberine avec une telle somme sur elle ? Dans l'ombre de la taverne, plus d'un salivait déjà en affûtant son couteau.

— Viens, je te raccompagne, fit ironiquement Rodrigue. Si un de ces affreux t'abîmait, tu ne pourrais plus travailler pour moi !

Il l'attrapa par le bras et toisa les malandrins avec des airs de propriétaire. À bon entendeur, salut ! semblait-il leur dire en exhibant ostensiblement un pistolet à sa ceinture. Cela parut faire de l'effet sur les hommes qui, aussitôt, regardèrent ailleurs.

Olympe ne dormit guère cette nuit-là. Elle ne cessa de penser à la meilleure façon de dépenser cet or. D'abord, elle allait sortir Madeleine de l'Hôtel-Dieu. Ensuite, avec Rose et Marianne, elles achèteraient un lit, des draps, et du bois de chauffage. Elle irait voir Morin, le médecin de sa grand-mère, un honnête homme plein de bon sens. Il n'était ni pour la saignée, ni pour le clystère, comme la plupart de ses collègues, mais plutôt pour le repos au grand air et une saine nourriture.

« Qu'à cela ne tienne, pensa Olympe, qui, telle « Perrette et le pot au lait » de M. de La Fontaine, n'en finissait pas de faire des projets. Qu'à cela ne tienne, elle louerait une maison à la campagne, à Montmartre ou à La Chapelle, qu'elle occuperait avec Madeleine et ses enfants jusqu'au retour de sa grand-mère. Car, à n'en pas douter, la vente des boucles d'oreilles serait bientôt connue de M. de La Reynie, il lui faudrait donc quitter les lavandières.

La fête avait lieu samedi, dans trois jours. Le lendemain, dimanche, elle irait voir Clio à Versailles et elle lui parlerait du complot.

Et puis, pensa-t-elle en un éclair, il y avait ce policier nommé Grobois, qui avait torturé et assassiné Meunier, le prêteur sur gages. En plus de La

Reynie, elle risquait fort d'avoir les Confrères du Renouveau à ses trousses... »

À cinq heures le lendemain matin, Rose, la mine triste et les yeux battus, retrouva vite des couleurs lorsque Olympe lui montra un beau louis d'or tout neuf. Rose, qui n'en avait encore jamais vu, mordit dedans à pleines dents pour voir s'il était vrai.

— Nous allons l'installer comme une reine, fit Olympe en la prenant par le bras. Je connais un bon médecin qui la guérira.

Il faisait encore nuit, mais les premiers gagne-deniers faisaient déjà la queue au port. Elles longèrent les quais jusqu'au pont Notre-Dame, puis elles allèrent jusqu'au pied de la cathédrale où se trouvait l'hôpital. Dans la grande salle rien n'avait changé, ni l'odeur, ni les cris. Certaines torches fichées dans le mur avaient fini de se consumer, rendant la pénombre encore plus épaisse.

— Madeleine n'est plus sur le tas de paille ! s'écria Rose avec angoisse.

— La sœur lui aura sans doute trouvé un lit.

Elles commencèrent à chercher leur amie dans les lits surpeuplés. Des mains les accrochaient au passage, des voix réclamaient de l'eau, un pot ou tout simplement un peu de chaleur humaine.

Les malades les moins atteintes dormaient par roulement, certaines assises par terre, tandis que d'autres occupaient les lits. Car comment se reposer à six dans un lit de deux places ? Les galeuses grattaient leurs croûtes, les mourantes geignaient, et la vermine omniprésente les mangeait toutes au sang.

Mais point de Madeleine.

— Mesdemoiselles..., fit dans leur dos la voix douce de sœur Thérèse.

— Où est-elle ? demanda Rose qui avait un sombre pressentiment.

— Elle a passé voilà une heure. Je l'ai veillée jusqu'à la fin...

Rose cacha son visage dans ses mains, comme assommée par la nouvelle.

— Elle a repris conscience lorsque l'assistant l'a saignée, poursuivit la sœur. La pauvre devait savoir qu'elle n'en avait plus pour longtemps car elle a réclamé un prêtre. Après l'extrême onction, elle m'a demandé de vous dire de prendre soin de ses enfants. Elle avait peur qu'ils aillent à l'orphelinat, je crois...

— Où l'avez-vous mise ? sanglota Rose.

— Suivez-moi. Je vais faire en sorte que l'on vous rende son corps.

*

* *

Olympe s'était procuré le linceul le plus fin. Elle avait payé une grand-messe, avec de la musique et des chants. Le curé avait rendu hommage à Madeleine, parlant de son courage au travail, de ses qualités de mère et d'épouse, et de son dévouement pour ses voisins.

Et voilà que ce 28 janvier 1683, on avait enterré Madeleine au cimetière des Innocents. Sur le bord de la grande fosse commune ouverte, tout le *Sainte-Croix* était là pour l'accompagner.

Le fossoyeur, quand la fosse serait pleine, la recouvrirait de terre. La terre des Innocents avait la réputation de manger son mort en neuf jours. Au printemps, quand les arbres reverdiraient, on rouvrirait la tombe pour mettre ses ossements dans un charnier[1], avec ceux des millions de Parisiens anonymes, morts depuis des siècles.

Voilà tout. *Exit* Madeleine Giraud, vingt ans et quatre mois, lavandière. Qui donc se souviendra d'elle dans cent ans ?

*

* *

On avait repris le travail sans entrain. Même le corbillat, passant au ras du *Sainte-Croix*, n'avait pas réussi à ramener la gaieté sur le bateau. Les lavandières n'avaient pas levé le nez de leur lavoir, restant

1. Il s'agissait de galeries à arcades construites au pourtour du cimetière, dont les combles étaient creux. On y entassait les ossements exhumés des fosses communes lorsqu'on désirait les utiliser à nouveau. En 1786, on évacua ces ossements vers les Catacombes, où l'on peut encore les voir aujourd'hui. On estime que six millions de Parisiens s'y trouvent réunis.

sourdes aux quolibets des marins. Ce silence, c'était leur manière de mener le deuil de leur amie.

Elles s'étaient cotisées pour mettre les enfants de Madeleine chez une honnête nourrice du petit village de Chaillot. L'air y était pur et la nourriture abondante. Olympe avait ajouté cent livres, qui, placées chez un notaire, permettraient aux deux petits de devenir un jour apprentis et de démarrer dans la vie d'un bon pied.

L'autre sujet de morosité était l'élection. Les clients, avertis de l'imminence de la fête, ne donnaient plus leurs vêtements à laver, de peur que les lavandières ne les volent. Le résultat était terrible : il y avait moitié moins de travail, et l'on n'avait toujours pas de robe pour Olympe.

— J'en ai une ! s'écria justement Michel.

Il exhiba un vêtement violet, guère plus seyant qu'une soutane d'évêque, qui passa de main en main sans que personne l'approuve.

— Je crains bien qu'il faille nous en contenter, soupira Rosalie. La fête est pour demain et nous n'aurons pas d'autres vêtements sales d'ici là.

Olympe fronça les sourcils en détaillant la robe. On racontait que les filles du *Notre-Dame* avaient trouvé une toilette en taffetas jaune, digne d'une dame de la Cour. Autant déclarer forfait tout de suite !

— Tiens, fit Céleste, dans la poche, il y a une page de gazette. Dis, Suzelle, tu peux la lire ?

— C'est une page du *Mercure galant* d'il y a six mois. Cela dit que : « M. *Denis Papin, l'illustre physicien, vient de trouver le moyen, grâce à une marmite à vapeur, d'amollir les os et de cuire les viandes en fort peu de temps et à fort peu de frais*… » Ensuite il y a la gravure de la marmite.

— J'voudrais ben voir ça, fit Lucie en lui prenant le papier des mains.

Elle tourna et retourna le dessin et déclara en riant :

— Ce bonhomme-là, s'il en fabrique de ces marmites à vapeur, je cours lui en acheter une tout de suite ! Imaginez : quand ça siffle, c'est cuit ! On économise du temps et du bois !

— Exactement, les savants devraient se préoccuper davantage des tâches des femmes. Comme cela, elles auraient plus de temps pour leur famille…

— Ben tiens, se moqua Joséphine Charpe depuis l'autre bord, on pourrait inventer une machine pour… coudre les vêtements…

Lucie rendit son papier à Olympe et poursuivit, au comble de l'hilarité :

— Et des chandelles qui s'allument toutes seules… Et une machine… à laver le linge… !

Les femmes se mirent à hurler de rire.

— À laver ? Et comment qu'elle ferait ta machine pour voir où qu'elles sont les taches ?

Seule, Rosalie Archer ne semblait pas apprécier

la boutade. La mine sombre, elle rappela ses filles à l'ordre :

— Le jour où on inventera une machine à laver, nous serons toutes sans emploi, mesdames, pensez-y donc ! Vous aurez ensuite tout votre temps pour voir vos gosses crever de faim !

Cela jeta comme un froid. Le progrès pouvait être la meilleure et la pire des choses… Chacune baissa le nez sur son lavoir et retrouva illico le calme plein de dignité d'un bateau en deuil.

Olympe parcourut des yeux les titres de la gazette. Elle tomba sur un article de Donneau de Visé, fondateur du *Mercure galant* et critique de mode à ses heures : « *On trouvera chez les demoiselles Fillion maints articles de bon goût, cousus avec talent dans des draps d'or et d'argent… Une dame de qualité ne saurait se fournir ailleurs…* »

Elle regarda la « soutane d'évêque » que l'on avait oubliée dans un coin, puis l'adresse des couturières qui figurait en bonne place sur la gazette : il lui restait plus de trois cents livres, et le *Sainte-Croix* avait encore toutes ses chances.

*

* *

Lambert Frémont descendit de son cheval pour le mener par la bride vers les écuries du Châtelet. Il n'aimait pas cet endroit vieux, crasseux et puant.

Il se demandait souvent, lorsqu'il venait y chercher Jason, ce que le roi attendait pour y faire des réparations.

Le Châtelet, mi-prison, mi-bureaux, avait tout d'un château fort avec ses tours et ses meurtrières grillagées. L'herbe poussait entre les pierres disjointes de la façade et la place devant le grand porche voûté était si boueuse, les jours de pluie, que l'on s'y enfonçait jusqu'aux chevilles.

Il confia son cheval à un palefrenier, et se dirigeait vers les locaux de la police, lorsqu'un homme le bouscula sans même s'excuser.

— Une voiture, vite ! ordonna-t-il.

Le valet siffla entre ses doigts, puis il demanda aimablement :

— Où donc allez-vous, m'sieur Grobois ?

Mais l'impoli ne répondit pas. Il grimpa aussitôt dans la voiture de louage qui venait de se présenter.

— Hôtel de Clos-Renault, en l'île Notre-Dame, et que ça saute, cria-t-il au cocher.

Lambert sentit son cœur s'emballer. Si cet homme était si pressé d'aller chez le conseiller, c'était sans doute qu'on avait retrouvé Olympe.

Il monta les escaliers quatre à quatre pour rejoindre Jason. Assis à une table, les sourcils froncés, son ami mordait avec application le bout d'une plume d'oie. On aurait pu voir sa perruque fumer tant il semblait concentré.

— Bonjour, fit-il distraitement sans lever le nez. Donne-moi une rime en « or ». J'écris un poème à Amélie pour l'inviter à une promenade au Mail.

— Je ne suis pas habile à ce jeu-là, répondit en riant Lambert. Pourquoi ne pas lui écrire en prose, comme tout le monde ?

— Mais parce que les demoiselles sont sensibles à la poésie, pauvre sot !

— À propos de demoiselle… J'ai cru comprendre que l'on avait retrouvé Mlle de Clos-Renault ?

— Oh, non ! N'as-tu pas d'autres sujets de conversation ?

— Comme Amélie, par exemple ?

— Oui, comme Amé… Te moques-tu de moi ?

Il reposa sa plume et regarda Lambert, l'air faussement courroucé. Mais son ami insistait :

— Alors, cette demoiselle de Clos-Renault ?

Jason soupira, puis se résigna à expliquer :

— Mon parrain vient d'interroger un homme qui tentait de revendre des bijoux volés aux Clos-Renault. C'est un proxénète de Saint-Paul, un certain Rodrigue, et une de ses filles, une superbe blonde, paraît-il, qui les lui ont vendus. Voilà. Es-tu content ?

Jason, pour qui le sujet était clos, se mit à compter les pieds de ses vers sur le bout de ses doigts. Treize, flûte ! fit-il à part lui. Treize pieds pour un alexandrin, cela fait désordre dans un poème.

— Donc ton parrain a envoyé ce policier, Grobois, chez le conseiller…, tenta Lambert.

— Suis pas au courant, répliqua Jason en recomptant avec application. Mais cela m'étonnerait, il a transmis le dossier au bureau de la Ville[1]. Le port Saint-Paul est sous leur juridiction, les hommes du Châtelet ne peuvent pas y enquêter. Quant à ce Grobois, il a sans doute voulu faire du zèle en allant annoncer la nouvelle au conseiller…

Jason s'arrêta brusquement, en proie à l'inspiration. Il se pencha sur le papier, fit courir sa plume, puis se relut avec un sourire satisfait : Amélie allait en tomber à genoux !

— Mais je suis sûr qu'ils font encore fausse route, ajouta Jason. Mlle de Clos-Renault avec un proxénète du port ! C'est d'un grotesque !

Lambert, en dansant d'un pied sur l'autre, lança sur un ton mal assuré :

— J'avais justement l'intention d'aller à Saint-Paul ce soir. On raconte que les tavernes n'y manquent pas d'attraits pendant le carnaval.

— Très peu pour moi. Je n'apprécie guère les chansons à boire. Je préfère aller au théâtre.

1. Le bureau de la Ville était l'équivalent de la Mairie de Paris. Il était dirigé par un prévôt désigné par le roi, et par des échevins élus par l'assemblée des bourgeois. Le bureau de la Ville avait sa propre police qui s'occupait des ports, des ponts, des remparts, et gérait tous les problèmes liés au commerce par voie fluviale.

— Tant pis, fit Lambert en soupirant, j'irai donc seul ! Au revoir.

Cette fois-ci, il avait bon espoir. Retrouver ce Rodrigue ne devait pas être bien difficile, et Olympe ne serait sûrement pas loin.

Depuis leur dernière rencontre, il ne pouvait fermer les yeux sans l'imaginer aux prises avec les pires crapules. Ce Rodrigue l'avait peut-être enlevée, battue, torturée. On disait que ces gens-là savaient se montrer très persuasifs pour convaincre les femmes de travailler pour eux...

— Et ce Nicolas, que fait-il donc pour la protéger ? fit-il entre ses dents. Sacridi, il ferait beau voir que je me fasse coiffer au poteau par un fils de chapelier !

11

Olympe sortit la robe de son papier de soie. Elle était verte, brodée d'or, coupée dans un satin si lumineux qu'on l'aurait dite tout droit sortie d'un conte de fées. Elle repensa en riant à l'air pincé de la boutiquière des sœurs Fillion en voyant devant son comptoir une fille du port. « Tu n'as rien à faire ici, petite, lui avait-elle dit. Déguerpis, tu vas incommoder nos clients ! »

Elle lui avait montré la pancarte à l'entrée, sur laquelle était inscrit : « interdit aux laquais et à la canaille ». Mais Olympe s'était plantée devant elle, mains sur les hanches, et lui avait rétorqué :

— Je souhaite acheter une robe, faites donc votre travail.

L'autre avait sorti de mauvaise grâce quelques jupes d'occasion, criardes et bariolées, en lui soutenant que c'était la dernière mode.

— La dernière mode pour qui ? demanda Olympe. Pour les filles de petite vertu ? Je ne vois là que des articles de très mauvais goût. Je veux du satin ou du taffetas, et de la meilleure coupe !

Là, la boutiquière manqua s'étouffer !

— Pour une traîne-misère ? fit-elle avec mépris.

— Pour une cliente qui paie !

Finalement, elle prit cette merveille qu'une comtesse avait commandée, puis refusée. La vendeuse la lui cédait à moitié prix : le *Sainte-Croix* avait sa tenue de princesse.

À la lueur de la chandelle, Mme Archer l'aida à enfiler sa robe, Joséphine Charpe la coiffa pendant que Magali Renard préparait le maquillage.

— Seigneur ! fit Rosalie, une main devant la bouche. Tu es si belle ! Où l'as-tu trouvée ?

— Peu importe..., répliqua Olympe en baissant le regard. C'est pour le *Sainte-Croix*. Maîtresse, continua-t-elle, je vais quitter Paris...

Mme Archer haussa les sourcils. Elle s'était attachée à la jeune fille. Mais il lui fallait bien reconnaître que Suzelle n'était pas à sa place sur un bateau-lavoir. Elle hocha la tête, compréhensive, puis déclara :

— Reviens quand tu veux, Suzelle, il y aura toujours un lavoir pour toi sur le *Sainte-Croix*.

Elles étaient parties peu après pour la vieille église Saint-Paul où une messe réunirait toute la profession. Ensuite on élirait la reine sur le port.

Bien qu'il fût encore tôt, les rues étaient pleines. La petite église, comme chaque année, avait refusé du monde. Le curé, comme chaque année, avait appelé ses ouailles à plus de calme et de sobriété, car, comme chaque année, la fête finirait sans doute en beuverie et en bagarre...

*

* *

— Jacquemine du *Saint-Roch* !

La fille grimpa sur l'estrade en tenant à deux mains sa robe d'emprunt bien trop longue pour elle. Les lavandières du *Saint-Roch* se mirent à hurler, manifestant leur joie parmi les deux mille spectateurs assemblés sur le port.

Jacquemine, les joues en feu, marcha puis tourna sur elle-même avec l'air digne d'une duchesse un jour d'audience royale. La fille était mignonne et la robe avait de l'allure, certaines femmes levèrent la main en guise d'assentiment. Elle était la quarantième candidate à passer sur les soixante en compétition. Jusqu'à présent aucune, à part Charlotte Ledoux, n'avait enthousiasmé l'assistance.

Autour de l'estrade, le parterre des prétendantes au trône avait des airs de bal de la Cour avec ses toilettes de satin, de velours ou de brocart. Mais l'assemblée n'était pas en reste d'élégance, bon nombre de lavandières n'avaient pas hésité à piocher elles aussi dans le linge des clients pour cette journée mémorable !

Jacquemine descendit pour céder la place à la reine en titre, Marie-Aimée du *Notre-Dame*, une jolie brune dans une superbe robe jaune. Elle envoya un baiser à la foule et reçut en retour les sifflets flatteurs des marins. La moitié des lavandières applaudirent des deux mains et, du côté du *Sainte-Croix*, on afficha un air morose.

— Comment voulez-vous que Suzelle gagne avec sa pelure de bigote ? râla la vieille Lucie.

— Je n'ai pas dit mon dernier mot, répliqua Olympe avec un sourire mystérieux.

Elle s'était enveloppée dans sa grande cape et personne n'avait encore vu sa tenue, à part les trois maîtresses. Elle avait gardé cette surprise comme un dernier cadeau à ses amies du port, son cadeau d'adieu.

La candidate suivante ne récolta que de maigres applaudissements. Plus que trois filles et ce serait le tour d'Olympe. Elle se préparait à fendre la foule lorsqu'une main l'accrocha. Tiénot le décrotteur la regardait d'un air inquiet.

— Faut que j'te cause, lui dit-il.

— C'est pas le moment ! le repoussa Marianne.

— Ben si, insista Tiénot. Y'a un emplumé qui

cherche après une blonde aux yeux noirs dans toutes les tavernes…

— Un policier ? fit Olympe avec angoisse.

— Non, du genre plein aux as, avec une épée. J'dirais plutôt un de la noblesse. Jeune, grand, les yeux verts…

Olympe ne put s'empêcher de sourire. Ainsi Lambert avait encore retrouvé sa trace !

— C'est un ami, dit-elle, ne t'inquiète pas !

— Oh, mais c'ui-là il m'inquiétait pas, reprit Tiénot à sa grande surprise. Tu vois, ça s'rait plutôt les deux autres…

— Quels deux autres ?

— Une vieille bizarre et un argousin, un vrai, un qui pue le policier à dix pas. La vieille, elle aurait tiré des larmes à une pierre. Elle raconte partout qu'elle a perdu sa petite-fille, une grande blonde aux yeux noirs de seize ans…

« Marion Martin ! pensa Olympe en fermant les yeux. L'autre était sans doute le policier Grobois. Émilie ne devait pas être loin… »

— À toi, Suzelle, fit Rosalie dans son dos. Mets-en-leur plein la vue ! Pour le *Sainte-Croix* !

— Pour le *Sainte-Croix*, répéta Olympe d'une voix tremblante en enlevant sa cape.

Les nouvelles de Tiénot venaient de lui ôter toute sa joie. Elle ne fit pas même attention aux cris d'admiration de ses collègues, tant elle était occupée à chercher dans la foule le visage grimé en vieillarde de Marion Martin.

— Suzelle du *Sainte-Croix* !

Elle grimpa sur l'estrade, et retrouva en un instant le maintien que lui avait appris sa mère. Un « oh » stupéfait parcourut la foule. On ne voyait pas souvent des toilettes comme celle-ci, quant à la belle fille qui était dedans... Le public ne s'y trompa pas, les marins se mirent à siffler et les lavandières, une à une, levèrent la main.

Olympe, pour les remercier, plongea dans une gracieuse révérence qui décida les dernières partisanes de Marie-Aimée à changer de camp.

Elle redescendit sous les acclamations et revint vers les filles du *Sainte-Croix* qui l'entourèrent aussitôt pour la congratuler.

— Suzelle, ma poule, fit Lucie en l'écrasant sur son énorme poitrine. Tu vas gagner, c'est sûr !

Elle passa de bras en bras, chacune voulant l'embrasser et tâter la robe. Ces manifestations de joie eurent raison de sa peur, elle remit sa cape en riant et attendit le visage levé vers l'estrade que les autres candidates passent.

Après la dernière, la doyenne des maîtresses lavandières demanda :

— Alors, mesdames ?

— Suzelle ! hurla la majorité des femmes.

— Vive la reine ! Vive la reine !

Lucie lui arracha sa cape, et les autres la soulevèrent de terre pour la porter en triomphe jusqu'à l'estrade. La doyenne lui mit sur la tête une couronne en carton doré avant de s'écrier :

— Mesdames, saluez la reine Suzelle !

Les lavandières se courbèrent de bonne grâce devant leur souveraine de l'année.

— Relevez-vous, mesdames ! fit la doyenne. Approchez-vous avec vos offrandes !

Chaque bateau, suivant la tradition, avait apporté sa plus belle pièce de linge. Alors les maîtresses des soixante bateaux-lavoirs, sans plus de cérémonies, sortirent qui un mouchoir, qui un jupon ou une chemise, et coururent à l'estrade pour en habiller la reine. En quelques minutes, Olympe, revêtue d'une vingtaine de jupons superposés et d'autant de chemises, des mouchoirs épinglés à ses manches, des bonnets et des coiffes accrochés à sa ceinture, disparut sous les offrandes de ses sujettes. Les clients à qui on avait chipé tout cela devaient s'en arracher les cheveux !

Mais la fête ne faisait que débuter.

— Le carrosse ! Le carrosse ! se mit à scander la foule. Les gagne-deniers amenèrent aussitôt la voiture de la reine, une carriole de meunier que l'on avait décorée de fleurs en papier. Olympe, engoncée par les dizaines de vêtements, y grimpa comme elle put et commença à distribuer des saluts et des baisers à une foule de plus en plus excitée.

Le cortège s'ébranla bientôt, les musiciens en tête

pour ouvrir la marche, puis, derrière le carrosse, les lavandières et enfin les hommes du port. Tout ce beau monde braillait à qui mieux mieux ! Les femmes rythmaient la marche en frappant de la brosse sur leur battoir, les hommes maniaient crécelles et tambourins. Depuis les étages, les gens se penchaient aux fenêtres pour crier de joyeux « Vive la reine ! »

— Vive le bon peuple de Paris ! beuglait Olympe en retour. Puis, un instant aphone à force de crier, elle commença à détacher les fleurs de papier qui décoraient la carriole pour les lancer à ses fidèles sujets.

On visiterait ainsi tous les ports de la rive droite, avant de revenir à Saint-Paul pour faire bombance dans les tavernes. Mais de crier « Vive la reine ! » donnait soif, aussi le cortège s'arrêterait-il régulièrement pour boire bière, vin chaud ou eau-de-vie offerts par les propriétaires des bateaux-lavoirs.

Et tous ceux qui avaient écouté ce matin même le curé prêcher la sobriété oublièrent sur l'heure toutes leurs bonnes résolutions : la reine était belle, la compagnie agréable, et le vin coulait à flots.

Olympe, gagnée par l'ambiance, se mit à chanter et à danser sur la carriole. Elle étouffait à présent sous le linge, mais n'en avait cure. Rouge et décoiffée, la couronne de travers, elle se tournait en tous sens pour encourager les passants à les suivre, apostrophant les gens aux fenêtres entre deux refrains.

Lambert n'en crut pas ses yeux, lorsqu'elle apparut sur son char au détour d'une ruelle : la reine couverte de fanfreluches n'était autre qu'Olympe ! Dire qu'il l'avait cherchée dans toutes les tavernes, s'attendant à la trouver en grand danger et sans défense face à ce Rodrigue ! Et voilà qu'elle était là, à chanter et à rire comme une folle !

— Vive Suzelle ! scandait la foule.

La carriole approchait, dans un instant, elle l'apercevrait. Il se plaqua contre le mur pour laisser passer les musiciens et la fixa jusqu'à ce que ses yeux rencontrent enfin les siens.

Olympe le reconnut. Elle s'arrêta de chanter pour le suivre d'un regard pétillant de malice. Elle ne semblait pas même surprise de le voir ! pensa-t-il avec agacement. En arrivant à sa hauteur, elle lui lança un baiser du bout des doigts, qui lui fit l'effet d'un coup de poing. Il toucha sa joue où il croyait encore sentir ses lèvres, mais la jeune fille s'éloignait déjà.

— Vive la reine, cria-t-il enfin en secouant son chapeau noir à plume.

Elle se retourna, un sourire aux lèvres, pour lui jeter une fleur en papier qu'il attrapa au vol. Le cortège tourna au coin de la rue, et elle disparut.

— Décrotteur, m'sieur ? fit une voix d'enfant.

C'était un de ces pauvres gamins, avec un couteau et une brosse dans chaque main.

— Non, répondit Lambert en cherchant tout de

même de la monnaie. L'enfant l'empocha, puis s'enhardit :

— Paraît que vous êtes un ami de Suzelle ?

— De Suz... ? Oui, je suis un ami de Suzelle.

Elle changeait si souvent d'identité qu'il finissait par s'y perdre !

Le gosse regarda autour de lui, hésitant encore à faire confiance à un emplumé. Mais il fallait faire vite :

— Elle a besoin d'aide, m'sieur.

Lambert en perdit aussitôt le sourire.

— Parle ! lui ordonna-t-il.

— Y'a une vieille et un argousin... Ça fait un moment qu'ils discutent à *La Couronne*... J'les ai entendus y'a pas cinq minutes. Ils parlent de louer une voiture et de l'y faire monter de force.

Lambert en resta sans voix. Mais Tiénot continuait :

— J'voulais aller chercher Nicolas le chapelier, un de ses amis, seulement il habite à une bonne demi-heure, alors j'ai pensé que vous pourriez p't-être...

— Es-tu sûr qu'il s'agisse d'un policier ?

— Ah çà, pas de doute, m'sieur, fit le gosse en riant jaune. Dans ma profession, faut les repérer de loin, ou on fait pas de vieux os !

Lambert réfléchit rapidement. Un policier et une vieille ? Jason lui avait pourtant dit que La Reynie transmettait l'affaire au bureau de la Ville, car le port Saint-Paul n'était pas sous sa juridiction... Le seul autre policier au courant était ce Grobois. Mais pourquoi s'embarrasserait-il d'une vieille ?

— Et la vieille ? demanda-t-il à l'enfant.

— Y'a des moments, elle paraît vieille, mais... elle a une voix drôlement jeune. La vieille, moi, m'sieur, elle m'inspire pas confiance !

La police recrutait-elle aussi des femmes ? se demanda Lambert avec perplexité. M. de La Reynie ne manquait pas d'idées pour lutter contre les criminels. Mais retirer Olympe des pattes d'un marchand de fesse était une chose, et s'en prendre à des policiers en était une autre...

— Va chercher ce Nicolas, dit-il à Tiénot, nous ne serons pas trop de deux. Je file à *La Couronne* pour les surveiller.

*

* *

Il s'agissait bien du policier du Châtelet.

Lambert s'était installé dos au couple afin de pouvoir saisir quelques bribes de leur conversation. Le décrotteur avait raison, la vieille, que ce Grobois appelait Mme Martin, avait une voix étonnamment jeune avec des intonations de bourgeoise bien née.

— Comment allons-nous récupérer les bijoux ? demanda-t-elle au policier.

— N'ayez crainte, j'ai l'habitude d'interroger les

criminels, elle nous dira vite où ils sont cachés. Voyez Meunier, il ne voulait pas ouvrir son coffre, mais avec un peu de persuasion…

— Bressy sera content, il va avoir son régiment !

— Plus bas, on pourrait vous entendre…

La suite fut malheureusement inaudible, mais il semblait évident qu'ils n'agissaient pas sur l'ordre de La Reynie. Olympe lui avait dit que sa belle-mère voulait ses bijoux pour financer un complot. Ces deux-là devaient donc travailler pour elle, se dit-il en redoublant d'attention.

Lambert allait se commander un autre vin chaud lorsque le petit décrotteur vint se placer à son côté, silencieux comme une ombre.

— Nicolas vous attend au fond, m'sieur.

Lambert se leva discrètement pour rejoindre le jeune chapelier qui ne le quittait pas des yeux. Mais à vrai dire, l'observation était réciproque.

« Que diable peut-elle donc lui trouver ? » se demanda Lambert avec une pointe de jalousie.

Son rival était grand, maigre, et à part ses yeux bleus, il avait un visage plutôt ingrat… « Lui était infiniment mieux, pensa-t-il en se rengorgeant. Il était grand, beau, riche, intelligent… et guère modeste, conclut-il en redescendant sur terre. Et dire qu'il faisait tout cela pour une fille échappée d'un couvent ! »

Il s'assit sans un mot à la table, et attendit que le chapelier daigne faire le premier pas. Mais l'autre n'avait pas l'air de vouloir s'exécuter. Tiénot regarda les deux « amis » de Suzelle dans leur joute muette. Il décida à leur place que la situation devait cesser.

— Suzelle va pas tarder, fit-il. C'est pas pour vous commander, mais faudrait voir à trouver quelque chose…

— Rien de plus simple, répliqua Lambert du bout des lèvres, Olympe vient avec moi, et je la loge dans mon hôtel. Elle ne peut pas continuer à vivre dans un tel milieu !

— Certainement pas. Je la ramène à la chapellerie. Dès demain nous la cacherons dans la ferme de mon cousin à La Villette.

— À La Villette ! Extraordinaire, votre idée, railla Lambert. Comme cela, après avoir fait la boutiquière et la lavandière, elle pourra jouer les bergères !

— Nous n'avons pas besoin de vous ! Tiénot a cru bien faire en vous demandant de l'aide…

— Eh, s'interposa Tiénot, l'argousin s'en va !

Effectivement, Grobois jetait de la monnaie sur la table et se dirigeait vers la sortie. La femme se tassa sur son siège, le regard vide, puis agrippa sa chopine d'une main tremblante pour y boire.

— Elle devrait se faire engager à la Comédie-Française ! fit Nicolas d'un air faussement admiratif. Vous la verriez sans son maquillage !

Tous trois se regardèrent, puis Nicolas se leva, prêt à emboîter le pas au policier.

— Non, souffla Lambert en le retenant par le bras. Grobois va sûrement louer une voiture, et revenir chercher la vieille. Le cortège ne sera pas là avant une bonne demi-heure. Toi, petit, suis-le.

L'enfant approuva de la tête et partit aussitôt, tandis que Nicolas, maussade, se rasseyait.

— Comment en êtes-vous si sûr ? demanda-t-il à Lambert, agacé par ses grands airs. Et s'il passait à l'acte maintenant ?

— Réfléchissez donc un peu ! Il ne va pas enlever Olympe, tout seul, et en pleine fête !

— Admettons, fit Nicolas à contrecœur. Et que propose Votre Grandeur ?

Lambert ne releva pas le ton insolent du jeune bourgeois. Il poursuivit, plus conciliant :

— Je propose que nous fassions la paix. Nous réglerons nos comptes après avoir sauvé Olympe.

— Parce que nous avons des comptes à régler ?

— Lorsqu'elle sera en lieu sûr, Olympe choisira celui d'entre nous qu'elle préfère...

Nicolas, à ces mots, se mit à hurler de rire, attirant sur eux le regard morne de la vieille.

— Sacridi, vous n'y êtes pas du tout ! dit-il en retrouvant son calme à grand-peine. Vous pensiez qu'Olympe et moi... ? Non, je vous rassure, j'ai déjà une amie de cœur. Et Olympe a un faible pour un certain gentilhomme qui fourre son nez partout.

— Vraiment ? fit Lambert avec un sourire ravi.

— Vraiment. Je propose que nous la cueillions à l'arrivée du cortège. Elle décidera elle-même de ce qu'elle veut faire.

— D'accord. Et si vous me parliez un peu de ce complot en attendant notre reine…

*

* *

Olympe n'en pouvait plus ! Elle n'avait plus de voix, plus de couronne, plus de fleurs à son char… Même ses jambes étaient coupées, pensa-t-elle en riant, mais c'était sans doute dû aux quatre gobelets de vin qu'on l'avait forcée à boire ! Elle se retenait à présent aux rebords de la carriole et attendait que le supplice se termine.

Le cortège avait rapidement pris des allures de bacchanales. L'arrêt au port Saint-Nicolas, au pied du Louvre, avait été particulièrement remuant : certaines lavandières, accompagnées de poissardes[1] bien imbibées d'alcool, s'étaient mis en tête d'entrer dans le palais pour y installer leur reine.

Les gardes les avaient repoussées d'abord gentiment, mais devant l'insistance d'une poignée

1. Marchandes de poisson. Souvent femmes de pêcheurs, elles vendaient leurs poissons vivants dans des seaux d'eau. Elles détenaient à Paris, avec les lavandières, la palme de la grossièreté.

d'excitées, ils avaient été contraints de distribuer quelques taloches avant de disperser la foule sous les sifflets de la populace.

On avait donc fait demi-tour, et le cortège s'en était revenu doucement, en s'arrêtant de temps en temps pour boire un coup, danser la gigue, ou repêcher un fêtard ivre tombé à l'eau.

Ouf ! On avait dépassé le port au blé, on arrivait enfin au port au foin, dans quelques minutes, ce serait le port Saint-Paul.

— Suzelle !

Tiénot s'accrocha à la carriole pour y grimper en marche. Olympe, l'esprit embrumé par l'alcool, en avait presque oublié les conspirateurs !

— L'argousin a loué une voiture. Ils t'attendent à *La Couronne.*

— Seigneur ! Il faut que je file tout de suite, réalisa-t-elle avec effroi.

— T'inquiète pas. Nicolas et l'emplumé les surveillent de près. Marianne a passé le mot que les argousins te cherchent. Elle a demandé aux filles de bloquer leur voiture suffisamment longtemps pour que tu puisses fuir.

À dix pas, dans le cortège, Marianne lui fit signe de la main. Rose leva haut son battoir, bientôt imitée par Ménie, Céleste et Lucie.

Le plan pouvait marcher. Les gens du port détestaient la police. D'aussi loin que l'on voyait arriver les sergents du guet, on passait le mot dans les rues, et les mendiants, décrotteurs ou filles de joie décampaient aussitôt pour leur échapper.

Olympe se dépêcha d'enlever un à un les précieux vêtements qui l'engonçaient. Au loin, elle vit la voiture devant la taverne. Son pouls s'accéléra lorsqu'elle aperçut la vieille et son compagnon sur le pas de la porte.

— Bonne chance, ma petite reine ! lui souffla Lucie en venant se placer près de la voiture pour lui rendre sa cape.

La carriole s'arrêta au beau milieu de la foule. Olympe en sauta. C'est la peur au ventre qu'elle se dirigea vers l'entrée de l'auberge, car la fausse vieille était là sur son passage. Tout sourires, celle-ci s'approcha de la jeune fille, puis elle fit mine de trébucher et de se raccrocher à elle.

Olympe tenta bien de l'éviter, mais Marion Martin l'agrippa par le bras. Elle lui montra au creux de sa paume un petit couteau, tandis que Grobois la prenait fermement par l'autre bras.

— Suivez-nous ! souffla la fausse vieille. Mon ami a un pistolet.

Olympe ouvrit la bouche pour appeler à l'aide, mais la pointe du couteau piquant ses côtes la rappela à l'ordre. Ils la tiraient déjà vers la voiture lorsqu'un groupe de lavandières se mit à danser joyeusement autour d'eux. Sans même qu'Olympe s'en rende compte, elles entraînèrent le policier dans une farandole. Celui-ci, en pestant, eut beau se démener, il n'arriva pas à leur échapper.

De leur côté, Lucie, Ménie et Marianne, tout en chahutant, s'arrangèrent pour repousser Olympe et la vieille vers l'intérieur de l'auberge.

À la seconde suivante, Lucie sauta sur la mendiante pour lui faire lâcher l'arme. La lutte fut acharnée, car si Marion Martin avait l'avantage de la jeunesse, Lucie avait, elle, celui de l'expérience : dans le quartier, on savait se battre avant même de savoir marcher. La lavandière projeta violemment son adversaire contre le mur, puis elle l'agrippa sans ménagement par les cheveux et eut un hoquet de surprise lorsque la tignasse grise de Marion lui resta dans la main.

— Vite ! fit Nicolas en prenant Olympe par le bras. Partons avant que Grobois ne rapplique !

Lambert se trouvait à la porte des cuisines à les attendre. Marion Martin se mit à hurler, et Lucie, pour la faire taire, lui assena un coup de poing si fort que l'autre roula au sol.

— Mais file donc ! s'écria la lavandière. On s'occupe de tes argousins.

Marion Martin s'asseyait en se tenant la tête à deux mains lorsque Grobois pénétra à son tour dans la taverne.

— Arrêtez-vous ou je tire.

Son pistolet au poing, il visait la jeune fille qui s'enfuyait, lorsque Tiénot lui jeta un tabouret dans les jambes. Le coup partit au milieu des cris de panique, mais fort heureusement personne ne fut touché.

Le policier, déséquilibré, tenta de se retenir à une table pendant une seconde de trop. C'est le temps qu'il fallut au patron, qui arrivait des cuisines avec une grosse soupière, pour lui envoyer le liquide bouillant à la figure.

Le visage couvert de ses deux mains, Grobois se mit à hurler de douleur. Puis, aveuglé, se voyant pris au piège, il tenta de sortir de la taverne. Il y serait arrivé si Rose ne l'avait cueilli au passage d'un grand coup de battoir qui l'envoya au tapis pour le compte.

— Cadedieu ! fit-elle en retroussant ses manches, c'est pas un argousin et une fausse vieille qui vont faire la loi ici !

— Mettez-les dans leur voiture et expédiez-les au diable, s'écria le patron. Mais faites-leur d'abord les poches pour rembourser la casse et payer une tournée à la compagnie !

Tout le monde approuva et sauta de joie ! Cela faisait des années qu'on ne s'était pas autant amusé à la fête des lavandières !

*

* *

Olympe souleva la paillasse de son galetas pour récupérer son vieux sac. Dans son dos, Lambert regardait sans mot dire le sol en terre battue, les planches disjointes de la cloison, la mince couverture et les quelques hardes pendues à un clou... Qui aurait pu imaginer pareille misère ? Et il faisait si froid ! Nicolas surprit son regard. Il ne put s'empêcher de lui dire :

— Pour la plupart des gens d'ici, monsieur, avoir un toit, c'est déjà être riche. Partons vite maintenant.

— Vous avez raison, fit Lambert. Allons au Châtelet, il faut voir M. de La Reynie tout de suite.

— Non, s'écria Olympe, son vieux sac sur les bras. Pas la police ! La Reynie me fera envoyer aux Madelonnettes. Je refuse d'aller au couvent !

Devant son air buté, Lambert chercha des arguments :

— Ces gens sont dangereux. Vous l'avez vu, Grobois a failli vous tuer ! Vous préférez continuer à mener cette vie misérable ? Dans quel bouge irez-vous vous cacher ? Avec votre ami Rodrigue, le proxénète ? Les Confrères du Renouveau vous retrouveront tôt ou tard...

— Non, vous dis-je !

— Voyons... ! insista-t-il. Le couvent serait de douces vacances à côté de votre travail au bateau-lavoir ! Vous n'êtes pas Suzelle, vous êtes Olympe de Clos-Renault...

— Je suis libre, c'est tout ce qui m'importe. Et je me débrouillerai toute seule, puisque vous ne voulez pas m'aider !

— Bon sang ! s'emporta Nicolas. Avec ce que nous savons, M. de La Reynie confondra Mortaigne, Goussey, Bressy et les autres sans peine. Ton père ne pourra plus te forcer à prendre le voile…

— Balivernes ! Mon père a tous les droits, tu le sais très bien ! Je n'ai pas échappé à Grobois aujourd'hui pour offrir mes bijoux sur un plateau à Émilie, et aller me faire enfermer ensuite !

Elle décrocha avec rage les hardes qui pendaient encore au mur, puis bouscula les deux garçons pour sortir de sa chambre.

Que savaient-ils du couvent, ces deux-là ? Elle, elle y avait été cloîtrée trois longues années ! Quant à la police, Grobois faisait bien partie du complot, alors pourquoi pas M. de La Reynie ?

Plus jamais elle ne renoncerait à être libre, se jura-t-elle, ne serait-ce qu'un jour. Elle regarda pourtant ses deux amis avec un rien de culpabilité à cause du mauvais tour qu'elle s'apprêtait à leur jouer, puis elle leur lança :

— Attendez-moi, je vais donner ces vêtements à Barberine et lui dire au revoir.

Ce sont les derniers mots qu'ils entendirent d'elle ce jour-là. Au bout d'un quart d'heure, lorsqu'ils passèrent voir la logeuse, celle-ci leur déclara qu'Olympe était déjà partie.

— Où est encore passée cette tête de mule ? demanda Lambert en soupirant.

— Sûrement à Versailles, monsieur…

— Versailles ?

— Elle y a une amie, reprit Nicolas avec lassitude. Nous n'aurions pas dû la quitter de l'œil et la traîner de force au Châtelet…

— Je déteste Versailles, poursuivit Lambert comme s'il se parlait à lui-même. La Cour est pleine de prétentieux, et on s'y ennuie à mourir.

Le jeune chapelier le regarda d'un air morose, puis il répliqua laconiquement :

— Il va falloir forcer votre nature, monsieur. Moi, je n'y ai pas ma place, et on ne peut pas l'y laisser seule. Elle a la fâcheuse manie de s'attirer des ennuis partout où elle passe… Mais avant tout, nous devons voir le lieutenant de police au plus vite…

*
* *

— Incapables ! hurla Mortaigne. Se laisser abuser par une poignée de mégères…

Marion et Grobois piquèrent du nez. Elle avait encore ses haillons, ainsi qu'un magnifique œil tuméfié qui ne devait rien au maquillage. Lui puait la soupe au chou. La peau de son visage boursouflé partait en lambeaux… Mais ce n'était rien à côté de leur orgueil blessé.

— C'en est fini des Confrères du Renouveau, laissa tomber lugubrement le vieux Dubuisson.

Mortaigne se redressa de toute sa hauteur :

— Tudieu ! Ce n'est pas la fin du monde. Il nous reste d'autres ressources !

— Lesquelles ? lança ironiquement Émilie. Mettre des cierges dans les églises et prier ?

— Assez ! À part l'argent, nous avons tout le reste. Les parlementaires sont avec nous…

— Une partie seulement, risqua Goussey. Et pas ceux de Paris…

Mortaigne le fit taire d'un regard assassin.

— Il faut en revenir à l'époque de Louis XIII, répliqua-t-il rageusement, l'époque où la noblesse avait son mot à dire dans les affaires de l'État…

— Tout cela nous le savons, le coupa Martial de Bressy. Quand je pense à tous ces courtisans qui s'avilissent à demander au roi l'aumône d'une charge ou d'une pension !

C'est ce que lui-même faisait depuis des années, mais bien sûr il ne s'en vanta pas. Son frère, l'abbé de Bressy, renchérit :

— Et trouvez-vous normal que ce soit le roi et non le pape qui nomme les évêques en France ? Il distribue les abbayes à ses favoris, les couvents lui servent de prison… Vous verrez qu'un jour, il fera comme Henry VIII en Angleterre, il se proclamera chef de l'Église et répudiera la reine pour épouser une de ses catins !

Un « oh ! » scandalisé parcourut la pièce. Mais l'abbé avait raison, le roi n'était qu'un infâme débauché, un tyran, un vrai suppôt de Satan.

— Il m'a dépouillé de ma charge..., s'indigna Mortaigne.

— Il a tous les droits ! Il a bien nommé ses bâtards à de hauts postes. Le duc du Maine est gouverneur du Languedoc à douze ans, le petit Toulouse amiral à quatre ans !

— Et ses bâtardes qu'il marie aux princes !

— C'est Colbert, un fils de drapier, qui dirige les Finances et les Bâtiments. Les filles de ce parvenu sont duchesses, et montent dans le carrosse de la reine !

— On meurt de faim à Paris, fit Dubuisson à son tour, alors qu'à Versailles on jette l'argent par les fenêtres ! Ce maudit Colbert invente chaque jour de nouvelles taxes pour affamer le peuple. Louvois martyrise les protestants qui quittent la France pour échapper aux persécutions. Le roi oublie-t-il que ces gens sont les plus habiles artisans et financiers de France ? Sans eux, l'économie va s'effondrer ! Il faut que ces abus cessent !

Mais le souhait de Dubuisson ne sembla intéresser personne. Émilie poursuivit avec rage :

— À bas la monarchie absolue, il nous faut agir !

— Nous n'avons pas de troupes, mais nous réussirons, continua Mortaigne. Je vous jure que le roi cédera. Dès le mois de mars, nous réunirons les états généraux, nous établirons une monarchie constitutionnelle. Je prendrai la tête du gouvernement, l'abbé deviendra évêque, Goussey présidera le Parlement, Bressy sera fait maréchal, et vous, ma chère Émilie, vous aurez la surintendance de la maison de la reine, la plus haute charge pour une femme !

Émilie applaudit, les Bressy s'embrassèrent, Goussey se rengorgea : ma foi, quitte à conspirer, autant que cela rapporte !

— Et moi, risqua Grobois, je pourrai diriger la police ?

Mortaigne le cloua d'un regard mauvais. Pas de place pour les ratés, semblait-il dire.

— Voici mon plan…

Il s'arrêta un instant, pour mieux capter leur attention, puis il les regarda un à un et expliqua :

— Le jour de Mardi-Gras, Monsieur, le frère du roi, donnera au Palais-Royal un bal costumé. Les plus grands noms de France y seront… et surtout le Dauphin. Mes chers Confrères, pour faire plier le roi nous enlèverons l'héritier de la couronne, Monseigneur le Dauphin !

12

Versailles, février 1683

Ce matin, la reine Marie-Thérèse était toute retournée. Le père La Chaise, le confesseur de Louis XIV, venait de lancer un nouveau débat : était-ce pécher que de boire du chocolat durant le carême ? Dans le doute, il faudrait certainement s'en priver…

Horreur ! pensait la reine. D'accord pour se passer de viande, de lait, de crème. Mais comment vivre durant quarante longs jours sans chocolat ? Rien que d'y penser, elle en avait des vapeurs !

— *Madre mia*, fit Marie-Thérèse dans son habituel langage mi-français, mi-espagnol. Qu'est-ce qué ié vais boire lé matin ?

— Le roi se contente d'une tisane, Votre Majesté, soupira d'un air exaspéré Mme de Montespan, la surintendante de sa maison[1].

— Bon, d'accord, répondit la reine avant de se tourner vers une de ses demoiselles.

— Alors pétite, fit-elle à Élisabeth « Clio » de Coucy, au'iourd'houi vous voulez votré'iournée ?

— Oui, si Votre Majesté n'a pas besoin de moi. Une de mes amies arrive de Paris.

Marie-Thérèse se mit à sourire affectueusement, en découvrant malgré elle ses dents noires et cariées. Puis elle lui souffla :

— Allez, filez vite, sinon « on » va vous l'interdire !

Il y eut quelques rires dans l'assistance. « On », la marquise de Montespan, serra les poings en regardant la jeune fille brune au long visage ingrat sortir sur une révérence.

Voilà maintenant trois ans que l'ancienne favorite du roi était au bord de la disgrâce, depuis cette sordide affaire des Poisons.

« Que lui reprochait-on ? se lamentait-elle. D'avoir donné des philtres d'amour au roi, pour qu'il l'aime davantage ? D'avoir rencontré des diseurs de bonne aventure et des sorciers à Paris ? »

Bah ! Pas de quoi en faire un drame ! D'accord,

1. La surintendante dirigeait la maison de la reine qui ne comptait pas moins de trente dames d'honneur et d'atour, et cinq cents domestiques.

elle avait intrigué pour évincer ses rivales. Oui, elle avait dépensé sans compter l'argent du roi. Sans doute s'était-il lassé de ces extravagances…

Mais voilà que le roi s'était pris d'amitié pour Françoise de Maintenon, une veuve dont la marquise avait fait la gouvernante de ses enfants, une domestique en somme. Voilà que cette traîtresse la poignardait dans le dos : cette bigote poussait le roi vers la reine, sa femme légitime, en le menaçant des flammes de l'enfer s'il continuait à la tromper !

Elle regarda la souveraine s'asseoir à sa table de jeu, pour commencer une partie de brelan avec ses dames. Marie-Thérèse jeta tout à coup ses cartes avec un rire ravi lorsque la porte s'ouvrit sur « Sainte Françoise » venue lui présenter ses respects, comme chaque matin.

Mme de Montespan fit la grimace. Elle faisait la chasse aux jeunes rivales, alors que la vieille était bien plus à craindre : à quarante-huit ans, Françoise de Maintenon était encore d'une grande beauté.

— Votre Majesté va-t-elle bien, ce matin ? s'enquit « Sainte Françoise » après sa révérence.

— Très bien, madame dé Maintenon. Lé roi a passé touté la soirée d'hier avé moi…

La reine s'arrêta un instant pour regarder passer quatre peintres qui suivaient dignement leur contremaître chargé de plans. Les travaux n'en finissaient pas au château. Les courtisans n'y faisaient plus attention, tant on avait l'habitude des ouvriers et des échafaudages ! Puis Marie-Thérèse se pencha pour souffler à Mme de Maintenon en rougissant :

— Céla faisait vingt ans qué'ié n'avait été si heureuse, c'est oun miracle !

— J'en suis ravie, Votre Majesté, répondit Mme de Maintenon. Mais ce n'est que justice, la place d'un mari est auprès de son épouse légitime.

Elle ne put se retenir de lever la tête vers Mme de Montespan, pour la narguer d'un œil triomphant.

— Ah ! Ténez, voici mes pages ! *Queridos mios !* Voyez commo ils sont mignons !

Mme de Gramont et la jeune Mme de Beauvilliers poussèrent des cris de souris et s'écartèrent pour laisser le passage à deux petits garçons déguisés en chevaux. Ils traînaient derrière eux un minuscule carrosse doré. Dessus, un ouistiti, vêtu d'un costume de cocher, semblait tenir les rênes.

— Salouez ces dames, Aristide, fit la reine en frappant dans ses petites mains potelées.

Aussitôt le singe souleva son chapeau, puis se retourna pour leur montrer son derrière. La plupart des dames se mirent à rire de bon cœur, mais d'autres s'offusquèrent de tant d'insolence. Il y eut jusqu'à un vieil évêque pour se signer !

— Contrefaire la nature, c'est offenser Dieu !

— Nous sommes en plein carnaval, nous pouvons bien nous amuser un peu ! répliqua la rousse Mme de Soubise à deux pas.

— À Paris, on fait bien pire, expliqua Mme de

Chevreuse, l'une des filles de Colbert. Figurez-vous que la canaille se masque et se complaît dans une débauche sans nom…

Sa sœur, Mme de Beauvilliers, approuva :

— Ils gaspillent le peu qu'ils gagnent à s'enivrer.

Et la grosse princesse d'Harcourt renchérit aussitôt :

— Quand vous pensez qu'ils pleurent misère sans cesse ! Un jour ces drôles ont faim, un autre froid ! À les en croire, ils seraient malheureux !

— Si Dieu les a créés pauvres, il y a forcément une raison, fit benoîtement l'évêque. « Heureux les pauvres, le royaume des cieux leur appartient… »

— Et voilà ! s'indigna Mme d'Harcourt. Ils ont leur place assurée au paradis, alors que moi, toute princesse que je suis, il faudra que je rende des comptes à Dieu au jour de ma mort !

La reine, qui n'appréciait guère Mme d'Harcourt, s'interposa :

— Il faut être bon avé les pauvres. Il nous faut les aider, leur montrer lé bon exemple…

— Mais je donne, Votre Majesté, je donne aux pauvres sans cesse ! Vous leur donnez la main, ils vous prennent le bras. Ces maroufles vous prendraient jusqu'à votre chemise !

La reine sembla choquée par de tels propos, mais la dame continuait sur sa lancée :

— Mes paysans sont des fainéants qui pleurnichent pour ne pas payer les impôts qu'ils me doivent. Mon intendant me vole. Mais je ne peux être en même temps à la Cour et sur mes terres à les surveiller. Je n'ai plus que cent mille livres de rente pour vivre !

— Assez, madame ! s'écria tout à coup Marie-Thérèse. Connaissez-vous seulément lé prix dou pain ? Les pauvres meurent dé faim iousqué sous mes fénêtres et vous les traitez dé fainéants ? C'est indigne d'oune dame dé qualité !

L'autre baissa la tête honteusement, salua, puis sortit du salon en maugréant. Les sœurs Colbert et la rousse Soubise s'empressèrent d'approuver :

— Quelle impertinence, quel manque de tact !

— Dire cela de ces pauvres pauvres, elle manque vraiment de cœur…

— … Alors que l'on meurt de faim jusque sous nos fenêtres !

La reine en resta tout étonnée. À vrai dire, elle avait du mal à s'habituer à cette faveur si soudaine, alors que des années durant on l'avait ignorée au profit des favorites. Elle avait pleuré bien des fois, la petite reine dont tout le monde se moquait. Et voilà que, grâce à Mme de Maintenon, son époux volage lui revenait, et la Cour avec lui.

Marie-Thérèse remarqua alors le jeune homme qui attendait près de la porte, un beau garçon à l'élégance raffinée qui ne semblait pourtant guère à son aise. Mme de Maintenon suivit son regard. Elle s'empressa de dire :

— Puis-je vous présenter M. Frémont de Croisselle ? Madame sa mère fait des merveilles dans différents orphelinats de Paris que vous avez eu la bonté de visiter l'été dernier.

— Oui, i'é me souviens d'elle, fit la reine en regardant le jeune homme se courber. Bienvénoue à la Cour, monsieur. Avec des beaux yeux commo les vôtres, continua-t-elle avec un sourire taquin, il va falloir qué i'é fasse sourveiller les démoiselles !

Lambert ne put s'empêcher de rougir. On lui avait souvent décrit la reine comme une femme laide et sans esprit. En fait, la petite blonde grassouillette qui lui faisait face lui sembla au contraire toute douce et bien gentille. Mme de Maintenon se risqua à répondre à sa place :

— Ne craignez rien, Votre Majesté. Monsieur est gentilhomme, il ne saurait tourner la tête à une demoiselle sans intentions honorables.

Mme de Maintenon n'était pas loin de la vérité, il n'y en avait qu'une à qui il rêvait de faire tourner la tête, et il espérait bien la retrouver ici…

*
* *

Le coche d'eau de Saint-Cloud se vidait lentement de ses voyageurs, tandis que les marins entassaient sur le quai les ballots de marchandises que les commerçants contrôlaient, puis portaient dans leurs carrioles. Il fallait faire venir à grands frais toutes les denrées de Paris, et beaucoup enrageaient de voir que le roi s'obstinait à vivre dans ce trou de campagne qu'était Versailles.

À présent, les passagers récupéraient leurs bagages. Certains venaient en curieux pour admirer le nouveau château. Mais la plupart espéraient y décrocher un travail, car on engageait aux cuisines et dans les jardins.

— Thalie ! Enfin te voilà, fit Élisabeth de Coucy en riant de toutes ses dents chevalines.

Élisabeth avait employé spontanément son surnom de Muse, comme autrefois, au couvent, du temps où elles étaient Clio et Thalie. Elle embrassa son amie et la prit par le bras. Olympe n'avait guère changé en un an, seul son regard avait perdu de son insouciance. Mais, à en croire la lettre qu'elle lui avait envoyée, son amie avait de gros problèmes.

— Je suis venue avec une voiture de la reine. Tu me raconteras tout sur le chemin du retour.

Les jeunes filles regardèrent le postillon leur ouvrir la porte, puis elles s'installèrent en se couvrant les jambes d'une fourrure pour se protéger du froid.

— Il faut que je parle à la reine au plus vite, fit nerveusement Olympe lorsque la voiture démarra.

— Parler à la reine ? Comme tu y vas ! Il faut d'abord que tu lui sois présentée.

— Clio, il en va de la sûreté de l'État !

— Sûreté ? répéta Élisabeth « Clio » en ouvrant de grands yeux. Dans quel pétrin t'es-tu donc mise ? Ma pauvre, Marie-Thérèse n'a aucun pouvoir. Personne ne l'écoute à la Cour...

Olympe, un instant désorientée, se tourna vers son amie pour lui raconter toute l'affaire. Elle vit le long visage de son amie pâlir à l'évocation de sa fuite du couvent, puis rougir à celle de ses exploits de lavandière, blêmir de nouveau en entendant les détails du complot.

— Alors, que dois-je faire pour prévenir le roi ? conclut Olympe devant une Élisabeth rendue muette par l'énormité de ses révélations.

— Écoute... J'ai quelques relations de bon conseil. Nous allons leur en parler. En attendant, tu partageras ma chambre. Il y a tant de monde à la Cour que l'on ne t'y remarquera pas. Regarde, Thalie, voilà le château de Versailles !

Elle se pencha à la fenêtre pour montrer à Olympe l'immense place pavée entourée de grilles dorées, et les grands bâtiments encore couverts d'échafaudages. Aux environs commençaient à émerger une multitude d'édifices de taille colossale. Ce n'étaient partout que tranchées boueuses, monticules de terre et entassements de pierres taillées.

— Ce sera le futur Grand Commun, expliqua Élisabeth. Les cuisines sont devenues trop petites et on manque de place pour loger les domestiques. Par là, nous aurons les bureaux des ministères.

Quelques instants plus tard, elles descendirent de voiture puis elles s'engouffrèrent dans le grandiose escalier des Ambassadeurs.

— Suis-moi, j'ai un ami à voir. Ensuite nous irons demander un rendez-vous à Bontemps, le premier valet de chambre du roi. C'est la personne qu'il te faut, Sa Majesté l'a en grande estime…

— Ah ! Mademoiselle de Coucy…

Elles s'arrêtèrent au beau milieu de l'escalier de marbre pour faire face à un homme rougeaud de belle prestance.

— Bonjour, monsieur de Vilcroche, lança rapidement Élisabeth avec une courbette.

— M. de Pontfavier vous cherche partout. Il remue ciel et terre dans le salon de Mars ! Mais, présentez-moi donc votre compagne… Voilà un visage que je ne connais pas.

— Mon amie… Thalie, commença-t-elle en regardant Olympe. Thalie de… Beauregard.

— Un nom qui vous va comme un gant, mademoiselle, fit galamment l'homme. Beauregard, dites-vous ? ajouta-t-il en lissant sa moustache. Je croyais la lignée des Beauregard de la Brie éteinte.

Les deux jeunes filles se regardèrent avec inquiétude. Mais Élisabeth, qui n'avait pas sa langue dans sa poche, se jeta à l'eau :

— Thalie est de la branche des Beauregard d'Auvergne. Vous qui êtes un spécialiste en généalogie, vous avez naturellement entendu parler de son ancêtre le baron Adémard, mort en Terre Sainte au côté de Saint Louis… Et aussi de Godefroy de Beauregard qui eut deux chevaux tués sous lui à la bataille d'Azincourt… Mais vous savez tout cela mieux que moi, vous le plus grand érudit de la Cour…

L'homme se rengorgea. Il faisait effectivement autorité en matière de généalogie, mais il avait beau chercher dans sa mémoire, il ne se souvenait pas de ces Beauregard d'Auvergne. Pourtant il se serait fait couper un bras plutôt que d'avouer qu'il avait des lacunes dans son savoir. Aussi s'empressa-t-il de confirmer :

— Bien sûr, suis-je bête ! Le baron Adémard est mort en combattant les infidèles…

— C'est cela, conclut Élisabeth avec aplomb. Nous sommes au regret de vous quitter, mais je dois rejoindre M. de Pontfavier.

Et elles partirent presque en courant pour échapper aux nouvelles questions que l'homme s'apprêtait à poser.

— Tu es folle, Clio ! souffla Olympe à sa suite.

Mais Élisabeth « Clio » ne put s'empêcher de rire.

— Crois-moi, plus les mensonges sont énormes et mieux ils passent. Vilcroche est un incorrigible bavard. Dès ce soir, la moitié de la Cour jurera, grâce à lui, qu'il existe une Beauregard avec un arbre généalogique qui remonte aux croisades. Te voilà tranquille ! Suis-moi, nous allons dans les grands appartements du roi !

Elle entraîna Olympe dans le salon de Vénus, puis passa sans attendre dans celui de Diane. La foule était nombreuse car le roi allait sortir du Conseil des ministres pour se rendre à la messe et chacun se devait d'être présent sur son passage : « Voir et être vu », telle était la devise de la Cour.

— Enfin ! Où étiez-vous donc passée ?

La voix pleine de colère qui retentit dans leurs dos les fit se retourner. Un jeune homme à perruque brune et justaucorps de brocart leur faisait face, avec dans ses yeux noisette comme une lueur de meurtre.

— Vous aviez promis, attaqua-t-il en levant un doigt accusateur.

— Eh bien oui, Thomas, j'ai oublié..., commença Élisabeth d'un air navré. Je devais attendre mon...

— Le roi est passé ! Je comptais sur vous pour lui remettre mon placet !

Élisabeth sentit la moutarde lui monter au nez. Mais, à vrai dire, Thomas de Pontfavier avait la fâcheuse habitude de l'énerver facilement, même si dans tous les cas il ne la laissait pas indifférente.

— Le roi repassera tout à l'heure. Vous n'allez pas en faire toute une montagne, répliqua la jeune fille avec un sourire figé pour la galerie.

Son œil était si noir que la colère de Thomas tomba d'un coup : il adorait son caractère explosif.

Déjà quelques courtisans à l'affût de potins se rapprochaient dans l'espoir d'assister à une scène de ménage bien croustillante…

— Que vous êtes belle, quand vous êtes en colère ! fit-il en soupirant béatement.

Le compliment n'eut pourtant pas l'heur de calmer la dame de ses pensées. Belle, ce mot avait le don de mettre Élisabeth de Coucy dans les transes, de lui hérisser le poil, de lui coller de l'urticaire… Non, elle n'était pas belle. Elle le savait mieux que quiconque, puisqu'elle devait supporter chaque jour son long nez et ses grandes dents dans le reflet de son miroir.

Mais, son chapeau à la main, Thomas poursuivait d'un ton uni :

— Vous savez bien que cette charge aux Menus-Plaisirs[1] ne restera pas vacante longtemps…

— Puisque vous la voulez tant, cette charge, vous n'aviez qu'à remettre votre placet vous-même, souffla entre ses dents Élisabeth sans cesser de sourire.

Elle se détourna un instant pour saluer une vieille baronne qui semblait s'incruster, lorsque Thomas reprit :

1. Nom donné au « service » qui s'occupait à la Cour d'organiser les festivités : ballets, théâtre, opéra…

— Mais c'est vous, très chère, que le roi remarque chaque jour et qu'il salue, pas moi.

— Je vous en prie ! Oseriez-vous dire que je suis si laide que l'on ne voit que moi ? fit Élisabeth dont les yeux lançaient à présent des éclairs.

— Vous n'allez pas recommencer, Élisabeth. Vous n'êtes pas laide, loin s'en faut. Vous avez un charme piquant qui…

— Hypocrite !

— Vous êtes celle que j'aime, insista Thomas une main sur le cœur en gage de sa bonne foi.

— Est-ce vraiment moi, ou ma dot de deux cent mille livres que vous aimez ?

— Je me moque de votre dot, Élisabeth.

« Les curieux allaient en avoir pour leur argent, pensa Olympe avec gêne. Encore quelques minutes, et ils allaient se battre comme des chiffonniers ! » Elle agrippa son amie par le bras avant qu'elle ne lance une de ces répliques acides dont elle avait le secret.

— Tu ne me présentes pas ? fit-elle en se plaçant entre eux.

Fort heureusement, Élisabeth retrouva sa maîtrise d'elle-même en une seconde.

— Seigneur, où avais-je la tête ! répondit-elle avec un petit rire gracieux pour les vingt paires d'oreilles qui traînaient. Voici mon fiancé, M. de Pontfavier. Thomas, mon amie Thalie de Beauregard va rester quelques jours à la Cour.

« Son fiancé ? pensa Olympe en ouvrant de grands yeux. Ces deux-là étaient aussi peu assortis que possible ! » Elle fit une révérence que Thomas lui rendit le plus courtoisement du monde. Mais Élisabeth coupa court à leurs civilités en les prenant chacun par un bras pour les entraîner vers la sortie.

— Je ne peux aller avec vous, très chère, expliqua vainement Thomas en freinant des deux pieds. Le roi va sortir du Conseil, vous dis-je…

— Taisez-vous, par pitié. Il nous faut voir Bontemps. Olympe a des ennuis.

— Olympe ? Olympe qui ?

— Suivez donc quand je vous parle, Thomas ! Thalie a des ennuis, vous dis-je.

— Je vous assure que vous venez de dire qu'une certaine Olympe avait des ennuis…

13

Le bal était divin. Les violons du roi, perchés sur une estrade, jouaient du Lully. Une vingtaine de couples virevoltaient devant le roi et la reine, à la lueur de centaines de bougies dont les petites flammes paraissaient se refléter à l'infini dans les lustres de cristal et les miroirs.

Olympe ferma les yeux pour se laisser griser par la musique. Cela ressemblait à un rêve : elle était là, dans sa belle robe verte, avec autour d'elle les gens les plus illustres de France.

Elle, la nouvelle reine des lavandières, avait dansé devant le roi de France. Pas assez à son goût, mais comme elle n'avait guère pratiqué cet art ces trois dernières années (sœur Philomène en aurait eu une attaque !) elle se contentait de suivre les danseurs du regard afin d'apprendre les pas à la mode. Thomas l'avait invitée et guidée de son mieux, mais elle manquait encore d'assurance dans ses gestes.

Les duchesses et les princesses, assises sur leurs tabourets, ruisselaient de bijoux. Les hommes, debout, rivalisaient d'élégance dans leurs justaucorps.

« Du beau linge », aurait dit Rosalie Archer : les rubans et les dentelles jaillissaient à profusion, comme de l'écume bouillonnante, des cols, des manches, même des chaussures.

Olympe en était tout étourdie. Ses nouveaux amis lui avaient présenté tant de personnes que les noms s'embrouillaient dans sa mémoire.

Toute la famille royale était là : Madame, la robuste belle-sœur du roi, et Monsieur, son coquet petit mari flanqué de ses deux mignons, Lorraine et Effiat. Plus loin se tenait la jeune princesse de Conti, la fille légitimée du roi et de Louise de La Vallière, avec son mari et son beau-frère, La Roche-sur-Yon.

Le roi, qui s'était nonchalamment assis sur les marches de son trône, battait la mesure du pied, tandis que la reine, dans son fauteuil, suivait en souriant les danseurs du regard.

Pauline de Saint-Béryl, une jolie blonde que lui avait présentée Élisabeth, se pencha vers Olympe pour lui souffler à l'oreille :

— D'après vous, dort-il ou réfléchit-il aux graves problèmes de ce monde ?

Du menton, elle lui montra le Dauphin, un grand jeune homme rougeaud, aux longs cheveux blonds naturels. Les mains calées sur son estomac rebondi, il semblait dormir sur son siège comme un bienheureux. Le Dauphin avait des pieds étonnamment petits pour sa corpulence, qu'il tenait croisés dans une attitude fort peu royale.

— C'est le sujet à la mode, renchérit son voisin, Silvère Galéas des Réaux, le fiancé de la belle Pauline. Toute la Cour se demande si le Dauphin est un sot à la digestion difficile, ou un génie timide qui s'isole pour refaire le monde !

Olympe ne put s'empêcher de sourire de tant d'impertinence. Elle répondit tout bas :

— En tout cas, il a l'air de dormir de bon cœur ! Peut-être est-il moins bête qu'il n'en a l'air ?

— Dieu vous entende ! Imaginez l'avenir de la France avec un tel roi ! Il n'y a que trois choses qui l'intéressent : chasser, manger et dormir.

— Tu exagères, s'interposa son ami Thomas. C'est un collectionneur d'art et il adore la musique.

— Oh oui, comme un bébé les berceuses !

Olympe regarda Élisabeth se cacher derrière son éventail pour pouffer. Mais il est vrai qu'à la Cour la famille royale était un sujet inépuisable de potins. D'ailleurs, autour d'eux les commentaires allaient bon train :

— Madame vit comme une pauvresse, c'est misère de la voir traîner cette vieille robe alors que Monsieur dilapide sa fortune avec ses mignons, s'indignait une femme. Avez-vous vu son justaucorps ? Il y a tant de diamants dessus que l'on ne voit plus le tissu !

— Les Conti se boudent, jurait une coquette.

— Quel gâchis de voir cette beauté de seize ans mariée avec ce balourd, renchérissait sa voisine. On dit qu'elle et son beau-frère…

— Sac à papier, c'est donc vrai ? Elle a bon goût, la mâtine, le prince de La Roche-sur-Yon est si beau. Ah, si j'avais quarante ans de moins…

— Où est la Dauphine ? Encore absente ?

— Encore malade. Elle n'a point de santé !

— Non, encore enceinte, assura son voisin d'un air égrillard, je le tiens de son apothicaire.

Même les duchesses sur leurs tabourets n'étaient pas en reste de confidences :

— Mais…, s'étonnait une vieille, le roi parle avec la reine ! Cela fait deux fois ce soir…

— Vous en êtes sûre ?

— Mais si, mais si. Il paraît que la reine est à la mode cette saison, et que le roi ne fréquente plus les… Enfin, vous voyez qui je veux dire…

— À ce propos, voilà Mme de Montespan. Dieu, quelle robe ! Son fils, le petit Vexin, est mort il y a juste un mois, et elle n'a même pas l'air triste !

— Le roi lui a interdit de porter le deuil[1]...

Voilà qu'à deux pas d'Olympe un jeune homme demanda tout haut :

— Qui est cette superbe blonde en vert ?

— Une Beauregard, fit son voisin. Excellente famille, des ancêtres remontant aux croisades...

Élisabeth, qui avait entendu elle aussi, ne put s'empêcher de décocher un sourire de triomphe à son amie. Puis, brusquement, elle se figea :

— Thalie, voilà Mme de Maintenon, fit-elle. Salue !

Olympe-Thalie plongea prestement dans une profonde révérence devant l'amie de Louis XIV. Pourtant lorsqu'elle releva les yeux, elle aperçut non pas le bas d'une robe, mais des chaussures d'homme à boucles d'or, et le plumet d'un chapeau qui ressemblait à s'y méprendre à...

— Dansez-vous, mademoiselle ? fit une voix qu'elle ne pensait pas entendre de sitôt.

Le sang lui battait tout à coup aux tempes. Elle leva son visage pour se retrouver face au jeune homme de ses rêves. Dieu qu'il était beau en justaucorps d'apparat ! Ses yeux verts pétillaient de

1. Mme de Montespan étant mariée, les enfants qu'elle avait eus du roi auraient dû porter le nom de son mari, fort jaloux, que l'on avait éloigné de la Cour. Pour éviter le scandale, les enfants légitimés du roi avaient donc été déclarés « nés de mère inconnue ». Ainsi, n'étant pas « officiellement » la mère du jeune Vexin, Mme de Montespan n'avait pas à en porter le deuil.

malice et, la voyant pour une fois muette, Lambert poursuivit, en lui prenant le bras :

— À maligne, malin et demi ! À qui ai-je l'honneur aujourd'hui ? Olympe de Clos-Renault, la belle Popinière ou la reine Suzelle... ?

— Thalie, souffla-t-elle en le suivant malgré elle pour un menuet. Thalie de Beauregard.

— Thalie ? Comme la Muse de la comédie ? Vous avez le sens de l'humour !

Olympe, qui venait de rater une figure, alla tamponner le couple voisin. Elle fit deux pas à contretemps pour rattraper son retard, puis lança entre ses dents comme si de rien n'était :

— Ne vous mêlez pas de mes affaires...

— Trop tard, j'y suis jusqu'au cou.

Il regarda sa robe verte, sa coiffure rehaussée d'épingles d'or et son collier de perles. Il contempla à plaisir sa bouche rouge comme une cerise bien mûre et ses yeux noirs qui brillaient, et finit par conclure :

— Je reconnais de bonne grâce que, cette fois-ci, vous êtes à votre place dans ce décor.

Il lâcha un instant sa main pour une série de figures compliquées. Elle suivit comme elle put, avec application, mais il acheva de la déconcentrer lorsqu'il lui glissa à l'oreille, au hasard d'un rapprochement :

— On ne vous a pas appris à dire au revoir ?

Il y avait du reproche dans sa voix. Olympe se mordit les lèvres, comme prise en faute :

— Je suis désolée, fit-elle d'un air contrit avant qu'une série de pas ne les sépare à nouveau.

Elle hésita un instant entre un rond de jambe à droite ou à gauche, et il fallut que Lambert la tire par la manche. Trop tard, car ils avaient flanqué la pagaille dans leur groupe de danseurs.

Le couple de derrière se mit à pester tout haut contre tant de maladresse, ce qui fit hausser les épaules à Olympe. Elle avait une irrésistible envie de se retourner pour leur tirer la langue… Mais elle se rappela à temps qu'elle n'était plus Suzelle la lavandière, mais Thalie. « Thalie de Beauregard… Excellente famille, des ancêtres remontant aux croisades… », pensa-t-elle en souriant.

— Nous devons discuter, fit Lambert.

— Vous ne vouliez pas m'écouter, il a bien fallu que je parte.

Elle l'entendit pousser un soupir, mais ne put poursuivre ses explications, car le menuet prenait fin sur une révérence. Comme il lui tendait son bras pour la raccompagner à sa place, Olympe en profita pour lui glisser nerveusement :

— Je n'irai pas voir le lieutenant général de police, et je refuse de rentrer au couvent ! Mon amie Clio va me présenter au premier valet de chambre, Bontemps. Il paraît que le roi l'a en grande estime.

Une fois le roi au fait de l'affaire, je me retire à la campagne jusqu'au retour de ma grand-mère...

— D'accord, fit-il simplement à la jeune fille qui resta tout étonnée d'une victoire si facile.

— Regardez donc, voilà Colbert d'Ormoy et sa meute..., persifla tout haut un de leurs voisins.

Olympe eut un haut-le-cœur en reconnaissant à quelques pas le gentilhomme qui l'avait maltraitée au *Bon Pasteur*. Derrière lui se tenaient deux de ses amis, Argenson et La Ferté. Le jeune Colbert n'avait pas l'air content, même s'il affichait un sourire hautain qui fit ricaner plus d'un courtisan.

— Il paraît qu'il s'est fait sonner les cloches par le roi, pouffa Élisabeth. Son père...

Elle s'arrêta tout à coup, car le jeune homme, comme averti par un sixième sens, se retournait vers elle. Son regard accrocha aussitôt Olympe qui se sentit rougir.

— J'ai l'impression de vous connaître, fit-il d'un ton charmeur en s'avançant.

— Vous faites erreur, monsieur, je suis nouvelle à la Cour, répliqua Olympe si froidement que le jeune homme en fut tout surpris.

— J'oublie rarement un joli visage, mademoiselle. N'est-ce pas, Argenson ?

L'autre, les sourcils froncés, semblait chercher dans sa mémoire. La Ferté lança alors en riant :

— Elle ressemble à s'y méprendre à cette catin

vérolée… Cela dit sans vous offenser, ajouta-t-il pour Olympe.

Comme pour rattraper la sottise de son ami, Colbert d'Ormoy demanda alors :

— Serez-vous samedi à la loterie de la Dauphine ? Nous pourrions nous y voir.

— Je ne sais si j'y serai, monsieur, mais je n'ai aucune envie de vous y rencontrer.

Le visage du jeune homme s'assombrit aussitôt sous le camouflet :

— Ne savez-vous pas qui je suis ? siffla-t-il entre ses dents. On ne me renvoie pas comme un valet, mademoiselle !

Olympe se sentit blêmir, mais ce vaniteux n'aurait pas le dernier mot.

— Veuillez m'excuser, j'ai promis cette danse à M. Frémont de Croisselle, fit-elle brièvement en le plantant là.

Les trois gentilshommes se regardèrent, comme suffoqués par tant d'insolence. Ils laissèrent pourtant passer le couple, et Colbert d'Ormoy glissa à Argenson :

— Suivez-la, je veux savoir qui elle est. Je vous jure que cette pimbêche va ravaler sa superbe !

Hélas ! Olympe et Lambert n'avaient pas fait trois figures que Mme de Maintenon, debout au côté du roi, fit signe à Lambert d'approcher. Il s'inclina devant sa compagne, l'air inquiet, puis la mena à sa place. Dès qu'il fut parti, Élisabeth lui souffla :

— Dis-moi, je croyais que tu ne connaissais personne à la Cour ! Qui est-ce ?

— Lambert Frémont, le frère de Sophie de Croisselle. Pour les trois autres, je te raconterai...

— Tu n'aurais pas dû les rabrouer.

— Ce sont des bons à rien...

— Bons à rien, oui, mais fils et cousins de ministres. Tu vas rire, figure-toi que Colbert a acheté à son fils la surintendance des Bâtiments. Le roi lui a demandé un plan, et l'autre lui a rendu un vrai barbouillage, ni fait ni à faire. Alors le roi le lui a renvoyé en disant que « cela sentait l'écolier, et que s'il ne s'appliquait pas plus, on se passerait de ses services »...

Élisabeth se tourna à gauche et à droite pour voir si personne n'écoutait, puis poursuivit :

— Le vieux Colbert était fou de rage. Il a flanqué une paire de gifles à son rejeton, et l'a privé de carrosse ! Toute la Cour se moque de lui !

— À Paris, ils ont tué un homme...

— Je sais, soupira Élisabeth. Cette histoire a fait grand bruit. Le roi était furieux, il a disgracié La Ferté et Argenson. Colbert a sauvé la tête de son fils en promettant qu'il allait s'amender. On l'a marié voilà six mois. On pensait que cela lui mettrait du plomb dans la cervelle. Seigneur, cette pauvre fille ne méritait pas un tel sort ! Il la trompe sans cesse. Tout lui est bon, les filles comme les garçons. Et il a déjà mangé sa dot.

À présent, Lambert s'écartait du roi. Il lança un coup d'œil à Olympe avec un sourire qui lui fit battre plus vite le cœur. Élisabeth, quant à elle, continuait ses potins avec entrain :

— Depuis que La Ferté et Argenson sont de retour, c'est à celui qui inventera les pires bêtises. Tout le monde dit que le jour où Colbert quittera le gouvernement, le roi jettera son fils dehors...

Lambert, à qui Mme de Maintenon venait de rendre sa liberté, revint enfin vers elle.

— Dieu que le roi est impressionnant ! fit-il d'une voix plaintive. J'ai cru que je n'arriverais jamais à secouer mon chapeau pour le saluer !

— Vous avez été très bien, plaisanta Olympe. Et vous avez un si beau chapeau de chez Popin !

— Vous trouvez ? En fait, lorsque je l'ai acheté, je n'ai regardé que la vendeuse.

— Flatteur !

Ils s'interrompirent un instant car un garçon bleu, un des valets du château, venait de se poster près d'Olympe.

— Mademoiselle de Beauregard ? M. Bontemps souhaite vous voir, lui glissa-t-il à l'oreille.

Olympe lança un regard étonné à Élisabeth.

— Maintenant ? demanda-t-elle sur un ton angoissé. Au beau milieu de la nuit ?

— Oui, mademoiselle. Avec Mlle de Coucy, M. de Pontfavier et ce monsieur, ajouta-t-il en désignant Lambert.

Olympe entendit Élisabeth chuchoter :

— Mazette ! Tu n'es pas là depuis une journée, et voilà que Bontemps te convoque avant même qu'on lui demande un rendez-vous !

— Mais, qui est-il donc ce Bontemps ? fit Olympe avec une grimace. Ce n'est pas un simple valet, n'est-ce pas ? Un valet ne nous convoquerait pas.

— Tout juste, avoua Thomas. C'est également le gouverneur du château, mais aussi, en quelque sorte, le chef des… informateurs du roi.

— Des… informateurs ?…

Olympe avala péniblement sa salive. Avait-elle fait le bon choix en venant à Versailles ?

*

* *

Le garde-suisse en faction devant la porte les fit entrer dans un petit bureau à peine éclairé. Après le brouhaha des courtisans et la musique du bal, le silence feutré de la pièce leur sembla tout à coup assourdissant.

Devant la cheminée se tenait un énorme bonhomme posé sur une chaise, dont il semblait déborder de toutes parts.

Il se leva pour accueillir les jeunes gens avec un bon sourire :

— Mademoiselle de Coucy, quel plaisir ! Alors, voici donc Mademoiselle de Beauregard ?

Il s'inclina devant Olympe :

— Un de mes bons amis souhaite vivement vous rencontrer.

De l'embrasure de la fenêtre leur parvint un bruit, puis une silhouette d'homme se découpa. Tandis qu'il s'approchait, ses traits se firent plus nets : grand, trapu, le nez busqué et une profonde fossette sur son menton en galoche…

— Mon ami, M. de La Reynie.

Olympe se sentit prise au piège. Elle lança un coup d'œil accusateur à Lambert qui resta de marbre, avant de quêter l'appui d'Élisabeth d'un air désespéré. Cette dernière semblait bien connaître le valet de Louis XIV, peut-être saurait-elle lui éviter le couvent ?

Élisabeth parut comprendre son désarroi. Elle prit une profonde respiration, puis se lança :

— Voici mon amie Thalie, fit-elle avec ce sourire particulièrement niais qu'on enseignait au couvent. De la lignée des Beauregard d'Auv…

Mais le policier s'approchait d'Olympe, toujours muette, pour lui dire sur un ton glacial :

— En voilà assez, mademoiselle !

— Je refuse de retourner au couvent ! s'écria Olympe d'une voix désespérée.

— Vous ferez ce que l'on vous ordonnera !

— Je n'ai commis aucun délit, reprit-elle, et pourtant on me traite comme une criminelle !

— Si vous étiez restée à votre place aux Visitandines, comme le voulait votre père, vous n'auriez pas tous ces ennuis…

— Si j'étais restée aux Visitandines, le coupa rageusement Olympe, vous ne sauriez rien de ce complot !

Après quelques instants d'un pesant silence, La Reynie avoua enfin :

— Nous savions que quelque chose se tramait. Mortaigne n'est pas passé inaperçu à Paris et certains notables de province se vantent d'obtenir bientôt de hautes fonctions. Depuis, M. de Croisselle et votre ami Popin nous ont appris l'essentiel, c'est-à-dire le nom des chefs et leurs projets.

— Puisque vous savez tout, que voulez-vous de nous ?

— De l'aide.

— Nous, vous aider ? fit en riant Olympe. Mais à quoi donc ! Vous avez la moitié des policiers de France à votre service !

La Reynie poussa un soupir. Il poursuivit comme à contrecœur :

— Je ne suis pas sûr de mes hommes… Vous savez que les policiers sont fort mal payés… Depuis que je suis lieutenant général, je lutte sans cesse contre la corruption. L'habitude veut en France que les plus riches se rendent justice eux-mêmes. Certains de mes exempts[1] servent plus souvent d'hommes de main à des personnes de haut lignage qu'à défendre la veuve et l'orphelin...

— Comme Grobois, ricana Olympe.

La Reynie serra les dents.

— Oui, mademoiselle, comme Grobois. Et je ne vous parle pas des familles qui essaient de me soudoyer afin de soustraire leurs rejetons à la justice ! Ni des conflits continuels que j'ai avec le Temple et le bureau de la Ville ! Ni des menaces de mort que je reçois journellement des truands. Ni des ordres de M. Colbert, ou de M. de Louvois, ou même du roi, afin de relâcher pour raison d'État des criminels que j'ai traqués des années durant...

— Ma tâche n'est pas plus aisée, fit à son tour Bontemps. Le roi veut tout savoir sur chacun. Si la plupart des courtisans le servent fidèlement, il y en a qui intriguent, hélas ! Par cupidité ou par jalousie, par ennui, que sais-je... On dilapide sa fortune. On joue gros. Alors on paie ses dettes en rendant des services, on espionne...

Le valet s'arrêta un instant, puis il continua en se tournant vers Élisabeth :

— Si vous êtes ici, mademoiselle, avec M. de Pontfavier, c'est que vous avez déjà prouvé votre fidélité au roi et que j'ai toute confiance en vous...

---

1. Officiers de police.

Olympe, bouche bée, regarda son amie. Élisabeth ne s'était jamais vantée de détenir des secrets d'État. Olympe avait même pensé, lorsque Thomas disait que le roi saluait sa fiancée chaque jour, qu'il exagérait quelque peu.

— Alors ? demanda Lambert. Que voulez-vous ?

— Alors, fit La Reynie en se tournant vers le jeune homme, il nous faut infiltrer leurs rangs. Nous saurons ainsi quand ils veulent lancer leur insurrection, et nous pourrons agir. Il me faudrait des jeunes gens qui n'ont pas froid aux yeux. J'avais bien pensé à mon filleul Jason, mais...

Il s'arrêta sur une grimace des plus explicites.

— Je comprends, compatit Lambert en souriant.

— Je ne vous cache pas que cela risque d'être dangereux. Nous aiderez-vous ?

Les quatre jeunes se consultèrent du regard, avant d'acquiescer.

— Bien. Vous correspondez tous les deux, messieurs, au profil des Confrères du Renouveau : vous êtes jeunes, riches et oisifs. Vous ferez en sorte que l'on sache que vous êtes mécontents de la politique du roi.

À son tour, Bontemps poursuivit :

— À vous de les convaincre de vous prendre avec eux. Pendant ce temps, Mlle de Coucy ira se jeter au cou de Martial de Bressy.

— Ai-je la tête d'une aguicheuse ? se plaignit Élisabeth. C'est impossible, je n'ai aucun attrait !

— Quand on a deux cent mille livres de dot, mademoiselle, on est forcément beau ! répliqua Bontemps avec le plus grand sérieux.

Olympe ne put s'empêcher de rire : c'était mot pour mot ce qu'avait dit maître Popin à son fils à propos de Bertille Cordoue.

— Et moi ? demanda-t-elle.

— Vous, vous allez chez Mme de Maintenon et vous n'en bougez plus. Elle a chez elle plusieurs jeunes filles pauvres qu'elle éduque et qu'elle tente de caser dans les meilleures familles… Si on l'écoutait, la Cour ressemblerait bientôt à un pensionnat, soupira-t-il. Mais là n'est pas notre propos… Il va sans dire que vous serez rétribués pour votre aide. Mademoiselle de Clos-Renault, nous pourrions vous éviter le couvent. Quant à vous, monsieur de Croisselle, puisque vous partez pour les Indes, nous vous dispenserions de taxes sur le commerce des épices.

— Vous êtes bien renseigné, s'étonna Lambert.

— Monsieur de Pontfavier, il se peut que vous ayez cette charge aux Menus-Plaisirs…

— Je ne demande aucune faveur !

— Ne vous offensez pas. Le roi pense que vous y feriez merveille, il me l'a dit lui-même.

Thomas se rengorgea aussitôt : être remarqué par le roi était le désir secret de tout bon courtisan.

— À vous de jouer, mes amis !

14

— C'est inadmissible ! s'écria Lambert en secouant rageusement son chapeau sous le nez du garde, qui resta imperturbable devant la porte de la chambre de Louis XIV.

— Inadmissible ! renchérit Thomas.

— Le roi doit nous recevoir !

Les antichambres étaient noires de monde, comme chaque matin. Dans leur dos, une centaine de courtisans observaient la scène à bonne distance, sans intervenir.

À sept heures et demie, les « grandes entrées », celles des gentilshommes de la Chambre, étaient introduites chez le roi pour son lever, bientôt suivies par les « secondes entrées », les princes et les ducs, qui pénétraient à l'appel de leur nom, saluaient Louis XIV à sa toilette avant de sortir, chapeau bas, à reculons. Ensuite venaient ceux qui avaient eu la chance d'être remarqués. Et cela durait jusqu'à dix heures…

— Nous sommes là depuis sept heures, attaqua à son tour Thomas en gesticulant bruyamment. Et vous osez nous dire que nous ne pouvons pas assister au lever du roi, alors que le dernier de ses valets peut aller le saluer ?

— Intolérable ! Pour qui nous prend-on ? cria Lambert en se tournant vers les courtisans.

Ceux-ci, profils bas, préférèrent continuer à discuter de la pluie et du beau temps. Il n'était pas bon être vu avec des fauteurs de trouble, d'autant que ces deux-là avaient déjà fait du scandale hier matin parce qu'ils n'étaient pas invités à courre le cerf avec le roi, et encore hier soir lorsque les gardes leur avaient refusé l'entrée des « appartements », les soirées que le roi offrait dans ses grands appartements à ses courtisans.

À n'en pas douter, Croisselle et Pontfavier allaient tâter de la disgrâce. S'ils insistaient, ils auraient même droit à une invitation à… la Bastille. Raison de plus pour les ignorer.

— Assez, messieurs ! s'écria enfin le garde d'un air menaçant. Partez, le roi ne vous recevra pas.

— Inqualifiable ! vociféra une dernière fois

Lambert avant de sortir à grands pas, comme au comble de la fureur.

Ils n'étaient pas arrivés dans le grand escalier que deux hommes, un gentilhomme et un jeune abbé, les arrêtaient :

— Pourquoi tous ces cris, messieurs ? demanda le gentilhomme.

— C'est inadmissible, s'emporta de nouveau Lambert. Traiter ainsi la noblesse ! Nous interdire la chambre du roi et les appartements ! Tudieu, on voit bien que la France est aux mains de la canaille !

— Monsieur, fit à son tour Thomas, j'ai huit quartiers de noblesse ! Mes ancêtres sont morts sur tous les champs de bataille. Et le roi me reçoit après les commis et les bourgeois ? Sacridi, il faut que cela cesse ! La rage m'étouffe tant que je m'en retourne à Paris sur l'heure !

Les deux hommes se regardèrent en coin, puis le gentilhomme déclara enfin :

— Justement, nous y allons, voulez-vous profiter de notre carrosse ? Je me nomme Martial de Bressy.

Thomas allait répondre lorsqu'une voix de fille vociféra dans leur dos :

— Monsieur de Pontfavier, j'aurai deux mots à vous dire !

Ils se retournèrent pour voir Élisabeth de Coucy débouler telle une furie.

— Vous avez encore fait du scandale ! l'accusa-t-elle. On est venu me le dire jusque chez la reine.

Voulez-vous donc que je perde ma place à la Cour ? C'en est trop, je vous rends votre bague !

D'un geste rageur, elle arracha l'anneau de son doigt pour le tendre à Thomas. Puis elle leur tourna le dos sans prévenir, et repartit la tête haute sans un mot de plus.

— Vous connaissez cette folle ? demanda à voix basse Martial de Bressy.

— Oui, nous étions en quelque sorte… fiancés.

— Croyez-moi, vous ne perdez rien. Quel sale caractère ! Et elle est franchement laide. Maigre, brune et le teint noiraud. Un vrai pruneau !

Thomas regarda Bressy avec l'envie de lui sauter à la gorge. Il se maîtrisa à grand-peine et parvint à répondre :

— Moi, je lui trouve un certain charme…

— Son charme, lança Lambert à sa place, c'est une dot de deux cent mille livres, monsieur. Son père est intendant, et elle a une charge chez la reine qui lui permet d'être au courant de tout sur tout le monde. Cela vaut la plus belle des peaux de pêche, n'est-ce pas ?

Bressy siffla admirativement entre ses dents :

— C'est la poule aux œufs d'or que vous avez laissée filer, monsieur !

— Nenni, répliqua Thomas. Je n'ai que faire de l'argent de cette demoiselle. Seule sa place chez la reine m'intéressait. Grâce à Mlle de Coucy, je connaissais tous les potins de la Cour... De toute façon, je n'avais aucune envie de l'épouser !

Bressy sembla réfléchir, puis, prenant Thomas et Lambert chacun par un bras pour les guider vers la sortie, il lâcha mine de rien :

— Finalement, votre pruneau n'est pas si laide. Cela vous ennuie-t-il si je lui fais un brin de cour, puisque la voilà libre ?

Thomas manqua s'étouffer ! Il serra les poings et se força à répondre :

— Nullement, monsieur, nullement. Puisqu'elle ne veut plus de moi...

15

Ce soir-là, même la Grande-Galerie[1] semblait trop petite, tant il y avait de monde. Le roi avait autorisé la Dauphine à y tenir sa loterie, bien que les travaux ne soient pas finis, car il manquait encore bon nombre de glaces aux murs et de fresques au plafond. On avait donc repoussé les échafaudages et installé, pour l'occasion, deux grandes tables en argent massif sur lesquelles étaient exposés les lots, ainsi qu'une autre, plus petite, où étaient placées deux urnes.

Côté fenêtre étaient disposés les sièges de la famille royale et les tabourets des duchesses. Les

1. Aujourd'hui, nous l'appelons la galerie des Glaces.

ors, les brocarts, les bougies des girandoles étincelaient. L'effet était superbe.

Les prix sur les tables chatoyaient : coffrets de bois précieux, bijoux, étoffes chamarrées et coupes d'argent se dédoublaient dans les miroirs. Arrangés avec art, ils ressemblaient à un trésor inépuisable.

Le lot principal, ce soir, était une cassette de cent mille livres. On soupçonnait qu'il était offert par le roi, car on savait bien que la jeune Dauphine ne disposait pas de si gros revenus.

Olympe, Élisabeth et son amie, Pauline de Saint-Béryl, s'avancèrent doucement au milieu du brouhaha des courtisans. Les deux demoiselles de la reine, sourire aux lèvres, saluaient de la tête, ou s'arrêtaient le temps de se courber dans une révérence devant une personne titrée.

Olympe, quant à elle, ne pouvait s'empêcher de manger des yeux ce décor magnifique. Le nez en l'air, les yeux écarquillés, elle se perdait dans les nuages peints au plafond.

Élisabeth l'entraîna par le bras pour aller se poster entre deux orangers en pot. Leurs caisses d'argent massif auraient pu, à elles seules, nourrir cent familles pendant un an !

— Seigneur, tout ce luxe… alors que le peuple est si malheureux !

— Je connais des paysans dans nos campagnes qui sont plus chanceux que nous, répliqua aussitôt Élisabeth. La Cour profite de ce décor luxueux, c'est vrai. Mais nous vivons entassés dans des chambres minuscules, sous les combles, et sommes sans cesse surveillés...

— Alors pourquoi y restez-vous ? demanda Olympe d'un air narquois.

La réponse fusa dans son dos :

— Mais parce que nous ne saurions rester loin de notre roi, bien sûr.

C'était Silvère des Réaux, le fiancé de Pauline, qui parlait. À ses côtés se tenaient Lambert et Thomas.

Et Olympe, tout à coup, se moqua bien de savoir pourquoi les courtisans restaient à la Cour ! Lambert la regardait et elle regardait Lambert.

— Tiens donc, souffla-t-elle, les gardes vous ont laissé entrer ce soir ?

— C'est pour mieux mettre la pagaille, mon enfant..., lui glissa Lambert en se plaçant près d'elle.

Ses yeux verts pétillaient de malice. Olympe ferma brusquement les siens, émue à l'idée de le savoir si proche. « Était-ce cela le fameux " transport au cœur qui vous chavirait l'âme " ? » pensa-t-elle avec incrédulité. En tout cas, cela y ressemblait fort.

La voix inquiète d'Élisabeth la tira soudainement de sa torpeur :

— Vous n'oseriez pas faire du scandale, tout de même. Pas pendant la loterie ! Thomas, je vous l'interdis, vous m'entendez, je vous l'interdis !

— Non, rassurez-vous. Dès que le roi sera sorti, nous protesterons que la loterie est truquée… D'ailleurs, elle l'est vraiment.

Silvère, à son tour, chuchota d'un air entendu :

— Par exemple, Mme de Soubise et Mlle de Rambures se disputent une horloge. Il paraît que le roi l'a promise à la première, et le Dauphin à la seconde…

— Mais, je croyais que c'était la Dauphine l'organisatrice, s'étonna Olympe.

— Bien sûr. Elle a fourni la moitié des lots et a acheté l'autre moitié grâce à la vente des billets. Le roi en a offert un à toutes les dames.

— J'ai le mien, fit la blonde Pauline en sortant un papier de son gant.

— Moi aussi, renchérit Élisabeth. Elle fourra deux doigts dans son décolleté à la recherche du précieux billet, tandis qu'Olympe soupirait :

— Mme de Maintenon trouve sans doute cela trop frivole, moi je n'en ai pas.

Elle venait à peine de finir sa phrase que Lambert lui tendait un petit carré blanc. Elle le prit et y lut : « Beauregard ».

— Chacun doit mettre sur son billet une marque de reconnaissance. Je l'ai acheté pour vous.

— Merci.

Sa voix s'étrangla d'émotion. Le regard vert de Lambert venait tout à coup de lui faire monter le rouge aux joues. « A-t-on idée d'être aussi bêtement émotive ? » se dit-elle en tentant de retrouver son calme. Et voilà que Lambert, devant son trouble, affichait maintenant une mine réjouie qui la poussa au comble de la honte !

— Voilà la Dauphine !

La jeune Marie-Anne de Bavière s'avançait au milieu de ses dames, son gros corps sanglé dans une lourde robe de brocart rouge et or.

— Bonté divine, souffla Olympe, qu'elle est…

— Laide ? termina Élisabeth. Oui, elle est laide. Mais, fort heureusement, elle est aussi intelligente, gracieuse et très gentille.

Olympe observa Marie-Anne de Bavière : obèse, un long visage terne avec une large bouche molle et de grands yeux noirs. Pourtant, dès qu'elle souriait, elle semblait d'une douceur incomparable. Son amie avait raison, la Dauphine était laide avec beaucoup de grâce.

Élisabeth, jamais à court de potins, racontait :

— Il n'y avait que deux princesses en Europe en âge de se marier : la fille de l'empereur germanique, boiteuse et malingre, et la fille de l'électeur de Bavière, laide mais en bonne santé. Le roi a choisi la seconde, car que demande-t-on à une future reine sinon d'être pieuse, honnête, et d'avoir beaucoup d'enfants ?…

— Et le Dauphin ? demanda Olympe. Il n'a pas eu son mot à dire ?

— Le Dauphin ? Il a pris son air le plus bête

pour déclarer à son père : « Ça m'est égal qu'elle soit laide, pourvu qu'elle ait de la vertu… »

— Messieurs, le roi !

Au cri du garde, chacun aussitôt cessa de parler et se recula respectueusement le long du mur pour saluer le souverain.

Le roi s'avançait de son pas solennel dans une tenue resplendissante d'or et de pierreries. Il semblait immense, avec sa haute perruque et ses talons rouges. La reine, la main posée sur le poing fermé de son époux, n'était pas en reste d'élégance. Ce soir, elle était vêtue de velours bleu rebrodé de perles.

Quelques instants plus tard, ce fut au tour de leur fils, le Dauphin, d'arriver entouré de ses « menins », les jeunes gens de la meilleure noblesse qu'on lui avait donnés pour compagnons.

Puis, apparurent Mme de Montespan, Mme de Maintenon et le jeune duc du Maine, qui, après un bref salut, allèrent se placer au côté de la famille royale. Ensuite, les entrées solennelles terminées, les duchesses s'assirent sans plus attendre sur leurs tabourets, tandis que la Cour se rangeait autour. La loterie pouvait commencer.

Le roi fit signe à sa fille légitimée, Mlle de Nantes, une blondinette de neuf ans à l'air dégourdi. La princesse plongea aussitôt sa petite main au fond de l'urne posée sur la table pour en ressortir un billet. Elle le lut et annonça :

— Une tabatière en vermeil !

C'est M. de Dangeau, l'un des familiers du roi, qui, ce soir, lui donnait la réplique. Il plongea la main dans l'autre urne et en tira un carré blanc :

— « À Dieu plaise ».

On vit au milieu de la foule le propriétaire du billet sauter bruyamment de joie. C'était un garçon bleu grisonnant, un valet, qui avait certainement dû dépenser toutes ses économies pour se l'offrir. Il se fraya un chemin, salua la famille royale avec force courbettes et repartit avec l'objet.

Cela dura plus d'une heure. Mme de Soubise eut son horloge ; Mlle de Rambures, dépitée, ramassa deux chandeliers...

Dans l'assistance, les courtisans, par petits groupes, discutaient à présent à mi-voix. On se congratulait d'un ton courtois pour les lots obtenus, ou on s'étonnait avec une fausse candeur de la chance trop criante de certains.

— Dieu qu'il fait froid ! chuchota Pauline en dansant d'un pied sur l'autre.

— Le roi a fait ouvrir les fenêtres à cause de la peinture fraîche, expliqua Thomas. Il ne supporte pas les fortes odeurs. Mais le roi a bien de la chance, il n'a jamais froid, lui.

Olympe ne put s'empêcher de sourire en repensant à la vieille Lucie : oui, les princesses se gelaient les fesses avec leurs décolletés et leurs dentelles pleines de trous ! Elle voyait les femmes se frotter frileusement les bras, ou tenter d'étouffer leurs quintes de toux dans le creux de leur mouchoir. Les hommes, bien que nantis de perruques et de justaucorps, semblaient eux aussi attendre passivement la fin des réjouissances. À cause de la présence du roi, bien peu trouvaient le courage de partir.

Et puis tout à coup, Mlle de Nantes annonça :

— Une cassette de cent mille livres.

Aussitôt, l'assistance, nez rouge et sourcils froncés, sortit de sa torpeur réfrigérée pour retenir son souffle. L'équivalent d'une année de vie luxueuse à la Cour allait être offert à l'un d'entre eux. La somme était exorbitante, Dangeau le savait bien, aussi attendit-il un instant afin de faire monter la tension. Il plongea enfin la main d'un geste théâtral dans son urne et en ressortit le billet gagnant :

— « Louis ».

Le roi avait gagné le gros lot ! Un bruissement d'incrédulité parcourut la foule. Louis XIV appela alors Dangeau pour lui parler à l'oreille.

— Sa Majesté désire que le lot soit divisé en cinq parts égales, et soit remis en jeu !

On commenta l'événement avec des « ah » de contentement, tandis que le roi s'adossait à son siège, un sourire satisfait aux lèvres.

— Le roi a beaucoup de chance au jeu, expliqua Silvère d'un air entendu. Il lui arrive souvent de gagner le gros lot.

— Mais il a chaque fois le bon goût de le remettre en jeu, ajouta Pauline en riant. Ainsi, au lieu de faire un heureux, il en fait cinq. Seigneur Dieu, que j'ai froid ! Dites-moi, est-ce qu'on entend mes dents claquer ?

— Non, répondit Lambert. Vous, vous avez juste la chair de poule. Ce sont mes dents que vous entendez. Et vous, Thalie, n'avez-vous pas froid ?

— Thalie n'a jamais froid, fit Élisabeth. Chaque hiver, au couvent, plusieurs filles mouraient de pneumonie. Elle, elle arrivait à dormir avec juste un bonnet et un édredon ! Elle a du sang de lézard dans les veines !

Olympe haussa les épaules.

— Pas du tout. Je suis d'une nature robuste.

— Du sang de lézard ? s'étonna Lambert. Je demande à voir !

Avant qu'elle ait pu faire un geste, il lui saisit la main pour la serrer entre les siennes.

— Comme votre main est chaude, Thalie !

Olympe ne répondit pas, elle était trop occupée à chercher une excuse pour la lui retirer. Élisabeth, devant son air troublé, en profita pour retourner le couteau dans la plaie :

— Faites attention, Lambert. Vous connaissez le dicton : « mains chaudes, cœur froid ».

— Vous croyez que cela s'applique aussi aux lézards ?

Il prit l'air inquiet d'un médecin pour son malade et chercha le pouls de la jeune fille du bout des doigts. Olympe, qui commençait à bouillir, ne put s'empêcher de pester :

— Voulez-vous aussi poser votre main sur mon cœur pour voir s'il est froid ?

Les quatre autres étouffèrent un petit rire. Lambert, lui, prit l'air le plus sérieux du monde pour glisser un coup d'œil à son décolleté.

Olympe se mordit les lèvres. Elle se rendait compte, mais bien trop tard, qu'elle venait de perdre une bonne occasion de se taire !

Et ce n'est pas pour autant qu'il la lâcha. Elles étaient chaudes, ses mains, et douces, et fermes. « C'était, pensa Olympe comme dans un songe, des mains que l'on avait envie de prendre et de ne plus abandonner. » Du coin de l'œil, elle vit Silvère pousser Thomas du coude, puis elle entendit le rire complice d'Élisabeth.

Rouge de confusion, Olympe chercha le courage de s'éloigner, mais elle ne put que rester plantée, les yeux fixés sur les urnes. Sans compter que demain, pensa-t-elle avec gêne, il y aurait sans doute vingt personnes bien intentionnées pour raconter à Mme de Maintenon que sa protégée se conduisait en public comme une gourgandine…

— « Une bague », « Elbeuf »… « Une chocolatière », « Cœur Vaillant »… Les lots et leurs gagnants s'égrenaient dans une suite sans fin. Mais Olympe s'en moquait bien, un grand transport au cœur lui chavirait l'âme. Elle sentait des picotements partout, et, c'est étrange, elle avait même comme une envie de chanter...

— « Un pièce de brocart », « Bressy »...

Bressy ? Olympe se crispa tout à coup. Au même moment passait devant elle l'amie de sa mère, Elvire de Bressy. La femme fit un salut gracieux au roi, puis s'en revint fièrement vers sa place. Olympe tenta de se détourner, mais trop tard ! Mme de Bressy venait de l'apercevoir. Elle sembla chercher dans sa mémoire, puis, tout sourires, elle s'approcha de la jeune fille :

— Ça par exemple !

Olympe déglutit péniblement. Inutile de chercher à feindre, Mme de Bressy n'était pas du genre à se laisser abuser. D'ailleurs, elle poursuivait avec entrain :

— Je ne savais pas que vous étiez sortie du couvent. Votre belle-mère me disait pourtant tout à l'heure que vous vouliez prendre le voile...

— Ma belle-mère ?

— Oui, Olympe, votre belle-mère. Que diable faites-vous à la Cour ?

— Ici ? Elle est ici ?

— Mais oui, elle est ici. Comme votre père était occupé, elle est venue avec mes beaux-frères...

Voyant le trouble d'Olympe, Elisabeth s'interposa pour mentir avec aplomb :

— Mme de Clos-Renault ne vous a donc pas raconté qu'Olympe était lectrice chez Mme de

Maintenon ? La marquise cherchait une jeune fille cultivée, et comme la mère supérieure du couvent est son amie…

— Lectrice chez Mme de Maintenon ? s'étonna Elvire de Bressy. Je comprends mieux qu'Émilie n'en ait pas parlé ! C'est vrai que mes beaux-frères et elle ne l'aiment guère ! Mais… Qu'avez-vous donc, Olympe, vous voilà toute pâle. Venez avec moi, cette bonne Émilie sera si contente de vous voir !

Olympe se tourna vers ses amis d'un air désespéré car Mme de Bressy la prenait affectueusement par le bras et l'entraînait avec une douce autorité. Fort heureusement, Lambert l'agrippa aussitôt par l'autre bras et lui assena sur un ton de reproche :

— Mademoiselle, vous n'y pensez pas ! Alors que Mme de Maintenon vient de vous demander d'aller chercher ses sels ? Que pensera-t-elle si elle vous voit rejoindre des amis alors qu'elle souffre de la migraine ?

Olympe bénit le ciel de l'excuse que le jeune homme lui fournissait.

— Vous avez raison, reprit-elle d'une voix mal assurée. Il vaut mieux que j'y aille tout de suite.

— Je vous accompagne, ajouta-t-il.

Elvire de Bressy en sembla toute désolée, mais elle s'inclina de bonne grâce :

— Quel dommage ! Courez-y vite, Olympe, il serait très impoli de faire attendre une si grande dame. Je dirai à Émilie que vous l'embrassez. Elle sera navrée de vous avoir manquée.

— Moi aussi, j'en suis navrée, répondit Olympe avec un sourire forcé.

Mme de Bressy lui tendit la joue, l'embrassa à son tour, puis se perdit dans la foule après un dernier geste amical de la main.

— Vite, fit Lambert, dispersons-nous. Si les deux Bressy nous voient avec Olympe, c'en est fini de notre plan ! Rendez-vous chez Bontemps dès la loterie terminée.

Leurs amis acquiescèrent. Lambert et Olympe, quant à eux, se dirigèrent sans attendre vers la sortie. Au loin, dans le halo d'une girandole, la jeune fille aperçut sa belle-mère et les Bressy. Elvire déployait son tissu en babillant, puis, tout sourires, elle se tourna pour montrer l'endroit où se trouvait la jeune fille quelques instants auparavant. Les deux frères se regardèrent, sourcils froncés. Mais Elvire ne remarqua rien : elle se drapait dans le brocart en expliquant à une Émilie, qui s'en moquait visiblement, la belle robe qu'elle projetait d'en tirer.

— Allons tout de suite chez Bontemps, souffla Lambert. Voilà les Bressy qui partent à votre recherche.

À deux pas d'eux se tenait Colbert d'Ormoy. D'un geste rageur, il froissa la poignée de billets qu'il avait achetés à grands frais avec l'argent de sa femme. Ses parents, ainsi que ses frères et sœurs, avaient tous obtenu quelques babioles de prix. Mais le temps filait et lui ne gagnait rien.

À présent, il en était sûr, le roi le punissait publiquement en le privant de lot, sans doute à cause de cette ridicule affaire de plan raté. Il n'aimait pas la surintendance des Bâtiments. Dessiner des plans de bosquets ou de pavillons pour le roi l'ennuyait… C'était un travail de valet.

Il ne servait à rien d'attendre un geste d'indulgence du monarque. Avec un minutieux acharnement, le jeune marquis Colbert d'Ormoy déchira un à un les billets qui lui avaient coûté si cher. Puis, par bravade, il les jeta en l'air. Enfin sentant sur lui les regards mi-ironiques, mi-réprobateurs des courtisans, il tourna les talons, ses deux inséparables La Ferté et Argenson, à sa suite.

*
* *

— Nous l'avons échappé belle ! s'écria Olympe dans l'enfilade des salons d'apparat.

Quelques courtisans s'y étaient assemblés pour discuter devant le feu des grandes cheminées. Certains, assis aux tables de jeu, misaient bruyamment à grand renfort de jurons. Le roi interdisait que l'on jure, mais ma foi, en son absence…

Silencieux comme des ombres, les valets mouchaient les bougies moribondes pour les remplacer par des neuves. D'autres passaient, chargés de friandises et de verres de vin rouge, ou de ce vin ambré de Champagne, plein de bulles minuscules, que l'on nommait du « saute-bouchon ». Olympe en cueillit un verre au passage. Elle y trempa ses lèvres et ferma les yeux avec délectation en sentant sur sa langue exploser les petites bulles.

— Mmm, cette boisson est si bonne que c'en est un péché !

— C'en deviendra un si vous en buvez trop, fit en riant Lambert. Venez vite, graine d'ivrogne, vos Bressy ne tarderont pas à nous chercher en dehors de la galerie.

Elle lui tira malicieusement la langue, mais remit docilement le verre de vin à moitié vide au premier valet qu'elle croisa.

Au salon de Mercure, les Conti jouaient. Pourtant la belle princesse de seize ans, malgré son air ravi, lorgnait sans cesse son beau-frère La Roche-sur-Yon qui discutait avec un jeune homme. Elle se faisait bien du souci, la pauvrette, car elle savait que l'élu de son cœur aimait autant les filles que les garçons.

Au salon de Mars, Monsieur, le frère du roi, perché sur ses hauts talons comme un petit coq, déclamait un poème à ses mignons. Le chevalier de Lorraine se mit à applaudir, et Monsieur enleva aussitôt une de ses bagues pour la lui offrir.

Olympe donna un coup de coude à son ami. Il

se détourna pour voir le Grand Condé, en fait à peine plus grand qu'un nain, gloire nationale et vainqueur de Rocroi. Le vieil homme au profil de rapace dormait sur une chaise, la bouche ouverte.

Plus loin se tenaient Racine, Boileau, les frères Claude et Charles Perrault et le jeune abbé Fénelon qui discutaient philosophie. À deux pas d'eux, des dames assises près du feu sur des carreaux jouaient aux cartes à même le tapis en grignotant des confiseries. L'une d'elles s'enfourna dans les narines une bonne dose de tabac à priser, puis éternua bruyamment avant d'essuyer son nez sale avec sa manche en dentelle.

— Ne trouvez-vous pas cet univers étrange ? demanda Olympe en prenant le bras de Lambert. L'étiquette est à la fois si rigide et si souple ! On porte des tenues suprêmement élégantes, mais on ne se lave pas, on crache par terre et on s'enivre. Je peux vous assurer que les lavandières ont de meilleures manières !

— Ne soyez pas si dure, répondit Lambert. La vie ici est si précaire. Un jour on est riche et puissant, le lendemain on sera peut-être à la Bastille. Le roi tient sa noblesse entre la carotte et le bâton, et cela marche fort bien : les nobles sont à ses pieds.

— Pas tous, hélas !... Il est certains Confrères qui veulent bien de la carotte, mais ne supportent pas le bâton !

Au salon de Vénus, Olympe et Lambert passèrent

devant les gardes et sortirent des Grands Appartements. Le palier du grand escalier des Ambassadeurs était plongé dans la pénombre. Là se trouvait la porte des appartements de Mme de Montespan. Était-ce le saute-bouchon, mais Olympe se sentait d'humeur badine.

— Savez-vous ce que disent les serviteurs ?

— Non. Racontez donc, madame la commère.

— On dit que le valet de chambre du roi n'a droit qu'à deux pièces au château, alors que Mme de Montespan, qui a réchauffé le lit du roi dix années durant, en a plus de vingt ! Si Bontemps était intelligent, il coucherait dans le lit de son maître, plutôt que d'en garder la chambre…

— Et vous trouvez cela drôle, s'indigna faussement Lambert en imaginant l'énorme valet sautant et rebondissant sur le grand lit à baldaquin de Louis XIV. Voilà des propos bien légers pour une demoiselle ! Sans compter que vous vous moquez d'un serviteur de l'État !

— Mais pas du tout ! insista Olympe en riant. La maîtresse aussi a gagné ses vingt pièces en servant le roi… de très, très près ! Quand vous pensez que notre pauvre reine n'en a pas dix au château, c'est à vous dégoûter d'être honnête !

— À propos d'honnêteté, vous me devez un gage.

Olympe leva un œil surpris. Elle devinait plus

qu'elle ne voyait le visage de Lambert dans le clair-obscur. De quoi parlait-il donc ?

— Souvenez-vous que le jour de la fête des lavandières, vous m'avez envoyé un baiser, mademoiselle. Ce n'était qu'un acompte, ce soir je vous demande le solde.

La jeune fille se sentit frémir, entre joie et peur. Allait-elle jouer la prude, ainsi que la morale le voulait, ou au contraire succomber à la tentation ? Elle préféra temporiser :

— Vous ne vous adressez pas à la bonne personne. Je suis Thalie de Beauregard, celle qui vous doit un gage est la reine Suzelle.

Elle l'entendit rire, mais elle le vit aussitôt faire un pas vers elle. Elle en fit un en arrière, comme dans un étrange menuet, puis un second tandis qu'il continuait d'avancer. Le cœur battant, elle en fit un troisième, puis un autre, jusqu'à sentir le marbre froid du mur dans son dos.

— Reine Suzelle, à nous deux, fit-il en la prenant par la taille.

Il se pencha vers elle pour l'embrasser, mais Olympe détourna la tête, presque malgré elle.

— Thalie ? souffla-t-il à son oreille. Pourtant, tout à l'heure, vous n'aviez pas l'air de me trouver repoussant.

Sa voix était douce, et pleine de désappointement. Olympe s'en voulut tout à coup de l'avoir déçu. N'était-ce pas ce qu'elle souhaitait tout au fond de son cœur ? N'en rêvait-elle pas, de ce premier baiser, depuis des semaines, alors qu'elle voyait Marianne et Nicolas se bécoter, des étoiles plein les yeux ?

Elle avait l'âme chavirée, et des picotements partout. « Lorsque le vin est tiré, il faut le boire », aurait dit sœur Philomène.

— Pauvre sœur Philomène, soupira-t-elle tout bas, une fois sa décision prise.

— Que dites-vous ? fit la voix inquiète de Lambert. Dieu m'est témoin que je ne voulais ni vous choquer, ni vous offenser. Ne m'en veuillez pas, je ne vous forcerai plus.

Oui, sa décision était prise. Le cœur battant la chamade, Olympe lui souffla :

— Thalie de Beauregard a sans doute été choquée, mais Olympe de Clos-Renault vous supplie de l'embrasser. Faites, je vous prie.

Ses lèvres étaient aussi douces que ses mains. Olympe ferma les yeux et savoura cet instant. C'était si agréable qu'elle passa ses bras autour de son cou, pour lui glisser ensuite à l'oreille, à bout de souffle :

— La reine Suzelle paie toujours ses dettes, monsieur. Et si vous l'exigez, elle vous versera même des intérêts.

— Des intérêts ? fit Lambert en riant de bonheur. Mademoiselle Suzelle, j'ai une âme d'usurier, cela va vous coûter fort cher ! Je veux intérêts et capital. Et maintenant que je vous tiens, je ne vous lâche plus.

Son second baiser fut aussi merveilleux que le premier. « C'était comme un avant-goût du paradis », pensa-t-elle en sentant ses tympans résonner de chants d'oiseaux. Les anges du ciel sur leurs nuages ne devaient pas faire musique plus mélodieuse !

— Regardez donc nos tourtereaux ! s'exclama une voix non loin d'eux.

Lambert et Olympe se séparèrent aussitôt, comme pris en faute, pour faire face au jeune Colbert d'Ormoy et à ses deux acolytes.

— Vous ne faites plus la bégueule ? demanda-t-il ironiquement à Olympe en s'approchant. Mais monsieur a sans doute des arguments sonnants et trébuchants qui ont su vous convaincre ?

Lambert et Olympe restèrent cois, car les trois hommes avaient un air méprisant qui ne présageait rien de bon.

— Savez-vous, monsieur, demanda Colbert d'Ormoy, que cette fille n'est pas ce qu'elle affirme ? Argenson s'est renseigné, elle n'est pas plus Beauregard que je ne suis sultan !

Argenson confirma aussitôt :

— Je me souviens très bien d'elle. Nous l'avions trouvée dans une taverne de Paris, elle est pourrie par le mal italien !

Olympe ouvrit la bouche pour se défendre, mais Lambert s'interposa :

— Monsieur, je ne vous permets pas ! Mademoiselle est…

— Une catin, vous dis-je ! Une de celles qui se faufilent dans les couloirs du château pour appâter de riches clients !

— Il suffit, monsieur ! s'écria Lambert.

— Vous n'avez rien à m'interdire ! Regardez donc ce parvenu qui joue l'important parce que son père fait l'épicier de luxe !

Olympe agrippa Lambert par le bras avant qu'il ne réplique : autant savoir ce que ces trois-là leur voulaient, et s'expliquer entre gens civilisés. Ils n'auraient pas la folie de s'en prendre à eux à deux pas des appartements royaux. Pourtant La Ferté, qui, à n'en pas douter, avait abusé de la boisson, poursuivait d'un ton guère aimable :

— Nous allons traîner cette catin chez le prévôt du château. Il la fera enfermer à la Salpêtrière.

— Je ne suis pas une catin ! s'emporta Olympe, en oubliant pour le coup ses bonnes résolutions de discussions civilisées.

— Vas-tu te taire, garce !

— Maintenant, c'en est trop ! s'écria Lambert.

— Toi, le parvenu, tais-toi, répondit Colbert d'Ormoy.

Ce tutoiement était insultant. Quant au nom de parvenu, Lambert l'avait entendu tant de fois au collège qu'il se croyait immunisé. Pourtant, aujourd'hui, le mot avait fait mouche. Il s'apprêtait à jeter son gant à la face du jeune Colbert lorsque Olympe, prenant sa défense, s'écria en ricanant :

— Parvenu ? Eh bien, avec vous, monsieur, cela fait deux ! Vous traitez mon ami de fils d'épicier, mais n'êtes-vous pas, vous-même, petit-fils de drapier ? Si votre père, par son travail, n'avait pas fait fortune, vous vendriez aujourd'hui de la toile sur les marchés ! Vous avez beau prendre de grands airs, il n'en reste pas moins que vous avez acheté votre titre…

— Mon père est ministre, et je descends des rois d'Écosse ! s'étouffa Colbert d'Ormoy en tirant son épée de son baudrier. Je vais apprendre à ce fils d'épicier à respecter ses maîtres !

— À trois contre un ? s'étonna Lambert qui dégaina à son tour. Voilà qui est courageux !

— Point n'est besoin d'honneur avec la canaille ! Je m'en vais te caresser les côtes !

Les deux autres laissèrent échapper un rire tonitruant, comme si la tirade était irrésistible. Avec un bel ensemble, ils pointèrent leurs épées vers Lambert, tandis que Colbert déboutonnait son gilet pour se mettre plus à l'aise.

— Assez, maintenant les choses vont trop loin ! hurla Olympe. Elle chercha autour d'elle quelqu'un à qui demander de l'aide. Mais hélas ! l'escalier était vide et les gardes des appartements ne semblaient rien entendre.

— Laissez, Thalie, répliqua Lambert, ils ne me font pas peur. Ils auront sans doute plus de mal à me réduire au silence que les marchands d'oublies à qui ils s'en prennent d'ordinaire !

Il balaya les deux pointes d'épée d'un geste ferme du bras et cingla l'air de son arme.

— Alors, fils de ministre, viendras-tu te battre ?

Colbert d'Ormoy, qui ne s'attendait pas à une attitude si belliqueuse, fit un pas en arrière :

— Tu ne vaux guère mieux qu'un marchand d'oublies ! lança-t-il par bravade.

Olympe, morte de peur, se prit le visage à deux mains. Lambert n'avait aucune chance face à trois agresseurs.

Colbert d'Ormoy se jeta sur lui. Le bruit du métal s'entrechoquant manqua faire défaillir la jeune fille. Elle se précipita aussitôt vers les appartements du roi pour appeler les gardes au secours, mais La Ferté l'empoigna au passage et la bâillonna d'une main de fer. Olympe tenta en vain de se débattre. Le jeune homme la maintenait si solidement qu'elle resta impuissante, tandis que sous ses yeux Lambert défendait sa vie.

Le combat était inégal. Le jeune Colbert, ivre de fureur, frappait comme un forcené, sans suite ni logique. Lambert parait les coups comme il pouvait. Il était bon escrimeur, même s'il n'avait pas l'esprit bagarreur. Il ne lui fallut que quelques minutes pour désarmer Colbert, qui sous le choc tomba à genoux.

Argenson, lui, était coriace. Plus expérimenté que Lambert, il faisait un adversaire de choix. Lambert le comprit à ses dépens en sentant sur son bras la brûlure d'une estafilade.

Aucun d'eux ne vit arriver la grosse ombre d'Alexandre Bontemps qui montait l'escalier en soufflant poussivement.

— Que se passe-t-il donc ici ? tonna le valet.

Le combat cessa aussitôt.

— Je vous rappelle qu'il est interdit de se battre en duel, ajouta-t-il. À ce jeu-là, on finit souvent à la Bastille !

— Regardez, Bontemps, s'écria La Ferté en poussant brutalement Olympe devant lui. Nous avons trouvé cette catin à faire son sale métier.

Bontemps se recula d'un pas de dégoût, tant l'haleine de La Ferté empestait l'alcool.

— Ce parvenu veut nous empêcher de faire notre devoir en l'expulsant d'ici, s'écria Colbert d'Ormoy.

Mais Bontemps lui coupa la parole :

— M. de Croisselle est d'aussi noble naissance que vous, et je me porte garant de mademoiselle. Rangez ces armes, messieurs. Prenez garde que le roi ne sache rien de cet incident, ou il vous en cuira.

Mais les trois hommes, sûrs de leur bon droit, le toisèrent, entre mépris et arrogance.

— Des menaces, Bontemps ? ricana Colbert. Mon père vous fera renvoyer quand il saura comment vous m'avez traité !

— Changez de ton, monsieur, répliqua froidement le valet. Votre père en a assez de vos frasques. J'ai dans mon bureau une lettre de cachet qui n'attend plus que votre nom et la signature du roi. Vous pourriez bien finir le carnaval dans un cachot à la Bastille…

Cela n'eut pas l'air de calmer le jeune Colbert. Le regard plein de morgue, il alla se planter sous son nez, pour lui dire sur un ton de défi :

— Un jour, vous me demanderez pardon à genoux pour cet outrage !

— Sont-ce des menaces, monsieur ? demanda à son tour le gros valet.

Mais les trois jeunes gens avaient déjà tourné les talons et partaient la mine haute. Le valet poussa un soupir consterné, puis il entraîna le couple vers son appartement. Il les fit entrer et déclara d'un air pensif :

— Il me faudra surveiller ces trois-là. Vous ne les auriez pas vus avec vos Bressy, par hasard ?

Avec l'aide d'Olympe, Lambert ôtait son justaucorps pour voir l'état de sa blessure. Il fit une grimace de douleur, et alla s'asseoir :

— Non. Mais j'imagine qu'ils recrutent tout ce qui possède quelque pouvoir ou un nom connu…

— Figurez-vous, poursuivit Olympe, que Martial de Bressy était hier à la comédie. Élisabeth m'a dit qu'il ne l'avait pas quittée. Elle a si bien joué son rôle que, en partant, il devait se demander comment il allait utiliser l'argent de sa dot…

Olympe poussa un cri, la chemise de Lambert était rouge de son sang. Aussitôt le valet s'approcha, un chandelier à la main :

— Ce n'est pas profond, constata-t-il en se penchant sur la blessure. Vous avez eu de la chance, ce diable d'Argenson est une fine lame. C'est bien regrettable qu'il ait de telles fréquentations, je suis sûr qu'il ferait un bon serviteur de l'État.

— Vous rêvez, monsieur Bontemps, marmonna Olympe d'une voix chevrotante d'émotion. Ce bon à rien restera toujours une crapule. Mon pauvre Lambert, regardez dans quel état il vous a mis !

Lambert, voyant Olympe au bord des larmes, lui serra tendrement la main. Quant au valet, qui n'avait pas les yeux dans sa poche, il sourit d'un air entendu, puis répéta avec douceur :

— Ce n'est rien, mademoiselle, juste une vilaine entaille. Plus tard, M. de Croisselle pourra vous montrer sa belle cicatrice pour preuve de son courage, et vous vous souviendrez…

Olympe passa du blanc de la peur au rouge de

la honte, arracha sa main à Lambert, et s'empressa de rétorquer :

— Mais, monsieur Bontemps, je n'ai pas l'habitude de voir les messieurs tout nus pour compter leurs cicatrices ! Pour qui me prenez-vous ?

Lambert vit le gros homme rester la bouche ouverte, comme un poisson hors de l'eau.

— Je voulais dire que… Vous m'avez l'air vraiment très amis, alors je pensais que peut-être… Enfin je voulais dire que…

Bontemps s'embourbait encore davantage devant Olympe qui était si rouge que Lambert prit pitié et jeta malicieusement :

— Mademoiselle et moi sommes effectivement bons amis, monsieur Bontemps. Mais je n'exhibe pas mes cicatrices, et Olympe ne fréquente pas les messieurs tout nus. Du moins, je l'espère…

Il reçut une bourrade qu'il n'avait pas volée, et il se mit à râler gentiment :

— Aïe… ! Doucement, mademoiselle ! Je suis là à me vider de mon sang et vous me frappez. Ce n'est guère charitable… À force de fréquenter les gens du commun, vous avez attrapé leurs vilaines façons ! Aïe ! dit-il en en recevant une seconde. Tudieu, j'ai bien envie de doubler le montant des intérêts que vous me devez. Aïe !

Olympe venait de retrouver sa bonne humeur, et c'est à regret qu'Alexandre Bontemps lança :

— Trêve de badinage, nous avons à parler !

Il alla se caler dans son fauteuil, puis raconta :

— Nos informateurs du Palais-Royal[1] m'ont appris que les Bressy avaient rencontré des serviteurs de Monsieur. Des valets se seraient même vantés d'avoir bientôt beaucoup d'or. Il s'agirait, m'a-t-on dit, d'enlever quelqu'un durant le bal de Mardi-Gras. Mortaigne parlait bien de s'en prendre à Madame ?

Olympe hocha la tête. Ces informations correspondaient exactement à ce que les Confrères du Renouveau projetaient. « Ainsi, pensa-t-elle avec angoisse, leur plan était fin prêt, et le dénouement proche. »

— Oui, confirma-t-elle. Il parlait d'un ministre ou de Madame… Il disait que les mignons de Monsieur paieraient cher pour s'en débarrasser.

— Il n'y aura pas de ministre chez Monsieur. Donc, ils ont certainement dans l'idée d'enlever Madame. Madame est une des rares personnes que le roi respecte et en qui il a confiance…

— Les mignons tireraient donc les ficelles avec les Confrères ? s'étonna Lambert.

— Non, sûrement pas. Ils dilapident la fortune de Monsieur, soit… C'est vrai qu'ils détestent Madame, et qu'elle le leur rend bien. Mais ils uti-

1. Ancien palais du cardinal de Richelieu qui le légua à Louis XIII. Louis XIV y habita enfant : on donna alors le nom de Palais-Royal au Palais-Cardinal. Il devint en 1661 la résidence parisienne de Monsieur et Madame.

lisent d'autres armes que la politique. Ils ont cherché à diverses reprises à calomnier Madame. Il y a six mois, ils ont même fait croire qu'elle avait un amant. Ils espéraient que le roi la ferait enfermer au couvent.

Le valet leva les yeux au plafond, comme s'il prenait le ciel à témoin, et poursuivit :

— Madame, un amant !…

Effectivement, la grande et grosse Madame, avec ses manières de soudard et son franc-parler, n'était pas du genre à attiser les passions.

— Alors, qui sont leurs complices, si ce ne sont pas les mignons ? insista Olympe.

— Sans doute quelque jeune homme éconduit…

Bontemps se mit à rougir. La façon de vivre de Monsieur le choquait et, à vrai dire, il hésitait à en parler devant une demoiselle. Il choisit pourtant de poursuivre en pesant ses mots :

— Ils encouragent Monsieur au vice ultramontain[1]. Ils lui trouvent de jeunes valets, de beaux garçons qui… Bref ! Dès que l'un d'eux a trop d'emprise sur Monsieur, ses deux mignons le renvoient bien vite à la cuisine et aux écuries, et ils se dépêchent de lui en trouver un autre, moins ambitieux… Certains de ces pauvres jeunes gens éconduits en gardent de la rancune.

1. L'homosexualité.

— Donc cela peut être n'importe lequel de ses valets ?

— Hélas ! monsieur, et ils sont fort nombreux… Mais je m'étonne… Pensent-ils enlever Madame d'abord, et lancer l'insurrection ensuite ?

Le gros Bontemps poussa un soupir de découragement avant de conclure :

— Il nous faudra jouer serré, le soir du bal, et ne pas lâcher Madame du regard. Il va de soi que je vous aurai des invitations et des costumes…

16

Les carrosses, décorés de gros nœuds de soie, déversaient sur le perron du Palais-Royal une multitude de « masques ». Turbans, diadèmes et panaches colorés se mélangeaient sous les yeux ravis du peuple de Paris, qui, déguisé de bric et de broc, vieux oripeaux et carton bouilli, applaudissait comme au spectacle.

Une armée de laquais s'empressait de soulever les traînes des dames afin que leurs splendides costumes ne soient pas gâtés par la boue. D'autres valets, armés de bâtons, repoussaient sans ménagement les pauvres qui tentaient de quémander à la noble assistance, qui une aumône, qui une friandise. On leur jetterait tout à l'heure des poignées de confettis[1] et de menue monnaie. Sans doute se battraient-ils, comme chaque année, pour les ramasser dans l'épaisse gadoue nauséabonde de la rue.

C'était aujourd'hui Mardi-Gras, le plus beau jour du carnaval, mais aussi le dernier. Demain, mercredi des Cendres, commencerait le carême, avec son cortège de privations. Il fallait donc profiter des dernières heures de fête avant de rentrer à la maison, la tête embrumée d'alcool et l'estomac barbouillé, pour y faire pénitence pendant quarante longs jours.

Dedans, le palais était magnifiquement éclairé, et les buffets regorgeaient de friandises et de boissons. Monsieur aimait à faire les choses en grand. Près de deux cents personnes étaient déjà arrivées, et on en attendait encore autant.

Élisabeth de Coucy, déguisée en Romaine, ajusta sur ses yeux son loup de velours. Elle se tourna vers Olympe pour lui glisser :

— Madame ne danse guère. D'habitude, elle reste assise. Ce sera un jeu que de la surveiller.

— Prions le ciel que tu aies raison !

Madame portait ce soir un costume traditionnel bavarois. Cela n'avait évidemment rien d'original pour une princesse bavaroise, et, compte tenu de

1. Confetti signifie « dragées » en italien. L'habitude d'en jeter à la foule datait des Médicis. Au XIXe siècle, à Nice, on en reprit la tradition. Les dragées coûtant cher, on les remplaça par des boulettes de plâtre, puis plus récemment par des ronds de papier.

sa corpulence, on la reconnaissait au premier coup d'œil.

— Seigneur, quelle robe, fit Olympe en désignant une femme somptueusement parée de brocart d'or. En voilà une qui ne passe pas inaperçue !

— Pas « une », « un ». C'est Monsieur. Chaque année, il se déguise en femme. L'empereur romain qui le mène danser n'est autre que le chevalier de Lorraine. Nous faisons semblant de ne pas reconnaître Monsieur pour lui faire plaisir. Les dames papotent avec lui, et les hommes vont lui conter fleurette. Monsieur est ravi. Et, lorsqu'il se découvre, on se pâme de confusion, et on vante sa grâce et sa facilité à changer de sexe…

Devant elles passaient les masques les plus extravagants. Il y avait çà et là des animaux fabuleux, des Turcs, des Chinois, des Sauvages, des farfadets, bon nombre de Grecs, de Romains, d'Indiens, plus quelques sultanes, des amazones, et une multitude de chevaliers de la Table ronde.

Olympe, quant à elle, avait hérité d'un costume d'Égyptienne. Elles étaient huit, ce soir, à porter le même. C'était une idée de la princesse de Conti. Elle voulait rester incognito, et avait demandé à ses demoiselles de se déguiser comme elle. Ainsi, on ne savait plus qui était qui, de la maîtresse ou de la suivante.

Bontemps, avec l'accord de la princesse, avait

obtenu une copie du costume, ce qui permettait à Olympe de se fondre dans la masse des invités.

Les danseurs enchaînaient les menuets, les chacones, les passe-pieds, les branles... Alors qu'à Versailles chacun se tenait raide sous le regard du roi, ici au contraire les courtisans, sous leur masque, pouvaient rire et plaisanter tout à leur aise. Et ils ne s'en privaient pas.

Le roi n'aimait guère Paris. Il préférait aux rues étroites et boueuses de la capitale ses grands jardins de Versailles. Ce soir, donc, il avait décliné l'invitation de son frère, mais il avait laissé ses courtisans libres de déserter Versailles le temps d'un bal.

Nobles Romaines, Égyptiennes et Turcs s'en donnaient à cœur joie, en sautillant allégrement à l'abri des masques qui cachaient leur identité.

On profitait de cet incognito pour se faire des farces. Certains messieurs en oubliaient même leur bonne éducation. De temps en temps une dame à qui on avait pincé les fesses poussait un hurlement au milieu des éclats de rire. Afin de tromper son monde, on s'ingéniait à imiter l'allure ou la démarche de ses amis. Cela marchait fort bien, les quiproquos étaient nombreux.

— Qui êtes-vous ? demanda un dieu grec à un Sauvage du Nouveau Monde.

— Moi ? Mais le duc de Beauvilliers, bien sûr. Ne me reconnaissez-vous pas ?

— Impossible, répliqua Zeus.

— Et pourquoi donc, je vous prie ?

— Parce que c'est moi le duc de Beauvilliers !

Les deux hommes étaient repartis en riant. Le visage d'Élisabeth, qui riait elle aussi, se figea tout à coup en une grimace.

— Ah çà ! fit-elle en observant un groupe de jeunes gens près de la grande cheminée.

Il y avait là Silvère en général romain, la belle Pauline en Espagnole, et surtout Thomas en Turc enturbanné. Son regard, sous le masque, semblait plonger droit dans le décolleté d'une opulente sultane toute nimbée de voiles bleus. Il souriait aux anges et paraissait charmé.

— Ah çà, répéta Élisabeth, rongée de jalousie. Il va me le payer ! Elle fit mine de traverser la salle, mais Olympe la retint fermement par le bras.

— Assez ! Oublies-tu notre mission ?

Élisabeth, le regard noir, tentait malgré tout de se dégager pour fondre sur l'infidèle, lorsqu'un raclement de gorge se fit entendre dans leur dos. Un valet en livrée et haute perruque poudrée leur présentait un plateau chargé de verres.

— Nicolas ? s'écria Olympe.

— Chut !

— Nicolas ! fit-elle plus bas. Que fais-tu ici ?

— La même chose que toi, pardi, répliqua le fils Popin entre ses dents. La Reynie m'a fait engager. Voilà une demi-heure que je cours après toutes les Égyptiennes dans l'espoir de te retrouver.

Il tendit aux deux jeunes filles un verre de vin avec une courbette fort servile, puis il glissa :

— Les Bressy et ta belle-mère viennent d'arriver. Regarde-les, ils passent la porte.

Olympe se détourna pour voir une Athéna casquée, entourée d'un médecin de comédie et d'un homme portant un masque de chat.

— Mon père n'est pas avec eux ? demanda anxieusement Olympe.

— Depuis huit jours, personne ne l'a vu…

Il se tut tout à coup, car l'intendant de Monsieur le toisait d'un œil menaçant : un valet qui discutait avec les invités, c'était proprement inconvenant. Aussi Nicolas s'empressa-t-il de déguerpir.

Olympe resta perplexe. Ainsi son père avait disparu… Elle se souvenait avec angoisse des menaces d'Émilie si celui-ci refusait de les aider : elle avait parlé de l'éliminer.

— Je suis sûre que c'est Mlle de Rambures ! pesta Élisabeth.

L'arrivée des Bressy semblait être le cadet de ses soucis. Elle fixait toujours la sultane avec l'envie de lui arracher les yeux.

— Oh oui, c'est Mlle de Rambures ! Il n'y a qu'elle pour se donner ainsi en spectacle…

— Surveille plutôt Madame ! la coupa rudement Olympe. Je vais prévenir les autres.

Élisabeth se sentit confuse. Elle reporta aussitôt son attention sur la belle-sœur du roi, tandis qu'Olympe se dirigeait lentement vers Lambert, déguisé en troubadour.

— Nicolas s'est fait engager comme valet, lui dit-elle à mi-voix. Il vient de m'apprendre que les Bressy et ma belle-mère étaient là. Voyez-vous Athéna, le médecin et le chat ? Ce sont eux.

Lambert acquiesça de la tête.

— Je les aurai à l'œil. Mon ami Valvert a été invité. C'est le prince des Indes qui danse avec la bergère. Il n'est au courant de rien, bien sûr. J'espère qu'il ne nous posera pas de problème.

Voilà qu'une excentrique perruche les frôla. Elle lança à son amie, une Diane très dénudée :

— C'est le Dauphin, vous dis-je ! Il n'y a que lui pour se déguiser de la sorte !

Un gros bébé ventru portant une longue robe de dentelle, un bavoir et un coquet bonnet passait en se dandinant et en poussant de petits cris. Il allait d'une dame à l'autre et secouait sous leur nez un gigantesque hochet enrubanné.

Les danseurs s'écartèrent en riant. Le Dauphin avait l'art de trouver les costumes les plus cocasses. Il adorait se déguiser et avait l'habitude de changer plusieurs fois de tenue afin de tenir son public en haleine. On attendait toujours avec impatience ses apparitions, qui, si elles manquaient de solennité pour un prince, avaient au moins l'avantage d'être drôles.

— Oh non ! soupira Olympe.

Élisabeth venait de quitter son poste et fondait d'un pas décidé vers son Turc. Le pauvre, ne se doutant pas de la tornade qui allait le bousculer, riait à une plaisanterie de la sultane.

La jeune fille alla se planter sous son nez, les mains sur les hanches. Thomas, voyant son air furibond, perdit aussitôt le sourire. Quant à la sultane bleue, elle préféra s'éclipser prudemment.

— Je vous y prends, Thomas, fulminait Élisabeth alors qu'Olympe s'approchait. Nous sommes séparés officiellement, soit, mais je ne tolérerai pas que vous me ridiculisiez de façon si grossière ! Je reconnais que Mlle de Rambures a des arguments de poids…

— Vous vous trompez, la coupa le jeune homme en bafouillant. Elle me disait seulement que le Dauphin allait reparaître en bohémien et je trouvais cela drôle, c'est tout…

— Et c'est pour cette raison que vous louchiez dans son corsage ?

— Mais pas du tout…

La voix de Thomas s'étrangla. Les yeux d'Élisabeth, sous le coup, lançaient des éclairs.

— Je… n'appréciais que sa conversation.

Élisabeth lui adressa un sourire carnassier.

— Je ne savais pas que cela s'appelait ainsi, répondit-elle en baissant les yeux vers son propre décolleté désespérément plat. Évidemment, moi j'en manque… de conversation…

— Ne dites pas cela, voyons, tenta-t-il en lui prenant la main. La vôtre, de conversation, est plus… intellectuelle, c'est tout.

Élisabeth, à ces mots, s'éloigna d'un pas et le regarda hautainement en serrant les poings.

— Ce que dit Thomas est la pure vérité…, s'interposa Silvère. Non, se reprit-il devant son regard noir, pas sur votre genre de conversation, sur ce que disait Mlle de Rambures.

— Exactement, renchérit Pauline. Elle disait que le Dauphin allait revenir en bohémien, et elle nous racontait qu'avec les demoiselles de Mme de Conti, elle l'avait surnommé « gros giflard » !

— Voilà qui n'est guère charitable de sa part, persifla Élisabeth. D'autant que le Dauphin lui fait l'honneur d'être lui aussi très sensible aux charmes de sa… conversation. Il semble, hélas, que notre pauvre Dauphine ne soit plus à son goût !

Pauline piqua du nez. La jeune femme du Dauphin était souvent malade. Ce n'était plus un secret que, en son absence, certaines de ses demoiselles avaient entrepris de s'occuper de son époux.

— Reprenons nos postes, jeta Olympe en se mettant au milieu. La vie privée de Monseigneur ne regarde personne.

Elle attrapa Élisabeth par le bras et la poussa sans ménagement en direction du buffet.

— Mais enfin, expliqua son amie sur un ton indigné, je ne pouvais laisser cette fille faire de l'œil à mon fiancé, sous prétexte qu'il est libre ! Je suis si laide que Mlle de Rambures pouvait me l'enlever rien qu'en claquant des doigts !

— Tu n'es pas laide ! Tais-toi, et surveille Madame. Seigneur ! Où est Madame ?

Madame n'était plus assise, Madame avait disparu ! Olympe chercha autour d'elle, sans résultat. Elle se précipita avec angoisse vers la porte qui menait au salon voisin. Un valet qui passait près d'elle lança à voix basse :

— Elle danse. Essaye d'être plus attentive !

Nicolas repartit aussitôt, et elle poussa un ouf de soulagement. Effectivement Madame dansait avec un vieux druide moitié moins haut qu'elle, le Grand Condé, à n'en pas douter.

La musique se tut tout à coup, un majordome s'écria d'une forte voix :

— Place à Sa Majesté Carnaval !

Un énorme bonhomme à demi nu fit son entrée à cheval sur un cochon. À son cou pendaient des chapelets de saucisses. Sa bedaine lui tombait sur les cuisses et l'on avait couronné sa tête de feuilles de vigne. Pour finir, il brandissait un jambon, comme s'il s'agissait d'un sceptre.

Carnaval riait, sa face rubiconde se tordait en grimaces. Monsieur et le chevalier de Lorraine s'empressèrent d'accueillir cet invité de marque avec force courbettes. Les convives, comprenant que leur hôte leur proposait un divertissement d'un nouveau genre, ployèrent joyeusement dans des révérences exagérées pour saluer le roi de la soirée.

— Place à Messire Carême !

C'était un homme immense et décharné, vêtu d'une soutane. Ses yeux enfoncés dans ses orbites et son teint blême lui donnaient un air de cadavre tout droit sorti du tombeau.

La foule se mit à le huer. Carnaval descendit de son cochon pour faire face à Carême. Aussitôt les invités se pressèrent autour d'eux, tout excités : ce soir, Monsieur allait leur offrir un combat ! D'ailleurs, les deux hommes se faisaient déjà face.

— Arrière, païen ! fit Carême en brandissant sa croix. Carnaval partit d'un éclat de rire tonitruant. Il fit des moulinets avec son jambon en criant :

— Viens te battre, rabat-joie ! Veux-tu donc empêcher ces nobles seigneurs de faire la fête ?

Les invités hurlèrent, prenant fait et cause pour le gros homme, tandis que le grand échalas se signait d'un air offusqué.

Olympe, sans trop savoir comment, se retrouva au premier rang. Elle tenta de faire demi-tour mais l'assistance était si serrée qu'elle ne put sortir du cercle.

À présent les deux hommes s'empoignaient sauvagement devant les invités qui criaient leurs encouragements. On savait, évidemment, que Carême aurait le dessus, mais on espérait bien que Carnaval lui donnerait une bonne correction avant de s'avouer vaincu.

Les deux hommes ne ménageaient ni leur peine, ni leurs effets. Ils se couvraient de coups et d'insultes, à la grande joie des spectateurs. Certains recevaient au passage quelques gifles qui ne leur étaient pas destinées, mais l'on était bien aise de s'encanailler. Voilà qui changeait agréablement de la pompe de Versailles !

Carnaval coinça la tête de Carême sous son bras et le bourra de coups de poing. L'autre battit des jambes en tous sens pour se dégager. Il y parvint enfin et arracha le collier de saucisses de son adversaire, qu'il envoya dans la foule. Le voisin d'Olympe, qui venait de le recevoir en pleine figure, se mit à hurler de rire en brandissant son trophée. Sa joie fut de courte durée, car les combattants en titubant tombèrent sur lui. Olympe, entraînée malgré elle dans leur chute, se releva en pestant.

Elle détestait ce genre d'amusement grossier. Avaient-ils besoin de se battre pour de bon ? Il aurait suffi qu'ils fassent semblant, comme au théâtre. Mais les spectateurs auraient sans doute trouvé cela moins drôle.

— Mon masque ! réalisa-t-elle tout à coup en passant la main sur son visage nu. Olympe se mit à le chercher et le retrouva à terre. Elle le posa sur son visage et en noua solidement le ruban. Mais en relevant la tête, elle vit, de l'autre côté du cercle, Émilie, le regard fixe, qui l'observait.

« Depuis quand l'observait-elle ? se demanda la jeune fille avec angoisse. Émilie était seule. Où donc se trouvaient le chat et le médecin ? » Lambert, lui aussi, avait assisté à la scène. D'un geste, il lui fit signe de s'éloigner.

C'est le moment que choisit Carême pour terrasser Carnaval. Le gros homme, qui jugeait sans doute avoir reçu assez de coups, se laissa glisser à terre avec un râle de moribond. Carême posa aussitôt un pied sur la bedaine nue de son adversaire et leva bien haut son crucifix en signe de victoire : la religion avait une fois de plus triomphé du paganisme.

La musique reprenait, et les couples de danseurs se formaient à nouveau. Le cœur battant la chamade, Olympe joua des coudes et parvint enfin à sortir du cercle des curieux.

Elle sentait sur sa nuque le regard de sa belle-mère, comme une brûlure. Elle avait été reconnue, maintenant elle en était sûre.

Olympe avisa cinq Égyptiennes qui discutaient ensemble. Voilà ce qu'il lui fallait. Elles avaient toutes à peu près sa taille et sa corpulence. Avec un peu de chance, Émilie finirait par ne plus la distinguer dans le lot.

Les demoiselles de la princesse de Conti formaient une joyeuse troupe à la Cour. Olympe alla se placer près d'elles et leur lança sur le ton de la plaisanterie :

— Nous sommes découvertes, mesdemoiselles, il y a des jeunes gentilshommes qui nous observent et qui prétendent nous désigner l'une après l'autre par nos noms…

— Quelle impudence ! fit en riant l'une des jeunes filles, aux magnifiques yeux marron. Mélangeons-nous et séparons-nous, ils en seront pour leurs frais !

— Vous avez raison, madame, ils ne vous auront pas ! répliqua sa voisine.

Olympe comprit sa chance. Elle avait sous les yeux la princesse de Conti en personne, qui tenait tant à son incognito.

— Sont-ils beaux, au moins ? demanda une troisième en minaudant.

— Ne vous fiez pas aux masques, susurra la princesse. Ils sont peut-être vieux et très laids. Tenez, voici mon frère en bohémien !

Olympe se retourna pour voir le Dauphin dans son nouveau costume : chemise rouge, ample culotte jaune, gilet en daim, foulard à fleurs noué sur la tête et long masque de cuir fauve.

— C'est étrange, fit la princesse en fronçant le front. C'est son costume, mais je jurerais que ce n'est pas mon frère…

— Il sait si bien se déguiser, pouffa sa voisine, qu'il est encore plus ridicule que d'ordinaire.

— Vilaine ! s'indigna faussement la princesse. Je lui dirai que vous vous gaussez de lui !

— Et moi, madame, je sais bien comment me faire pardonner…

Les Égyptiennes se mirent à rire sans retenue devant l'œillade coquine que leur lança la jeune fille. Au loin, Émilie observait elle aussi le Dauphin, c'était le moment de changer de place.

— Bougeons, mesdames, bougeons, fit Olympe d'une voix gaie. Ou nous serons découvertes !

Elles commencèrent à faire une chaîne qui se termina dans une joyeuse pagaille, puis elles s'éparpillèrent comme une volée de moineaux. Olympe vit Lambert lui faire un signe victorieux car sa belle-mère regardait toujours le Dauphin.

La jeune fille s'éloignait d'un pas nonchalant lorsque Marie-Anne de Conti vint la prendre par le bras. La princesse lui glissa à l'oreille tout en cheminant :

— Je ne connais pas votre vrai nom, mademoiselle de Beauregard, mais je vous ai sauvé la mise ce soir. À vous de me rendre service.

Ainsi, la fille du roi savait qu'elle n'était pas l'une de ses suivantes… Mais la jeune princesse poursuivait :

— J'aimerais que vous m'accompagniez jusqu'à un petit salon où m'attend un ami. Je ne vous demanderai que de monter la garde pendant que je m'entretiendrai avec lui. Cela ne durera pas longtemps.

— Pardonnez-moi, madame, mais pourquoi ne demandez-vous pas ce service à l'une de vos demoiselles ?

— Parce qu'elles sont incapables de garder un secret… Bontemps m'a parlé de vos problèmes. J'ai tout lieu de croire que vous tiendrez votre langue. Je ne m'abaisserai pas à vous supplier, mademoiselle, mais sachez que je ne suis guère heureuse en ménage et que j'aime ailleurs… Votre père veut vous contraindre au couvent, le mien m'a donnée à un homme que je n'aime pas. Ce sera votre secret contre le mien.

Olympe acquiesça et la suivit d'un air résigné. Il lui déplaisait d'aider la jeune princesse à rencontrer son amoureux, même sous prétexte que son mari n'était qu'un nigaud. Mais la situation avait au moins un avantage, Émilie n'irait pas la chercher dans un couloir obscur à l'autre bout du Palais-Royal.

— Nous y voilà, souffla Marie-Anne de Conti d'une voix tremblante d'émotion. C'est la pièce où mon frère, le Dauphin, vient se changer…

Elle serra le bras d'Olympe, comme pour se donner du courage, et frappa à une petite porte qui s'ouvrit aussitôt.

— Faites le guet, je vous prie, lui chuchota-t-elle en entrant.

Olympe entrevit une silhouette et, sur une chaise, le costume de bébé laissé par le fils du roi. Puis la porte se referma sans bruit, aussi vite qu'elle s'était ouverte. L'homme n'était autre que le prince de La Roche-sur-Yon, le beau-frère de la princesse et l'ami du Dauphin.

Olympe, seule dans le petit couloir, croisa les bras en soupirant. Elle se retrouvait, bien malgré elle, mêlée aux amours de la fille du roi, il fallait qu'elle en prenne son parti. Mais après tout, pensa-t-elle avec bon sens, Madame était sous bonne garde, et M. de La Reynie contrôlait le Palais-Royal : il ne pouvait rien arriver de fâcheux.

Elle alla coller son nez à une fenêtre pour passer le temps, et regarda au-dehors les Parisiens qui fêtaient Mardi-Gras à la lueur des torches.

Les danseurs se trémoussaient, les mains sur les hanches, autour des feux de joie. Les masques se régalaient de saucisses et de bière, les taverniers encaissaient la monnaie.

« Et les lavandières, que faisaient-elles ce soir ? pensa-t-elle avec nostalgie. Sans doute s'étaient-elles déguisées en princesses avec le linge des clients ! On devait bien s'amuser au *Bon Pasteur.* »

Cette nuit, le guet aurait fort à faire, car les Parisiens, ivres et masqués, se défouleraient au mépris de toutes lois. Bagarres, vols et débauche étaient le lot de tous les Mardi-Gras. Certains jouaient à des jeux cruels. On avait dressé des mâts de cocagne où pendaient des oies vivantes. Le jeu consistait à frapper un volatile, les yeux bandés, avec un bâton. Celui qui le tuait le gagnait.

Olympe détourna les yeux avec dégoût. Plus loin, cela ne valait guère mieux. On avait pendu par la queue un chat que des jeunes gens devaient étouffer à l'aide d'une seule main nue. Le chat crachait, griffait, et défendait chèrement sa peau. La plupart des candidats repartaient avec le visage et la main lacérés sous les rires de l'assistance. Mais l'animal ne faisait pas long feu, et l'on ne tardait pas à remplacer le chat mort par un autre bien vivant. À Paris, ce n'était pas les chats errants qui manquaient…

— Barbares, soupira Olympe le front contre le carreau. Certains hommes se conduisent vraiment pis que des bêtes !

Elle entendit comme un frôlement dans son dos. Elle se retourna vivement, le temps d'entrevoir l'ombre étrange d'un grand chat dans le clair-obscur du couloir. Décidément, ce soir elle en voyait partout !

— L'homme au masque de chat ! réalisa-t-elle trop tard, juste avant qu'un coup de poing ne s'abatte sur sa nuque.

Puis elle perdit connaissance.

17

Elle avait la bouche pâteuse et le cœur au bord des lèvres. Et ce maudit mal de tête qui lui enserrait la nuque comme dans un étau…

La chaise était dure. Olympe souleva une main pour se masser le cou. Elle ouvrit un œil avec difficulté et aperçut les rayonnages d'une bibliothèque. Bibliothèque ? Était-elle à Versailles ou au Palais-Royal ? Elle essaya de rassembler ses idées. Le bal… La princesse… Le couloir… Les chats que l'on martyrisait…

Le chat ! L'homme au masque de chat !

— Notre belle endormie est enfin réveillée, fit une voix sarcastique à son côté.

Olympe retrouva ses esprits pour de bon. Elle

était chez elle, dans la maison de son père. L'abbé de Bressy, l'homme au masque de chat, était négligemment assis, les jambes croisées. Émilie allait et venait nerveusement, sourcils froncés et poings serrés.

— Calmez-vous, madame, fit l'abbé. Ne vous ai-je pas dit que tout se passerait bien ?

— Vous trouvez ? railla Émilie en hochant la tête. Notre plan ne fait que commencer, et cette peste était encore là à nous poser des problèmes !

L'abbé se mit à rire.

— Maintenant, elle ne nous en posera plus. N'est-ce pas, mademoiselle ?

Cette dernière ne pipa mot. L'abbé semblait bien sûr de lui. Avaient-ils réussi à enlever Madame au nez et à la barbe de la police ?

— Vous saviez tout, n'est-ce pas ? demanda Émilie à la jeune fille.

— À propos de quoi, je vous prie ? interrogea innocemment Olympe.

— De nos projets !

La douleur au crâne lui embrumait l'esprit, mais il lui fallait réfléchir rapidement. Mieux valait leur laisser croire qu'elle ne savait rien. Elle prit un ton plaintif pour répondre :

— Je m'en moque bien, de vos projets ! Je ne veux pas aller au couvent ! Je vous en supplie, je ferai tout ce que vous voudrez ! Prenez ma dot, mais par pitié, point de couvent !

L'abbé éclata de nouveau de rire.

— Je vous l'avais bien dit, elle ne sait rien !

— C'est pourtant une étrange coïncidence qu'on la retrouve chaque fois sur notre route.

Sa belle-mère se tourna vers elle pour lui lancer :

— Que faisiez-vous au Palais-Royal ?

— J'y étais avec mon amie, Mlle de Saint-Béryl, mentit Olympe avec naturel. Elle est très liée avec Mme de Conti qui m'a prêté ce costume, voilà tout. Je voulais seulement faire la fête.

— Vous voyez bien, se rengorgea l'abbé. C'est juste une tête de linotte…

— Tête de linotte ? répéta Émilie avec fureur. Elle a volé mes bijoux et elle s'est cachée dans les bouges les plus sordides ! Est-ce là l'attitude d'une écervelée ? Que non pas. Elle nous trompe, vous dis-je !

Elle cogna rageusement du poing sur la table, puis elle se tourna vers Olympe pour lui crier :

— Où sont mes bijoux ?

— Vos bijoux ? fit ironiquement Olympe. Je ne voyais pas les choses ainsi.

Avant qu'elle ait pu réagir, Émilie lui assena une gifle retentissante qui lui coupa le souffle. Elle sentit ses oreilles bourdonner, et trouva la force de répliquer :

— Je ne les ai plus, vos bijoux. Je les ai tous vendus. Et puis j'en ai joué une bonne partie. Sans compter qu'après tous ces mois de vie misérable, j'avais envie de robes neuves.

— Cent mille livres perdues au jeu... ?

— Oh, laissa tomber Olympe, Mme de Montespan perd cette somme en une soirée. Une robe coûte au moins trois cents livres. Il faut bien en posséder cinq ou six, si on ne veut pas avoir l'air d'une pauvresse...

L'abbé se leva en ricanant :

— Madame, vous voilà battue ! Cette jeune personne est encore plus dépensière que vous !

— Je ne vous crois pas, insista Émilie, furibonde. Vous aimiez trop ces souvenirs pour les vendre... Elle nous ment, l'abbé, faites donc quelque chose !

Olympe se contenta de hausser les épaules, comme si l'affaire ne l'intéressait plus.

— Très bien, mademoiselle, soupira l'abbé, je vous conduirai moi-même aux Madelonnettes dès demain. J'y connais quelques gardiennes qui sauront vous faire entendre raison...

— Pourquoi les Madelonnettes ? enragea Émilie devant le mutisme d'Olympe. Grobois ne demandera qu'à s'en charger !

Olympe ferma les yeux, au bord de la nausée. Elle se rappelait fort bien le sort que le policier avait réservé à Meunier, le prêteur sur gages : il l'avait torturé à mort. Mais elle préférait mourir plutôt que de rendre ses bijoux !

— Où est mon père ? Je veux le voir !

— Ce que vous voulez m'indiffère ! Où sont les bijoux ? hurla Émilie en levant de nouveau la main pour la frapper.

Fort heureusement, la porte s'ouvrit et la main d'Émilie retomba. Elle se précipita, l'air anxieux, vers le nouveau venu, le comte de Mortaigne, qui avait revêtu l'uniforme bleu à parements rouges des gardes-françaises.

— Tout est prêt, nous pouvons envoyer les messagers en province, fit ce dernier avec un grand sourire victorieux. Ma chère, j'ai fait enfermer les domestiques au grenier et j'ai mis notre ami dans votre chambre.

— Mais… où coucherai-je donc ? jeta la jeune femme d'un air contrarié.

— Eh bien, prenez une autre chambre. Convenez que la vôtre est la seule digne de son rang ! Vous ne voudriez tout de même pas que le Dauph…

— Taisez-vous donc !

L'ordre claqua si sèchement que Mortaigne se tut aussitôt. Le regard furieux d'Émilie alla de la jeune prisonnière à l'abbé puis fixa enfin le comte. Mortaigne avisa alors Olympe qui s'était tassée un peu plus sur sa chaise. Il s'inquiéta, mais trop tard :

— Elle ne savait rien ?

— Non. Mais grâce à vous, maintenant, elle sait.

Olympe sentit une chape de plomb peser sur ses épaules. Comment avaient-ils pu être assez stupides pour penser que, parmi tous les invités, seule Madame puisse être visée ?

Bien sûr, maintenant tout s'éclairait : la princesse qui ne reconnaissait pas son frère au bal, et sa propre agression devant le salon où le Dauphin venait de se changer…

Ils n'avaient pas prévu, évidemment, que Mme de Conti irait s'y faire conter fleurette par son beau-frère, et moins encore que quelqu'un y monterait la garde. Sans doute avaient-ils caché le Dauphin dans la pièce voisine, en attendant, pour l'emmener, qu'elle-même parte du couloir…

Puis, pressés par le temps, ils l'avaient assommée et emmenée aussi. Quelle surprise avait dû avoir Émilie en retrouvant sa belle-fille !

— Quel est le problème ? fit Mortaigne avec suffisance. Mademoiselle connaît le nom de notre invité, soit, mais elle ignore les raisons de sa présence parmi nous. Son père veut qu'elle entre au couvent, je crois… Nous l'y accompagnerons donc dès demain. D'ici là, notre illustre invité aura la plus charmante des compagnies. Gageons qu'il appréciera cette touchante attention…

Émilie attrapa brutalement Olympe par le bras pour la faire lever de force, mais à son grand étonnement, la jeune fille ne résista pas. Entourée de ses geôliers, elle sortit de la pièce et monta l'escalier, la tête basse et l'air résigné.

« Qu'ils l'enferment donc dans une chambre du

premier étage avec le Dauphin, pensa-t-elle en souriant intérieurement. Elle ne tarderait pas à leur fausser compagnie ! »

*
* *

— Tu ne le croiras jamais ! fit Jason de Valvert.

— Quoi donc ? demanda distraitement Lambert, les yeux fixés sur la porte du salon.

Voilà près d'une demi-heure qu'Olympe était sortie avec sa compagne, et depuis, il n'avait revu ni l'une ni l'autre.

Les danseurs dansaient, les rieurs riaient, Madame bâillait sur sa chaise, Monsieur faisait la coquette, les pique-assiette s'empiffraient au buffet, tandis que les galants se bécotaient dans les recoins sombres…

Athéna et le chat étaient repartis, quant au médecin, il semblait s'ennuyer ferme en observant les pitreries du Dauphin. Rien. Il ne se passait rien. Bontemps s'était trompé, il n'y aurait aucun enlèvement au bal de Monsieur.

Depuis un moment, Nicolas Popin passait et repassait, en leur lançant des regards inquiets. Peut-être avait-il du nouveau ?

— Oh ! Tu m'écoutes ? fulmina Jason.

— Oui, je t'écoute, soupira Lambert.

— Mais que veut-il, ce valet… ? Voilà cinq bonnes minutes qu'il nous tourne autour.

— Alors, qu'y a-t-il d'incroyable ?

— Il y a une Égyptienne qui a perdu son masque. Elle ressemblait à s'y méprendre à la belle Popinière ! À s'y méprendre, te dis-je !

Lambert manqua éclater de rire.

— Je jurerais que c'était elle, reprit Jason. Comment une boutiquière a-t-elle pu se faire inviter ici ? Mais que veut-il donc, ce valet… ?

Nicolas venait de le frôler, son plateau à la main. Jason s'empourpra tout à coup et prit un air outré pour glisser à Lambert entre ses dents :

— On m'avait bien dit que les valets de Monsieur avaient, comme leur maître, des mœurs particulières… Mais là c'est trop fort ! Regarde-le, on dirait qu'il te fait de l'œil !

Effectivement, Nicolas, qui en avait sans doute assez d'attendre, faisait à présent d'éloquentes grimaces à Lambert.

— Ah çà ! mais… Ah çà ! mais, s'indigna de nouveau Jason, voilà qu'il revient !

— N'est-ce point ta cousine Amélie ? demanda Lambert pour détourner son attention.

— Où donc ?

— Dans cette encoignure de fenêtre toute sombre, la bergère qui donne sa main à baiser à ce croisé. Ils ont l'air d'être au mieux…

— Comment ça, au mieux ? fit Jason avec inquiétude. Tudieu, je vais la voir de ce pas !

Il n'avait pas tourné les talons que Nicolas se précipitait vers Lambert pour lui souffler :

— Olympe a disparu, monsieur ! Il nous manque deux Égyptiennes, et l'une d'elles est partie du Palais par une petite porte voilà plus d'une demi-heure. La femme qui l'accompagnait, une Athéna, a dit aux gardes qu'elle avait eu un malaise.

— Mais l'autre Égyptienne, ne peut-elle nous dire ce qui s'est passé ?

— C'est là où l'affaire se gâte, monsieur. L'autre Égyptienne est sans doute Mme de Conti, que ses demoiselles cherchent partout. Il y a gros à parier qu'elle est en galante compagnie. Jugez du scandale si l'on fouille le Palais à sa recherche, et pire, si on la retrouve avec un homme…

Lambert poussa un soupir. Puis une pensée abominable lui fit dresser les cheveux sur la tête :

— Et si Olympe était encore au Palais-Royal, et que la princesse de Conti ait été enlevée… ?

Nicolas déglutit péniblement. Il y avait pensé, évidemment, et M. de La Reynie aussi.

— Le roi nous transformerait en chair à pâté !

— Je vais réunir nos amis, peut-être auront-ils une idée. Dites à M. de La Reynie que nous nous tenons prêts à fouiller le Palais-Royal, pièce par pièce, jusqu'à ce qu'on la retrouve.

Nicolas acquiesça, puis il repartit aussitôt.

— Vraiment, tu me déçois ! s'écria Jason dans son dos. Il fallait me le dire que tu préférais la compagnie de la canaille à la mienne ! On m'avait parlé de tes extravagances à la Cour, mais de là à fréquenter les mignons de Monsieur…

— Ce n'est guère le moment, jeta Lambert avec agacement alors que Jason l'agrippait.

— Tu es si bizarre depuis quelques mois… Depuis cette affaire de Mlle de Clos-Renault ! Je sais bien qu'il est de bon ton pour les jeunes gens de la Cour de… chasser à plumes et à poils, mais ce n'est pas une raison pour les imiter…

— Pitié, Jason, fit Lambert en se dégageant. J'ai quelqu'un à voir, nous en parlerons plus tard…

— Voir qui donc, je te prie ?

— Un homme.

— Un homme ! Seigneur ! Ainsi j'avais raison…

Mais Lambert alla aussitôt près de Thomas. Sans même faire attention à Jason, il expliqua :

— Olympe a disparu.

— Olympe ? Olympe qui ? demanda Jason dans son dos.

Élisabeth ne put retenir un cri :

— Thalie a disparu ? Mais où, quand ?

— Voilà une demi-heure, avec Mme de Conti.

— Thalie ? Mais Thalie qui ? fit Jason.

Silvère, Pauline, Thomas et Élisabeth fixèrent avec étonnement cet Indien inconnu qui posait des questions si stupides, mais personne ne prit la peine de lui répondre.

— Vous voulez dire qu'elles ont disparu toutes les deux ? s'étonna Thomas. C'était donc la princesse qui était visée, et non Madame ?

— Vous faites erreur, lança Pauline, voilà notre Égyptienne !

Ils se détournèrent pour voir une jeune fille en longue robe blanche, perruque nattée noire et large collier de turquoises. Elle entrait au salon d'un air digne, mais ses yeux sous le masque regardaient nerveusement de tous côtés.

— Yeux marron. C'est Mme de Conti.

— Je vais lui parler, jeta Lambert. Elle doit bien savoir où est Olympe.

— Sac à papier, fit Jason sur un ton excédé, me dira-t-on enfin qui est cette Olympe ?

Mais Lambert était déjà parti. Il accosta la jeune femme sans même se soucier de son rang.

— Madame, où est Mlle de Beauregard ?

La belle princesse resta un instant sans voix, puis elle répondit en détournant le regard.

— Je ne connais personne de ce nom, monsieur. Veuillez ne point m'importuner.

— Non, madame la princesse. Nous vous avons vue partir avec elle. Ce que vous faisiez dans les appartements de Monsieur m'importe peu…

La jeune femme, dont les beaux yeux marron

brillaient à présent de frayeur, le coupa sur un ton agressif :

— Si vous cherchez à me nuire, monsieur, je nierai tout en bloc !

— Olympe a disparu, madame !

Elle redressa le menton comme pour lancer une réplique acerbe, mais, contre toute attente, elle resta muette.

— Madame, je vous en prie ! Je ne suis pas votre ennemi. Préférez-vous que ce soit M. de La Reynie qui vous interroge ?

L'argument fit mouche, Lambert vit la belle princesse baisser la tête.

— Soit, reconnut-elle. J'étais avec elle. Je suis allée… me reposer dans le salon de mon frère, tandis qu'elle montait la garde devant la porte. Mais lorsque je suis ressortie, cette traîtresse avait disparu ! J'en étais fort marrie, imaginez qu'on soit entré… Pensez à l'outrage que j'aurais subi…

Elle ferma les yeux en imaginant sans doute la scène, mais Lambert n'avait aucune envie de plaindre l'infidèle.

— Quand on joue avec le feu, madame, répliqua-t-il vertement, il faut s'attendre à se brûler !

À ces mots, la jeune princesse retrouva vite son air hautain :

— Je ne suis pas d'humeur à écouter vos leçons. Je ne sais rien, je n'ai rien vu, et je vous prie de ne point me mêler à cette affaire !

Lambert la regarda rejoindre ses demoiselles, puis il retourna auprès de ses amis. Cette histoire prenait une tournure vraiment déconcertante.

— Pourquoi sont-ils partis avec Thalie ? demanda pensivement Élisabeth. Alors qu'il leur aurait été si facile d'enlever la fille du roi…

— Thalie qui ? risqua la voix de Jason.

— Il ne reste plus ici que Martial de Bressy, mais Madame ne semble guère l'intéresser. Voilà une bonne demi-heure qu'il observe le Dauphin faire le pitre en bohémien…

— Ah mais non, ce n'est pas le Dauphin.

— Pourquoi diable… Que disais-tu, Jason ?

— Je disais que ce n'était pas le Dauphin.

— Vous vous trompez, monsieur, fit Thomas. Son amie, Mlle de Rambures, nous a appris elle-même qu'il devait reparaître en bohémien.

— Sans doute, mais ce bohémien-ci n'est pas le Dauphin, insista Jason. D'ailleurs, j'ai entendu cet homme en médecin lui dire tout à l'heure : « Courage, Goussey, il n'y en a plus pour longtemps. »

— Goussey ? s'écria Lambert. Pourquoi n'en as-tu pas parlé plus tôt ?

Les cinq amis se retournèrent comme un seul homme pour observer le fameux bohémien qui dansait avec la grâce d'un pachyderme.

— Parce que… personne ne me l'a demandé, pardi, répliqua enfin Jason en haussant les épaules. Personne ne me dit jamais rien à moi…

— Votre ami a raison, souffla Thomas. Regardez ses pieds… Monseigneur a des petits pieds de femme, et ce bohémien en a d'immenses… Ce n'est pas le Dauphin.

Le même soupçon horrible les effleura en même temps. Ils se regardèrent avec effroi.

— Le roi ne va pas être content du tout…

— Ont-ils des culs-de-basse-fosse avec cabinet de bain à la Bastille ? tenta de plaisanter Thomas.

— Je ne crois pas, mon ami, soupira Élisabeth. N'ayez crainte, je vous écrirai depuis le couvent où le roi me fera enfermer…

Ils s'étaient laissé prendre de la manière la plus grossière, mais le plus dur restait à faire.

— Qui annoncera la nouvelle à M. de La Reynie ?

— Attendez, attendez…, reprit Élisabeth. Il nous reste une chance…

Devant leur air sceptique, elle poursuivit :

— Nous avons encore un vrai Bressy et un faux Dauphin. Il nous suffirait de les forcer à partir… pour rejoindre leurs complices au plus vite.

— Ainsi ils nous mèneraient tout droit où ils gardent Monseigneur ! termina Lambert. Et à Olympe, bien sûr !

— Exactement.

Un peu d'espoir leur était revenu. Il fallait maintenant trouver un plan.

— Qu'est-ce qui pourrait les obliger à partir de toute urgence ? demanda Lambert.

— Une déclaration de guerre ?

— Non. Que le château de Versailles brûle ?

— Que Paris soit attaqué par la marine suisse, plaisanta Jason.

— Imbécile ! Et pourquoi pas par les gardes du Vatican, pendant que tu y es ?

— Je sais, s'écria Élisabeth d'un air rusé. Les mensonges les plus gros sont toujours les meilleurs. Et je vous le prouve…

Thomas l'attrapa par le bras avant qu'elle ne s'éloigne.

— Pas d'héroïsme, ma chère. Que comptez-vous faire ? lui dit-il d'une voix inquiète.

— Je m'en vais vous éviter la Bastille, Thomas. Sans compter que je n'apprécie guère le couvent, cela vaut donc la peine de courir quelques risques. Prévenez M. de La Reynie que nos deux amis vont nous quitter sans tarder.

Sans plus d'explication, elle se dégagea et fonça tête baissée jusqu'au médecin de comédie.

— C'est bien vous, monsieur de Bressy ? fit-elle d'une voix inquiète. Oui, c'est vous, je reconnaîtrais votre belle prestance sous n'importe quel déguisement… C'est moi, Élisabeth de Coucy.

La jeune fille souleva son masque un instant, pour qu'il puisse vérifier son identité.

— Il faut que je vous parle… Monsieur, c'est

abominable… Je viens d'apprendre une nouvelle… Oh, je n'ose en parler… Personne ne le sait encore, c'est si affreux…

Elle se passa une main sur le front, comme au comble de l'émotion, puis regarda à droite et à gauche, d'un air affolé. L'homme, intrigué, la pressa alors :

— Dites, je vous prie. Est-ce donc si terrible ?

— Seigneur ! fit Élisabeth d'une voix mourante. J'ai promis le silence… mais il faut que je vous en parle ! Vous êtes mon ami après tout, et… c'est un secret si lourd…

Bressy, la bouche ouverte, était à point.

— Un messager vient d'arriver de Versailles, la nouvelle est encore secrète. Le roi se meurt !

— Que dites-vous ? s'écria Bressy.

— Chut ! Il se meurt, vous dis-je. Il s'est rompu le cou voilà une heure en tombant dans le grand escalier. Il a perdu conscience et les médecins désespèrent de le sauver. Seigneur, nous voilà bientôt sans roi ! Que va devenir la France ?

L'homme paraissait abasourdi par la nouvelle. Fort heureusement, il ne semblait pas mettre en doute les informations d'Élisabeth. Celle-ci en profita pour enfoncer le clou :

— Je l'ai appris par Mlle de Rambures. Vous savez sans doute qu'elle est… très liée avec le Dauphin. On lui a demandé de le prévenir, Monseigneur est si sensible… Pauvre Monseigneur !

Regardez-le s'amuser ! Dire que demain, il sera roi… Demain ? que dis-je, tout à l'heure peut-être ! Mais où allez-vous, monsieur de Bressy ?

Élisabeth manqua éclater de rire : Martial de Bressy était parti si vite qu'il n'avait même pas pris la peine de lui dire merci ! Elle le regarda foncer sur le Bohémien pour lui glisser quelques mots à l'oreille. Ce dernier s'arrêta aussitôt de danser, pour le suivre dans un coin du salon. Après quelques bribes de conversation, les deux hommes sortirent sans attendre.

— Et voilà ! fit Élisabeth en se frottant les mains.

— Que lui avez-vous raconté ? souffla Thomas.

— Que le roi se mourait, naturellement, fit-elle en riant. Que pourrait espérer un conspirateur, si ce n'est de voir son ennemi disparaître. De plus, ils pensent détenir son successeur… C'est donc pour eux une chance inespérée !

— Vous avez du génie ! fit Thomas avec fierté.

— Oui, répliqua Élisabeth très modestement, tâchez de ne pas l'oublier la prochaine fois que vous loucherez dans le corsage d'une idiote…

— Je n'y comprends vraiment rien, marmonna Jason. Pourquoi raconter que le roi est mort ? Vous avez de drôles d'amusements ! Tudieu, mais revoilà encore cet effronté de valet !

— Sommes-nous prêts à partir ? demanda Lambert à Nicolas, qui acquiesça de la tête. Allons délivrer Olympe…

— Mais enfin, qui est Olympe ?

18

— Que diriez-vous, Monseigneur, d'une poularde à la crème ? proposa Mortaigne d'un air servile. Accompagnée d'un rôti de chevreuil et d'une douzaine de pigeons farcis…

Le Dauphin hocha la tête, satisfait.

— Entendu, fit-il avec gourmandise. Pour finir je prendrai quelques compotes et de la tourte aux poires…

— Hélas ! Monseigneur, nous n'en avons pas.

— Ennuyeux, navrant… Enfin, faites au mieux.

Mortaigne se plia en un profond salut, puis il sortit à reculons. Une fois la porte close, Olympe entendit le clic de la clé qui tourne dans la serrure.

Monseigneur bâilla, se cala un peu mieux dans son fauteuil, puis dit enfin :

— Vous voyez que ces gens sont charmants.

Olympe soupira. On avait placé le siège du Dauphin derrière la balustrade de bois doré, près du lit, alors qu'elle-même se tenait de l'autre côté, ainsi que le voulait l'étiquette. Monseigneur l'avait autorisée à s'asseoir sur un siège pliant et, depuis une heure, il lui faisait la conversation.

« Non, rectifia mentalement Olympe, il monologuait. » De longs monologues, entrecoupés de longs silences… Elle avait bien tenté de lui dire que leurs hôtes étaient des conspirateurs, mais il refusait de l'admettre.

Le Dauphin s'obstinait à croire qu'il était là sur l'ordre de son père. Il se changeait lorsque Mortaigne, dans son uniforme d'officier des gardes-françaises, était apparu. Il l'avait convaincu de le suivre en lui racontant qu'un attentat se préparait, et que sa vie était en danger. Les gardes-françaises étaient ordinairement chargées de la sécurité de la famille royale, aussi ne se méfia-t-il pas. De plus, Mortaigne lui avait montré une lettre du roi, un faux, lui ordonnant de suivre ses « sauveteurs », ce qu'il avait fait sans poser de questions.

Ce grand dadais de vingt-deux ans était comme un petit garçon devant le roi. Que Louis XIV ordonne et le Dauphin s'arrêtait de respirer, tant il craignait son père.

— Sauf votre respect, Monseigneur, tenta encore Olympe, ils nous tiennent prisonniers, sinon pourquoi nous enfermeraient-ils ?

Le Dauphin la toisa d'un air de dédain irrité.

— Pour me protéger, bien sûr…

— Cet officier n'est autre que le comte de Mortaigne, que Sa Majesté disgracia voilà un an…

— Il suffit, mademoiselle, cette conversation m'importune ! Vous devenez ridicule avec vos fables !

Il croisa ses mains sur sa bedaine et leva haut le menton d'un air boudeur.

Olympe avait cru, très naïvement, qu'il lui suffirait de se faire enfermer avec le Dauphin, puis de partir discrètement par le passage secret. La réalité était tout autre : le Dauphin ne voulait pas s'enfuir et, pire, il risquait fort d'appeler à l'aide si elle faisait mine de s'évader…

— Vous ai-je parlé de ma dernière chasse au loup ? demanda Monseigneur.

Olympe ferma les yeux avec lassitude. En une heure, il lui avait raconté la chasse au sanglier, au cerf, au lièvre, au faisan… Pour un peu, elle aurait pu écrire un traité sur la chasse ! Mais pas de chance, il manquait la chasse au loup…

— C'était le mois dernier, nous étions partis de fort bonne heure sur la piste d'un loup énorme, un monstre. Il faisait un temps de chien. Tudieu, ce loup nous a entraînés à dix lieues de Versailles.

Nous l'avons acculé dans une clairière sur les trois heures de l'après-midi et je l'ai achevé à coups d'épieu. C'était un gros mâle, vous auriez vu ses dents ! Je l'ai fait empailler.

« Ouf ! se dit Olympe. Avec un peu de chance, on en avait fini avec la chasse au loup. » Ensuite commença un de ces longs silences dont Monseigneur avait le secret. L'étiquette interdisait à Olympe de relancer la conversation, mais, à vrai dire, elle n'en était pas fâchée, car elle se moquait bien de la chasse. Pour le moment sa seule idée était de s'enfuir, s'enfuir loin, avant le matin, avant Grobois et les Madelonnettes.

Ses amis devaient la chercher au bal, sans compter qu'ils surveillaient la mauvaise victime. Maintenant que les Confrères du Renouveau avaient leur otage, ils ne traîneraient sans doute pas pour envoyer leurs émissaires en province.

Elle imaginait parfaitement la scène : le roi réveillé par la nouvelle de l'enlèvement de son fils, puis Mortaigne s'avançant dans les salons d'un air conquérant. Il imposerait ses réformes à Louis XIV en le menaçant de s'en prendre à son héritier. Pendant ce temps, les troupes de Bressy, déguisées en gardes-françaises, investiraient Paris, où les Parisiens, après une nuit de débauche, n'auraient pas le courage de résister.

Elle imagina encore le couvent, noir, glacial, sinistre…

— Et la chasse aux… Où diable allez-vous ?

— Moi, je m'en vais. Libre à vous de rester !

Olympe fila jusqu'à la cheminée, s'arma de la pelle à cendres et commença à repousser braises et bûches dans un coin. Voilà, c'était fait, elle s'était dégagé un étroit passage. Elle actionna sans attendre le mécanisme et s'enfonça dans la cheminée sous l'œil éberlué du Dauphin.

— Mais enfin, s'indigna-t-il, vous deviez me tenir compagnie !

La fumée la faisait tousser, et la plaque du foyer était brûlante. Olympe se mit à crier de douleur, mais n'en continua pas moins à avancer.

Elle atteignait enfin le couloir avec un soupir de soulagement lorsqu'elle s'aperçut qu'une escarbille avait mis le feu au bas de sa robe. Elle regarda avec horreur les flammes manger le tissu, dans un instant elle se transformerait en torche vivante ! Avec de grands gestes désordonnés de démente, elle se mit à frapper le tissu pour en étouffer les flammèches.

— Où diable allez-vous ? répéta le Dauphin, que la scène ne semblait pas le moins du monde étonner.

— Eh bien justement, au diable, Monseigneur ! s'écria-t-elle d'une voix hachée par la peur. Ne leur dites rien, je vous en supplie !

Avant qu'il ne réplique, elle referma vivement la plaque de cheminée, puis elle resta quelques secondes dans l'obscurité, assise, la tête sur les genoux, à attendre que ses tremblements se calment. Ses mains lui faisaient mal, ses bas avaient brûlé par endroits et elle sentait de grosses cloques douloureuses sur ses mollets.

Elle trouva le courage de se lever pour partir en titubant, car même si le Dauphin ne signalait pas sa fuite, Mortaigne ne tarderait pas à servir à son « invité » le souper qu'il lui avait promis.

Alors, en tâtonnant, elle longea le mur jusqu'à la sortie. Mais, malgré tous ses efforts, la porte du cellier resta close. Coincée ! Fermée ! Elle sentit des larmes de découragement couler sur ses joues. C'était si injuste d'arriver si près du but et de ne pouvoir sortir !

— Pourquoi n'êtes-vous pas là, Lambert, j'ai tant besoin de vous ! s'écria-t-elle dans le noir.

Elle se laissa glisser au sol, au bord du désespoir. Elle avait perdu. Le Dauphin conduirait les Confrères droit à la cheminée, et il ne leur faudrait guère de temps pour trouver le mécanisme. « Gros giflard », pensa-t-elle en soupirant. Il n'avait pas volé son surnom !

— J'aurais tant aimé voir la mer, au moins une fois ! fit-elle tout haut entre deux sanglots. Et la montagne aussi, et le théâtre, et l'opéra…

Elle s'essuya le visage du revers de la main. Pleurer ne servait à rien, il fallait réfléchir. Allait-elle se laisser prendre, comme un rat dans un trou, après avoir fui du couvent et sué sang et eau sur le *Sainte-Croix* ?

— Père ! Je vais retrouver père, bien sûr ! À nous deux, nous arriverons à sortir !

Toute ragaillardie, elle se leva et commença à progresser dans le noir. Son père était sûrement enfermé dans sa chambre. Elle remonta l'escalier et alla s'accroupir près de l'entrée. Aucun bruit, la voie était libre. Elle ouvrit la plaque et glissa un œil. Tiens, pas de feu, c'était mauvais signe. La chambre baignait dans une austère pénombre et le lit était vide… Où donc était son père ?

Un léger bruit lui fit tendre l'oreille, c'est alors qu'elle distingua une ombre sur un fauteuil. C'était une homme en chemise, aux épaules voûtées. Elle le reconnut à peine, tant il avait changé.

— Père ? appela-t-elle en entrant. Père ?

— Olympe ? fit-il d'une voix incrédule.

Elle s'approcha doucement. Olympe n'avait plus devant elle le fier homme de cinquante ans qu'elle connaissait, mais un vieillard maigre aux orbites creuses. Ses cheveux poivre et sel étaient devenus blancs et ses yeux paraissaient étrangement brillants.

— Que vous ont-ils fait, père ? souffla Olympe.

— Je rêve, fit lentement M. de Clos-Renault en contemplant son étrange costume à demi brûlé. Vous n'êtes pas là, c'est sans doute la faim… Mais je ne céderai pas, s'écria-t-il tout à coup, vous m'entendez, je ne céderai pas !

Olympe lui prit la main, ses doigts étaient brûlants. Son père semblait ailleurs, comme perdu dans ses pensées. Elle lui tâta le front. Aucun doute, il avait la fièvre. Il parut réagir enfin :

— Vous aviez raison, ma fille, c'est une méchante femme… Elle a dit que je mourrais de faim si je ne l'aidais pas… Alors je lui ai répondu que je préférais mourir plutôt que de trahir mon roi ! Pendant la Fronde, j'ai trahi mon propre père pour rester fidèle au roi… Plutôt mourir…

— Du calme, père.

Il semblait hagard. Aurait-il la force de s'enfuir ?

— J'ai tout découvert, jeta-t-il en l'agrippant par le bras. Les faux uniformes, les libelles… Il y en a plein le cellier. Ils veulent prendre Paris, comme au temps de la Fronde !

« Le temps filait, réalisa Olympe avec inquiétude, il fallait partir. Le mieux serait de passer par son ancienne chambre. Puis ils tenteraient de se faufiler jusqu'au grand escalier. Ensuite, advienne que pourra… »

— Père, levez-vous, il faut quitter la maison.

Mais le conseiller restait inerte. Elle tenta de l'empoigner par le bras, sans résultat. Puis elle le prit par la taille, mais il ne bougea pas plus.

— J'ai détruit notre honneur en épousant cette femme ! Je suis ruiné ! Ma pauvre fille, il ne vous reste plus qu'à prendre le voile pour cacher notre honte !

— Ah, non ! s'écria Olympe en tentant une dernière fois de le soulever.

Elle ne l'avait jamais vu dans un tel état. Sa grande carcasse était maigre à faire peur.

— Je veux mourir..., lança-t-il d'une voix triste.

— D'accord, père, mais un autre jour. Aujourd'hui il faut partir !

La jeune fille le tira sans ménagement, mais l'homme ne bougea pas d'un pouce.

— Vous vous gaussez de moi, ma fille ? s'indigna Clos-Renault en reprenant tout à coup du poil de la bête. Je ne cessais de le reprocher à votre mère lorsque vous étiez enfant : « À force de fréquenter les domestiques, elle finira par avoir les manières de ces fripouilles. » Querelleurs, menteurs, sans-gêne, voleurs... Ces gens-là ne sont pas comme nous. Nous leur sommes supérieurs, et chacun doit rester à sa place !

— J'en connais qui nous valent bien, père.

— Insolente ! Si l'on m'avait écouté, vous auriez appris au couvent à tenir votre rang, dès vos six ans, comme il se doit pour une fille de qualité. Au lieu de cela, votre mère vous a élevée comme un garçon... Elle pensait que cela vous ouvrirait l'esprit... Et maintenant vous courez les rues... Voleuse ! Dévergondée !

— Assez, père ! Levez-vous, par pitié !

— J'aurai tant voulu avoir un fils à votre place…

L'aveu fit à Olympe l'effet d'un coup de poing, même si au fond d'elle-même elle l'avait toujours su. Qu'y pouvait-elle si ses deux fils étaient morts en bas âge, et si une seule fille lui était restée ? Une fille qui ne siégerait pas plus tard au Parlement, une fille qui ne transmettrait pas son nom…

— Ah, la mauvaise graine pousse mieux que la bonne, marmonna-t-il entre ses dents. Ma propre fille en fuite avec un galant, quelle humiliation ! J'aurais préféré vous savoir morte !

Olympe ferma les yeux, la fièvre faisait dire à son père des abominations. Oui, grâce à sa robuste constitution, elle avait survécu, alors que son frère Charles n'avait pas atteint ses deux ans et que son autre frère, Henri, s'était éteint à quatre. Quand elle était née cinq ans plus tard, son père avait fait grise mine. Puis il s'était résigné, sa femme n'était plus très jeune, ils n'auraient pas d'autres héritiers.

« Son père, résigné ? Non », réalisa-t-elle tout à coup. Car il n'avait sans doute épousé Émilie que pour avoir un fils. Mal lui en avait pris.

— Taisez-vous, père, vous dites des sottises !

Il ouvrit la bouche pour protester contre ce nouveau manque de respect, mais il se figea brusquement, l'oreille aux aguets :

— Une voiture ! fit-il. Dans la cour…

Olympe se précipita à la fenêtre. Effectivement, un carrosse s'arrêtait devant le perron. Le médecin en sortit, suivi d'un homme qui portait le même costume que le Dauphin.

— Que se passe-t-il encore ? souffla Olympe.

Lorsqu'elle se retourna, elle trouva son père avachi, le regard vide. « Impossible de fuir avec lui », réalisa-t-elle.

Elle alla arracher le couvre-lit et le lui mit autour des épaules, puis elle sortit sans se retourner. Pourtant, une fois dans l'obscurité du passage secret, elle hésita.

— Autant savoir ce qu'ils mijotent…, décida-t-elle.

Elle redescendit l'escalier et alla coller un œil à la bibliothèque.

— Incroyable ! criait Mortaigne. Le roi, mort ?

Olympe non plus n'en crut pas ses oreilles ! Avaient-ils assassiné le roi ?

— Oui, monsieur le comte, fit Bressy. La justice divine a frappé ! Et nous voilà avec le nouveau maître de la France entre nos mains.

Autour d'eux se tenaient Émilie, l'abbé et le policier Grobois. Deux autres hommes restaient en retrait, un vieux bourgeois, sans doute Dubuisson, l'échevin de la rue de l'Éperon, et un jeune homme en uniforme d'officier des gardes-françaises.

— Nous sommes bénis des dieux, fit Mortaigne, n'osant croire à ce coup du destin. Mais êtes-vous sûr de vos informations ?

— Sûr ! La personne qui me les a données côtoie

les plus grands noms du royaume, à commencer par la famille royale.

— Alors, nous pouvons prendre le pouvoir sans crainte. Il suffira de former notre gouvernement…

— Et de le soumettre au Dauph… Je veux dire à Sa Majesté Louis le quinzième…, le coupa l'abbé d'un air entendu. Et le Parlement suivra !

— Dire que nous sommes maîtres de la situation sans avoir à combattre !

L'euphorie commençait à les gagner, chacun y allait de son commentaire.

— Remercions Dieu de nous donner un jeune roi si influençable… Tudieu, je m'en vais lui offrir dès demain une double ration de tourte aux poires !

— Dès que Sa Nouvelle Majesté aura signé nos édits, nous l'amènerons à Reims pour la faire sacrer, puis nous l'enfermerons à Versailles. La vraie noblesse de la Cour sera avec nous, mais il faudra faire arrêter dès demain Colbert et Louvois…

— Et aussi Beauvilliers, Dangeau, Bontemps, Sourches et La Reynie. Et Chaumont.

— Pourquoi Chaumont ? Il est des nôtres !

— Je le déteste, c'est l'amant de ma femme.

Seul le vieux Dubuisson semblait garder son calme. Son regard allait de l'un à l'autre, comme s'il pensait que ses complices avaient perdu l'esprit.

— Sortez votre soutane d'évêque, l'abbé ! Vous l'avez bien gagnée !

— Finalement, répliqua l'autre, le violet ne me va guère, je préférerais la pourpre de cardinal.

— Quant à moi, je me vois très bien duc, reprit Mortaigne. Il faudra que j'en parle au roi. Nous commencerons par donner de grandes fêtes, le peuple adore les fêtes. Ensuite, nous nous accorderons une gratification spéciale d'un million de livres…

— Mais, où les trouverons-nous ? s'étonna Dubuisson. Il n'a jamais été question de prélever de l'argent de l'État à titre personnel !

— Maintenant il en est question. Nous n'avons pas pris tous ces risques gratuitement ! L'État se remboursera sur les prochains impôts.

— Le peuple n'en peut plus, s'indigna Dubuisson, Colbert ne cesse de le saigner. Nous devions, au contraire, baisser les impôts, afin de favoriser le commerce !

— Voyons, ces canailles pleurent toujours misère, ricana Mortaigne, alors que leurs bas de laine sont cousus d'or ! Il faudra juste les bousculer un peu afin qu'ils crachent leurs économies.

— Vous allez nous mettre à dos bon nombre de parlementaires… sans parler des protestants…

— Les parlementaires ? ricana Mortaigne. Ce n'est jamais que de la noblesse de robe ! La seule vraie qui compte est la noblesse d'épée, et celle-là me suivra… Quant aux protestants, je ne vous ai rien promis. Ces mécréants m'indiffèrent, qu'ils aillent donc protester à l'étranger !

— Vous m'avez trompé ! s'écria Dubuisson. Le bien de la France vous importe peu, vous êtes un escroc !

— Mesurez vos paroles, vous n'êtes qu'un petit bourgeois, et je serai bientôt duc. Si vous insistez, nous vous trouverons une place à la Bastille !

Dubuisson hocha la tête d'un air tout à la fois outré et navré, avant de sortir à grands pas, sous leurs quolibets. Puis l'abbé fit circuler des verres qu'il avait généreusement emplis de vin :

— Mes amis, buvons à Louis XV et à notre reine Marie-Anne, longue vie au roi et à la reine !

Olympe reboucha le trou et s'adossa au mur. C'était encore pire que tout ce qu'elle aurait pu imaginer ! Le roi mort et le Dauphin enfermé ! Et voilà les Confrères du Renouveau en train de se partager le Trésor comme s'il leur appartenait… Le vieux Dubuisson venait de le comprendre à ses dépens, ses complices n'avaient pas d'autre politique que de s'en mettre plein les poches !

— Il faut sortir le Dauphin de là…, souffla-t-elle dans l'obscurité.

Qu'allait devenir Monseigneur ? Comment ce jeune homme de vingt-deux ans, que son père n'avait pas préparé à gouverner, pourrait-il se sortir d'un tel traquenard ?… Il y avait gros à parier qu'il ne tarderait pas à leur confier les rênes du pouvoir, afin d'aller tranquillement à la chasse.

Guerre civile ! Chaos ! Ces mots résonnèrent

lugubrement dans la tête d'Olympe. Quand elle était petite, Zélie lui racontait son enfance à l'époque de la Fronde : les Français se battant les uns contre les autres, les potences dressées aux coins des rues, la Seine charriant des cadavres… Et puis encore le chômage, la famine…

— Il faut que je sorte coûte que coûte ! Si j'arrive à prévenir La Reynie, Colbert et Louvois pourront organiser une riposte…

Olympe repartit en tâtonnant vers l'escalier en colimaçon. Elle s'arrêta brusquement, l'oreille aux aguets. Elle n'entendit d'abord qu'un grincement, puis de l'air frais vint lui caresser les mollets. Pas de doute, une des issues avait été ouverte !

Le cœur battant, elle se plaqua contre le mur. Peut-être s'était-elle trompée ? Peut-être qu'à force de rester seule dans le noir, elle finissait par avoir des hallucinations ? Sœur Philomène, à force de prier dans l'obscurité, voyait bien des fantômes et des démons partout ! À moins que ce ne soit le coup sur la tête ? Elle tâta la grosse bosse qu'elle avait sur la nuque… Mais voilà qu'à présent elle distinguait des bruits de pas…

— Aie ! fit une voix non loin d'elle. Tudieu, faites attention où vous mettez les pieds !

— Mille excuses…

« Gros giflard » avait parlé ! Dans un instant, les Confrères du Renouveau seraient à sa hauteur. Il lui fallait gagner l'étage avant qu'ils ne la trouvent, pensa-t-elle en fonçant à l'aveuglette vers l'escalier.

— Écoutez..., entendit-elle. Il y a quelqu'un ! Sacristi, il faut le coincer avant qu'il ne donne l'alerte.

— Je m'en charge ! fit une autre voix.

La peur au ventre, Olympe accéléra. L'escalier ne devait pas être bien loin. Hélas ! dans sa précipitation, elle buta sur la première marche et s'étala de tout son long sur les suivantes.

L'autre n'était pas loin derrière elle, elle se releva et reprit sa course, puis s'effondra de nouveau. Quelque chose venait de l'arrêter dans son élan. « Pas quelque chose, réalisa-t-elle avec effroi, une main avait saisi sa cheville ! »

Elle se retourna vivement sur le dos et envoya le plus fort qu'elle put son pied dans la direction de son adversaire. Par chance, elle le toucha. L'autre, avec un cri, lâcha prise et tomba lourdement en bas des marches.

Elle rassembla ses forces et se remit à monter. En haut de l'escalier, il n'y avait guère plus de trois pas pour atteindre sa chambre. Elle pouvait y arriver ! Elle le devait !

La plaque était froide, la chance était avec elle. Elle se pencha pour l'ouvrir, mais ses mains tremblaient tellement qu'elle ne parvenait pas à localiser le mécanisme.

C'est alors que l'autre lui tomba dessus sans

ménagement. Elle rua des pieds et des mains, frappant aussi fort qu'elle pût. Son adversaire recula un instant, mais revint aussitôt à l'attaque. Le coup de poing qu'il lui envoya à l'estomac mit fin à la bagarre. Olympe s'effondra, pliée en deux, le souffle coupé.

— Assez, parvint-elle à articuler malgré la douleur, je me rends…

— Olympe ?

Des cloches sonnaient dans sa tête, trente-six chandelles faisaient la ronde devant ses yeux, voilà même qu'elle entendait Lambert !

— Olympe ! répéta la voix d'un air incrédule.

Une main passa fébrilement sur son visage, comme pour en dessiner les traits, une autre alla de son épaule à sa poitrine avant de se poser au creux de son estomac sous ses bras repliés.

En plus, ce malotru se permettait des gestes inconvenants ! Il s'était accroupi, et elle sentait son haleine au-dessus de son visage. Sans même réfléchir, elle balança sa main qui alla claquer sur le nez de son agresseur.

— Aïe ! Mais bon sang, vous êtes folle ?

— Lambert ?

— Oui, Lambert ! Vous avez failli me tuer dans cet escalier.

— Dites donc, contre-attaqua Olympe, vous n'y allez pas de main morte vous non plus !

— Vous ai-je fait mal ?

— Non, persifla-t-elle, le souffle court, vous m'avez juste cassé quelques côtes.

Lambert l'aida à se relever et à s'appuyer contre le mur.

— Le roi est mort, lança-t-elle entre deux profondes respirations.

— Non, c'est une fable de votre amie Élisabeth. Les Confrères s'y sont laissé prendre, ils nous ont conduits tout droit ici.

— Ils tiennent le Dauphin…

— Je le sais. Nous sommes venus le délivrer. Nicolas nous a montré le passage. La Reynie, trois de ses exempts, Thomas et mon ami Jason nous accompagnent. Il nous a fallu crocheter la serrure de cette maudite porte du jardin et ensuite nous avons dû nous débarrasser de deux gardes trop vigilants, avant d'arriver au cellier qui était encombré jusqu'au plafond. C'est ce qui nous a retardés… Pouvez-vous marcher ?

Elle soupira en se massant les côtes.

— Je désespérais de sortir vivante de ce tombeau ! La porte était bloquée et… Je suis bien contente de vous retrouver.

Lambert la prit à tâtons par les épaules et en profita pour lui planter un baiser sur la joue.

— Que faites-vous ! s'indigna-t-elle faussement.

— Moi aussi, je suis diablement heureux de vous retrouver. Et puis, il faut que je surveille les intérêts de mon capital… de près.

— De près ? Savez-vous, mon ami, que les gens vont finir par jaser ?

Lambert cherchait en riant la main d'Olympe lorsqu'une voix chuchota depuis l'escalier :

— Monsieur Frémont, êtes-vous là ? Aïe ! Mais enfin, faites attention où vous mettez les pieds !

— Mille excuses…

— Allons-y, soupira Lambert. Je crois que nos amis s'impatientent.

*

* *

— Je vous en supplie, Monseigneur, fit une fois encore M. de La Reynie, son chapeau à la main. Il nous faut partir.

— Non, vous vous trompez, j'ai toute confiance en ces braves officiers de mon père.

— Que Votre Grâce m'excuse, mais vous êtes dans l'erreur, ce ne sont pas des gardes-françaises.

Les exempts faisaient le guet à la porte. Quant à Nicolas, Jason, Lambert, Olympe et Thomas, ils s'étaient alignés, l'air digne malgré leurs costumes de carnaval, devant Monseigneur Louis, Dauphin de France, qui, pour l'heure, ne semblait guère pressé de partir.

Ils étaient arrivés par la cheminée voilà quelques minutes. Le prisonnier, avec son flegme habituel, avait tout juste ouvert la bouche d'un air étonné, puis l'avait refermée en reconnaissant le lieutenant général de police. Depuis, M. de La Reynie parlementait, sans succès.

Monseigneur fit signe du doigt au policier de s'approcher. Ce dernier franchit la balustrade et alla se pencher devant le jeune homme.

— Est-ce cette demoiselle qui vous a raconté ces fadaises ? fit-il, comme en confidence. Méfiez-vous d'elle, je crois qu'elle n'a plus toute sa raison…

Il tourna la tête avec un regard éloquent vers la jeune fille, dont la robe sale et déchirée pendait en lambeaux carbonisés à partir des genoux.

« Eh bien, pensa-t-elle en soupirant, au diable l'étiquette ! » Elle prit sur elle de répliquer :

— Sa Majesté ne sera pas contente de voir que nous revenons sans vous, Monseigneur. Il se peut même que nous soyons punis…

— M'adresserait-elle la parole ? s'offusqua tout bas le Dauphin.

— Cette jeune personne n'a pas tort, Monseigneur, tenta encore M. de La Reynie. Je vous implore respectueusement de nous suivre.

— Bon, bon, fit le Dauphin d'un air las. D'accord, faites ouvrir la porte, nous partons.

— Hélas ! Votre Grâce, il faudra partir… par la cheminée. Par la porte, ce serait trop risqué.

Le jeune homme eut un hoquet d'indignation.

— Certes pas, monsieur, pour qui me prenez-vous ? Un Bourbon ne s'abaisse pas à fuir à quatre pattes, comme un bouffon de comédie !

— Je me permets d'insister, Monseigneur, soupira La Reynie, qui visiblement aurait préféré être à cent lieues de là. Il y va de votre vie.

— Non, vous dis-je. Je ne le ferai point. Je serais la risée de la Cour, si je me soumettais à cette pantalonnade !

Le pauvre La Reynie rongeait son frein. Ils risquaient tous leur vie à s'attarder ici, et dehors ses hommes attendaient impatiemment son signal pour investir l'hôtel. Sans doute devait-il penser à part lui que, quelquefois, un bon coup de pied aux fesses… Mais il se contenta pourtant de proposer sur un ton obséquieux :

— Nous détournerons les yeux, Monseigneur. Et personne n'en soufflera mot…

Le jeune homme sembla peser longuement le pour et le contre. Il hocha la tête, encore indécis, puis se rendit :

— D'accord. Mais regardez ailleurs !

Il se leva et s'avança d'un pas désespérément lent vers la cheminée. Deux des exempts filèrent sans attendre dans le passage secret, prêts à l'aider à se relever dans l'obscurité. Mais, alors que le Dauphin allait se mettre à genoux, celui-ci trouva encore le moyen de se retourner pour demander :

— Mais enfin, je meurs de faim. Ne pourrait-on attendre que j'aie fini de souper pour fuir ?

— Non, Monseigneur, trancha La Reynie. Un somptueux repas vous attend chez Monsieur.

Il s'agenouilla enfin, tandis que l'assistance regardait pudiquement ailleurs. Jason en profita pour s'approcher d'Olympe.

— Savez-vous, mademoiselle, que vous ressemblez de façon étonnante, que dis-je, époustouflante, à une boutiquière de la rue Mouffetard ?

Elle ne l'écoutait pas. En fait, ses yeux, malgré l'ordre du Dauphin, venaient de se fixer sur le gros postérieur princier, couvert de soie jaune, qui se dandinait dans l'âtre.

— Seigneur ! Et s'il restait coincé ?

Non, fort heureusement, il passa.

M. de La Reynie, qui regardait lui aussi, et que la même idée tracassait sans doute, s'éventa avec son chapeau et ne put s'empêcher de lancer un ouf de soulagement.

— Hâtez-vous, les voilà ! gronda le troisième exempt depuis la porte.

Le policier se tourna vers Olympe.

— Sortez, mademoiselle, et fermez le panneau derrière vous ! Emmenez le Dauphin hors de la maison. Nous tâcherons de les retenir ! En garde, messieurs, ajouta-t-il pour les jeunes gens.

Olympe se dépêcha d'obéir. Mais voilà que le Dauphin, alerté par la voix du policier, faisait demi-tour, et pointait son nez dans l'ouverture. Avant qu'elle n'ait pu dire un mot, il était revenu dans la pièce !

On entendait déjà le bruit de la clé dans la serrure. La porte s'ouvrit sur Mortaigne qui perdit d'un coup son sourire triomphant :

— À l'aide ! se mit-il à crier.

Sur le palier, les deux Bressy, Goussey et Grobois, qui portaient de quoi dresser la table, laissèrent tout tomber dans un grand bruit de vaisselle cassée et foncèrent vers la chambre pour lui prêter main-forte.

Le policier avait fort heureusement l'avantage de la surprise, ils s'arrêtèrent net dans leur élan devant M. de La Reynie qui les attendait, pistolet au poing.

— Bas les armes, fit-il, la maison est cernée par mes hommes et…

Mais l'abbé, tout à coup, se détacha du groupe. Tout en marchant lentement vers le policier, il tira de sa ceinture une fine dague argentée.

— Vous n'oseriez pas tirer sur un homme d'Église ? dit-il en souriant, sûr de lui. J'ignore par quelle magie vous êtes entrés ici, mais c'est vous qui êtes faits. Rendez-vous…

— Écoutez mon frère, monsieur, renchérit Martial en sortant son épée de son fourreau. Nous avons plus de vingt hommes, armés pour soutenir un siège… Nous ne ferons pas de quartier.

Mortaigne, Goussey et Grobois dégainèrent à leur tour, tandis que l'abbé continuait d'avancer.

— Lâchez cette dague, monsieur l'abbé, ou je tire, répliqua le lieutenant de police. Je ferai mon devoir pour protéger Monseigneur, et ces jeunes gens aussi.

Mais, se croyant sans doute invulnérable grâce à sa tenue d'ecclésiastique, l'autre n'en tint pas compte.

— Arrière, monsieur de Bressy !

L'abbé n'était plus qu'à deux pas du policier lorsqu'il leva sa dague pour frapper. La Reynie tira. Le jeune homme s'effondra, une lueur de surprise dans le regard. Avec un cri de désespoir, son frère alla se jeter sur son corps.

Fou de rage, Martial de Bressy se releva brusquement et fondit sur le lieutenant général de police. Aussitôt ses exempts firent barrage. Goussey, Mortaigne et Grobois se jetèrent à sa rescousse, et en un instant la chambre se transforma en champ de bataille.

— Finalement, vous aviez raison, ce ne sont pas de charmantes gens ! fit le Dauphin à Olympe.

— Un à rien, ajouta-t-il en montrant l'abbé mort, comme s'il commentait une partie de jeu de paume.

Mais voilà que deux gardes-françaises faisaient irruption. Olympe, qui avait cru tout d'abord que c'était des hommes de La Reynie, déchanta lorsqu'elle les vit s'attaquer à ses amis en costume de carnaval.

Nicolas, qui n'était pas armé, eut heureusement

la présence d'esprit de filer fermer la porte. Il la bloqua du mieux qu'il put avec la coiffeuse d'Émilie, puis il posa dessus deux chaises tendues de soie, pour plus de sécurité.

— Un à un, lança le Dauphin d'un air déçu alors qu'un exempt venait de s'effondrer sous les coups de Martial de Bressy.

Ils se battaient à présent à sept contre six Confrères, et les autres tambourinaient déjà à la porte. Si les conjurés parvenaient à entrer, ils étaient faits comme des rats !

— Popin, appelez à l'aide ! s'écria La Reynie.

Nicolas se faufila comme une anguille entre les combattants. Il ouvrit la fenêtre pour hurler à perdre haleine :

— À la garde !

Comme par miracle, les bosquets du jardin semblèrent prendre vie. Des ombres sortirent de partout et filèrent droit vers la maison.

Les jeunes gens se battaient courageusement. À part les exempts, aucun d'eux n'avait d'expérience du combat. Quant au chef des policiers, il n'était plus de première jeunesse… Mais il leur fallait tenir coûte que coûte jusqu'à l'arrivée des secours.

C'est alors que Thomas, violemment repoussé par un garde, alla percuter la balustrade. La précieuse barrière dorée, orgueil d'Émilie, vola en éclats sous le poids du jeune homme qui fit une superbe pirouette avant de s'écrouler, inerte, aux pieds du Dauphin.

— Hélas ! deux à un ! fit ce dernier. Ah ! le malheureux Turc, est-il mort ?

Mais Thomas, un instant étourdi par sa chute, se relevait et fonçait de nouveau dans la bagarre.

— Ah non, nous en sommes toujours un à un, ajouta le Dauphin, la mine réjouie.

Il regarda ensuite avec le plus grand intérêt Nicolas se saisir d'un des barreaux dorés de la balustrade, qu'il soupesa à deux mains. Puis le chapelier fila vers La Reynie. Le policier commençait à ployer sous les assauts du second garde. Nicolas se servit du barreau comme d'une massue, et étala le garde d'un grand coup bien senti.

— Évidemment, commenta Monseigneur, cela n'est guère élégant, mais c'est diablement efficace ! Ne porte-t-il pas la livrée de Monsieur, mon oncle ?

Mais Olympe regardait son troubadour, Lambert, en fâcheuse posture face à Goussey. À deux pas, le prince des Indes poursuivait un Mortaigne blême, avec une hargne dont personne ne l'aurait cru capable.

C'est à ce moment-là que le Dauphin, lui aussi, ramassa un bout de bois doré.

— Non, Monseigneur, s'écria Olympe, par pitié, ne commettez pas d'imprudence !

— Ces braves gens risquent leur vie à me défendre, il est normal que je leur prête la main !

Il agrippa le bout du barreau et le balança à la manière d'une raquette :

— Je ne suis guère habile à l'épée... mais je suis de première force au jeu de paume.

Il s'approcha des combattants et attendit que l'un d'eux passe à sa portée. Il avisa alors un faux garde-française qui lui tournait le dos et l'estourbit d'un revers magistral, digne d'un champion.

— Hé, hé ! trois à un ! Tudieu, fit le Dauphin ravi, vous avez vu comme je l'ai eu ? Attendez donc... Voilà ce vilain officier qui s'est gaussé de moi, je m'en vais me l'étendre aussi !

Mortaigne ferraillait à deux pas. Le Dauphin leva fermement son bâton à deux mains. Hélas ! Mortaigne se détourna brusquement pour esquiver une feinte du prince des Indes. Le barreau rata le comte de peu, mais en revanche, il ne rata pas Jason qui prit le coup à sa place.

— Seigneur, s'écria le Dauphin en lâchant son arme.

— Trois à deux, articula laconiquement Olympe.

— Non, quatre à deux, lâcha M. de La Reynie en s'approchant la voix hachée par la fatigue. M. Popin vient d'assommer le comte de Mortaigne. Diantre ! Ces activités ne sont plus de mon âge...

Il se pencha avec inquiétude sur le crâne ensanglanté du jeune homme évanoui, et soupira en lui tapotant les joues :

— Pauvre Jason... Déjà qu'il n'était pas très

malin. J'espère que cela ne lui a pas ôté le peu de cervelle que Dieu lui a donné…

Mais voilà que Jason ouvrait les yeux, l'air étonné. Il s'assit, ses mains enserrant sa tête, et s'écria :

— Sac à papier ! Il y a un imbécile qui m'a frappé par-derrière. Si je le coince, il va s'en mordre les doigts !

— Ah ! Quatre à trois ! annonça le Dauphin, tout penaud pour détourner leur attention.

Thomas venait d'être touché à la cuisse par Grobois. Le traître allait lui donner le coup de grâce lorsque Nicolas le ratatina prestement.

— Bravo ! cinq à trois !

Il ne restait plus que Bressy face à deux exempts et Lambert qui commençait à fléchir sous les assauts de Goussey. L'homme, plus grand et plus fort que son jeune adversaire, se battait avec l'énergie du désespoir.

Les deux exempts, quant à eux, ne s'embarrassaient plus d'esprit chevaleresque. L'un sauta sur le dos de Bressy et l'agrippa par le cou, pendant que l'autre le faisait tomber.

Goussey lança un regard désespéré autour de lui : il était seul rescapé de sa troupe ! Cet instant d'inattention lui fut fatal, Lambert lui transperça l'épaule et le grand homme tomba à la renverse. Il se releva pourtant, le visage crispé de douleur.

— Demandez grâce ! hurla Lambert d'une voix saccadée en parant un coup malhabile.

— Jamais ! Plutôt mourir que me rendre !

Goussey, son habit couvert de sang, tanguait comme un homme ivre. Rassemblant ses dernières forces, il leva son épée, avant de s'effondrer, évanoui au pied de son adversaire.

— Bon, fit simplement M. de La Reynie dans la pièce de nouveau calme. Il est temps de partir.

— On se bat dans la maison, monsieur le lieutenant, fit l'un des exempts, il ne serait guère prudent de tenter une sortie.

— Bien… Vous resterez avec votre collègue à surveiller les prisonniers. Nous, nous partons par la cheminée mettre Monseigneur en lieu sûr. Prenez soin des blessés.

Le Dauphin, sans plus attendre, s'accroupit et franchit la cheminée, puis Lambert et Olympe, et Nicolas à leur suite. Jason s'enfila, suivi de M. de La Reynie qui fermait la marche.

La plaque glissa sur elle-même avec un grincement rassurant. Pourtant, si on y avait collé une oreille, on aurait pu entendre, en plus du grincement, la grosse voix de M. de La Reynie qui résonnait dans le couloir obscur :

— Tudieu, mes pieds ! Faites donc attention !

— Mille excuses, parrain.

19

Le lendemain, on retrouva Dubuisson pendu dans sa maison. Le vieil homme, lâché par ses complices, avait préféré la mort au déshonneur.

Sa fille et son gendre s'étaient enfuis dès l'aube avec l'argenterie du vieux pour tout bagage. On les arrêta à la frontière suisse, sur le sentier que prenaient les protestants pour fuir clandestinement la France. Après un procès des plus sommaires, on expédia Marion à la Salpêtrière et son époux prit le chemin des galères.

Goussey, Bressy et Mortaigne eurent moins de chance. Ils furent exécutés en place de Grève pour conspiration contre l'État, car le mot d'enlèvement ne fut jamais prononcé. Comme le roi en avait donné l'ordre, La Reynie s'empressa d'en oublier jusqu'au souvenir, même si de temps en temps s'imposait dans sa mémoire l'image d'un postérieur jaune dans un trou de cheminée !

Il faisait un temps de chien, des hallebardes glacées tombaient du ciel, il n'y eut guère de monde pour aller voir les têtes des conspirateurs rouler dans la sciure. Ils eurent pourtant le bon goût de quitter cette terre sans un cri, ni une larme, avec une dignité qui arracha des applaudissements admiratifs aux spectateurs des premiers rangs.

Grobois, n'ayant pas l'avantage d'être noble, finit moins noblement, c'est-à-dire pendu, comme la canaille. Au bout de trois jours, le bourreau vendit son corps à des carabins qui en firent la dissection. Le croiriez-vous ? Sa constitution était si solide qu'il aurait dû finir centenaire.

Et Émilie ? Émilie cracha des monceaux d'insanités à ses juges, et finit par donner des noms, beaucoup de noms. D'ailleurs elle en donna tant, et pas des moindres, que le roi la fit mettre au secret au fin fond de la forteresse de Belle-Île, avec ordre aux geôliers de ne pas écouter ses divagations…

Dans sa grande magnanimité, Sa Majesté pardonna aux autres. Mais Elle n'oublia rien pour autant. Les parlementaires, ecclésiastiques et nobles, qui, la veille encore, voulaient rogner les ailes de Louis XIV, le remercièrent bien bas et s'empressèrent de filer doux. La peur de la hache du bourreau y était sans doute pour quelque chose.

Jules-Armand Colbert d'Ormoy perdit sa charge. Son ministre de père mourut cette année-là. Comme l'avait prédit Élisabeth, le roi lui retira peu après la surintendance des bâtiments.

Son ami Henri-François de la Ferté attendit des années un grade de lieutenant général aux armées. Le duc de Saint-Simon déclara dans ses célèbres *Mémoires* : « Le vin et la crapule le perdirent... » Le roi lui faisait pourtant souvent la morale, ce qui ne servait à rien. Il mourut alcoolique en 1703.

Marc de Voyer d'Argenson eut, lui, un destin hors du commun. En effet, il remplaça en 1697... M. de La Reynie à la tête de la police. Et il y fit merveille. Certaines mauvaises langues affirmaient que s'il faisait si bien la chasse aux truands, c'est qu'il en avait été lui-même un... Il devint garde des Sceaux en 1718, et finit à l'Académie française !

En juillet 1683 s'éteignit à Versailles la petite reine Marie-Thérèse, si douce, si pieuse, si effacée. Elle n'eut guère le temps de profiter de son bonheur tout neuf. On lui fit de misérables funérailles. On rit, paraît-il, beaucoup dans le cortège qui accompagnait son corps à Saint-Denis, et les gardes en profitèrent même pour aller chasser le lapin.

Louis XIV se consola bien vite puisque, peu après, il épousa secrètement Mme de Maintenon. Mme de Montespan se fit donc une raison. À dater de ce jour elle ne se consacra plus qu'à l'éducation de ses enfants et aux bonnes œuvres.

En 1685, le prince de Conti eut la bonne idée de mourir. Il laissait une jeune et jolie veuve de dix-huit ans qui cria haut et fort qu'on ne la marierait plus. Et elle tint bon.

Voilà pour les grands de ce monde…

Quant à nos amis, Bontemps sut tenir ses promesses. Thomas eut sa charge aux Menus-Plaisirs. Sa première mission fut de monter un vieil opéra de Lully. Le roi l'applaudit beaucoup.

Élisabeth reçut une pension de mille livres qui fit bien des envieux. À la mort de la reine, elle obtint une charge chez la Dauphine et devint très amie avec Mlle de Rambures. Qui l'eût cru ?

La famille de Lambert fut dispensée de taxes sur les épices pendant cinq ans, ce qui permit à Armand Frémont de Croisselle de devenir le « plus riche épicier de France ».

Olympe, elle, gagna le droit d'être libre, de par la volonté du roi qui l'autorisa à vivre où bon lui semblerait. Elle rentra le plus joyeusement du monde en l'île Notre-Dame pour y soigner son père.

Pourtant, dès qu'il alla mieux, il ordonna à Olympe de se retirer au couvent. C'était à ses yeux la seule fin honorable à ses aventures. Car, disait-il, qui voudrait encore d'une fille sans réputation, qui s'était couverte de honte à travailler comme une souillon ?

Olympe, naturellement, refusa. En gage de paix, elle lui restitua les reconnaissances de dettes qu'Émilie cachait dans sa cassette. Mais cela ne suffit guère qu'à sauver l'hôtel de la vente, il fallut encore se séparer des chevaux et des voitures, des meubles, et pour finir de la plupart des domestiques. C'est ainsi que Zélie fut la première à partir, malgré ses vingt années de service et les pleurs d'Olympe.

Il ne se passait guère de jour qu'elle ne se heurte à son père. Puis un beau matin, il lui dit sans ambages que, puisqu'elle n'avait pas la sagesse de prendre le voile, il ne voulait plus la voir.

À dater de ce jour, Olympe passa de mornes journées à rêver du temps heureux de la rue Mouffetard, de celui où elle lavait sur le *Sainte-Croix*, ou du froid glacial des couloirs de Versailles. Lucie montrant son derrière, la fête des lavandières, le *Bon Pasteur*, Louis XIV gagnant à la loterie… et Lambert qui tenait sa main…

Il lui écrivait de petits mots qu'elle gardait sous son oreiller. Il préparait son voyage pour les Indes, bientôt il partirait. Elle lui répondait par de longues lettres dans lesquelles elle tentait de ne pas montrer son désarroi. Seule, elle était si seule. Pour un peu elle aurait regretté le couvent !

Et puis vint le jour de Pâques où l'on célébra les fiançailles de Nicolas et de Marianne. Cela ne s'était pas fait sans mal, car les chapeliers en avaient longuement débattu.

— Je veux voir mon fils heureux ! s'était écriée Mme Popin. Cette Marianne est une bonne fille, je le sens…

— Une fille qui a peut-être fait la vie ! Avec les lavandières, va savoir… Et puis, ce serait une mésalliance, elle n'a que cinq cents malheureuses livres de dot ! Sacridi, que dira maître Cordoue ?

— Au diable maître Cordoue, et tant pis pour la dot ! Il ne me reste guère que trois ou quatre ans à vivre, je veux tenir mes petits-enfants dans mes bras avant de mourir ! Est-ce trop te demander ?

Maître Popin avait protesté, tempêté… Mais dame Popin avait tenu bon. D'ailleurs, affirmait-elle, il faudrait bientôt une nouvelle maîtresse à la chapellerie, et cette jeunette rose et blonde saurait amadouer les clients… bien mieux que Bertille Cordoue, avec ses yeux qui visaient dans les coins et son corsage plat.

Et là, l'argument fit mouche. Depuis le départ de la belle Louison, les clients se bousculaient moins à la boutique…

Mais maître Popin n'était pas au bout de ses peines. M. de La Reynie, qui avait été impressionné par les aptitudes de Nicolas à jouer les fins limiers, lui avait offert une charge d'exempt au Châtelet. Et Nicolas l'avait accepté.

— Bah ! fit Mme Popin avec bon sens devant

l'air désespéré de son mari, ils nous feront bien un petit-fils pour reprendre la chapellerie !

Ce dimanche donc, on avait fait joyeuse fête. Les Archer et les Popin, après s'être observés avec méfiance, étaient tombés dans les bras les uns des autres. On avait ri, on avait chanté, on avait dansé. Rosalie avait pleuré en retrouvant sa reine des lavandières, tandis que Nicolas et Marianne, indifférents à tout, se regardaient dans les yeux en savourant leur bonheur.

— Ah, Louison, s'exclama le chapelier, j'espère bien que vos fiançailles seront aussi joyeuses que celles de mon fils !

Olympe l'avait remercié pour ses vœux, mais c'est un sourire bien amer qui apparut sur ses lèvres. Depuis Mardi-Gras, elle n'avait revu Lambert que dans les bureaux de M. de La Reynie, et lors du procès des Confrères.

La bonne société l'évitait, et les portes se fermaient devant la belle Mlle de Clos-Renault, cette insoumise qui voulait vivre à sa guise, sans souci de sa réputation.

Le récit de ses aventures avait fait le tour des salons. On se racontait en frémissant d'horreur comment elle avait vécu seule, sans chaperon, et comment elle avait travaillé avec des moins que rien, des gueuses qui, c'était bien connu, faisaient toutes les nuits des folies de leur corps…

Sans doute Lambert avait-il été choqué par ces

ragots stupides, sans doute serait-il heureux de l'oublier bien vite. « D'ailleurs, pensait-elle en soupirant, on disait les Indes fascinantes et les Indiennes attirantes et lascives... »

Ce soir-là, Olympe rentra fort tard de chez les Popin, la tête encore embrumée de la joie et des cris de la fête. Un silence de mort régnait dans la maison, un exécrable silence qui lui rappela aussitôt son père cloîtré dans sa haine, et cette liberté toute neuve qui ressemblait tant à une prison.

Et tout à coup son regard s'éclaira : Lambert était là, au pied du grand escalier, tenant son chapeau à deux mains.

— Je pars demain. Je suis venu vous dire au revoir.

Olympe, le cœur gros, piqua du nez. Dans le silence de la maison presque vide, son soupir ressembla à une plainte. Voilà, c'en était bien fini maintenant. Lambert parti, que lui restait-il ? Une maison lugubre et son père qui l'avait reniée. Même au couvent, elle n'était pas si seule ! Elle sentait les larmes pointer au bord de ses cils. Que doit-on dire quand celui qu'on aime part ?

— C'est bien loin les Indes, fit-elle enfin d'une voix sans expression.

— Oui, c'est bien loin. Je reviendrai dans deux ans. Je dois établir un nouveau comptoir pour mon père, et acheter des terres pour cultiver du thé...

Lambert soupira, un nouveau silence les sépara.

Sous son front les mots se bousculaient, mais qu'ils étaient durs à dire ! Pourtant, il trouva le courage de demander :

— C'est long, deux ans... Olympe... M'attendrez-vous ?

Le cœur de la jeune fille bondit dans sa poitrine. Bien sûr, qu'elle l'attendrait ! Dix ans, cent ans, mille ans même ! L'éternité, s'il le fallait !

— N'avez-vous pas peur de fréquenter une fille perdue de réputation ? lança-t-elle en riant.

— Et vous, un parvenu, un fils d'épicier ? répliqua-t-il sur le même ton.

— Comme vous le savez, je ne suis guère à cheval sur les convenances...

— Oh, mais moi non plus !

— Alors je ne vous attendrai pas deux ans.

Lambert sentit le monde s'écrouler autour de lui. Il serra un peu plus son chapeau à deux mains et déglutit péniblement. Évidemment, qu'espérait-il, qu'elle se jette à son cou ? Pourtant il était prêt à tout pour la faire fléchir. Il ne partirait pas sans qu'elle promette de l'attendre. Il chercha des arguments pour la convaincre :

— Mais je vous aime !

Finalement l'aveu était sorti tout seul. Olympe sourit davantage, lui rendant un grain d'espoir. Puis, brusquement, elle fit demi-tour et commença à monter l'escalier en courant :

— Où diable allez-vous ? hurla-t-il en la voyant s'enfuir.

Tout en montant, elle expliqua :

— Chercher mon sac, bien sûr... Moi aussi, je vous aime ! Attendez-moi, je vous prie, mais pas deux ans, je ne suis pas aussi cruelle que vous ! Juste quelques instants !

Quelle mouche l'avait piquée ? Voilà maintenant qu'elle riait à gorge déployée, comme si elle s'apprêtait à faire une farce mémorable. Mais malgré tout, Lambert, à présent, n'était plus inquiet, elle avait répondu, elle l'aimait !

Après cinq minutes qui lui parurent un siècle, Olympe revint enfin. Elle portait une longue cape de voyage et tenait son éternel vieux sac à la main. Elle se posta devant le jeune homme, qui, tout sourires, commençait à comprendre, et elle lui lança d'un ton pétillant de malice :

— Eh bien, Lambert, qu'attendez-vous pour m'enlever ? J'ai toujours rêvé de voir la mer...

« Pour l'éditeur, le principe est d'utiliser des papiers composés de fibres naturelles, renouvelables, recyclables et fabriquées à partir de bois issus de forêts qui adoptent un système d'aménagement durable. En outre, l'éditeur attend de ses fournisseurs de papier qu'ils s'inscrivent dans une démarche de certification environnementale reconnue. »

Composition PCA - 44400 Rezé

Achevé d'imprimer en Espagne par BLACKPRINT CPI IBERICA
32.04.2936.6/03 - ISBN : 978-2-01-322936-4
Loi n° 49-956 du 16 juillet 1949 sur les publications destinées à la jeunesse
Dépôt légal : août 2012